골초검

骨艸劍

끌초검 1

최필 新무협 판타지 장편 소설

초판 1쇄 찍은 날 § 2004년 4월 10일
초판 1쇄 펴낸 날 § 2004년 4월 20일

지은이 § 최필
펴낸이 § 서경석

편집장 § 문혜영
편집책임 § 유경화
편집 § 장상수 · 권민정
마케팅 § 정필 · 강양원 · 이선구 · 김규진 · 홍현경

펴낸곳 § 도서출판 청어람
등록번호 § 제1081-1-89호
등록일자 § 1999. 5. 31
어람번호 § 제2-0358호

주소 § 경기도 부천시 원미구 심곡1동 350-1 남성B/D 3F (우) 420-011
전화 § 032-656-4452 팩스 § 032-656-4453
http://www.chungeoram.com
E-mail § eoram99@chollian.net

ISBN 89-5831-071-5 04810
ISBN 89-5831-070-7 (SET)

骨艸劍

골초검

최필 新무협 판타지 소설

Fantastic Oriental Heroes

1

一 발검(拔劍) 一

도서출판

청어람

목
차

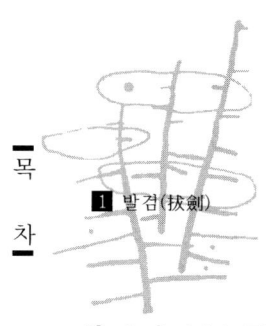

1 발검(拔劍)

제1장

취령검화(取靈劍花)

검(劍)이 검집을 벗어나는 순간, 세상은 잠시 적막하다.

*   *   *

"어차피 우리 취령검화(取靈劍花)는 한날한시에 죽을 운명이었다."

사내의 눅눅한 음성이 어둠 속에서 공명했다.

"사자검(使者劍), 귀령검(鬼靈劍). 그대들 이 개 조는 길을 뚫는다."

"존명!"

부복해 있던 이십여 명의 무사가 일제히 일어섰다.

하나같이 묵의(墨衣)를 입고 있다. 등에는 검신의 길이가 한 자쯤 되는 비교적 짧은 검이 걸려 있었고, 팔뚝을 휘감은 미늘 갑(甲)엔 수십 개의 철심이 꽂혀 있었다.

"천맥(天脈), 추동(醜瞳), 귀오(鬼烏), 역랑아(易螂鴉). 너희는 가주(家主)와 소가주(小家主)를 모셔라. 어떻게든 퇴로를 뚫어야 한다. 내가 시간을 끌겠지만 너희 또한 죽음을 각오해야 할 것이다."

"존명!"

분연히 일어선 네 명의 무사가 곧장 전각 안으로 사라졌다.

사내는 고개를 들어 무심히 밤하늘을 바라보았다.

"가주, 청해류가는 이렇게 허무하게 질 별이 아니외다!"

사내의 입에서 무심히 흘러나온 말이다.

그는 고개를 돌려 협곡에 눈길을 주었다. 비록 어둠에 묻혀 있다고는 하나 교교히 쏟아지는 달빛이 참혹한 광경을 적나라하게 비추었다.

사흘간 쉬지 않고 혈전을 치렀다. 죽은 무사들의 시신은 찌는 듯한 더위에 금세 썩어버렸다. 그 주검들 위로 한낮 내내 파리 떼와 굶주린 독수리가 덤벼들었다. 어둠에 휩싸인 이 순간, 아마도 인육에 맛을 들인 쥐들이 주검을 뒤덮고 있을 것이다.

'내 검은 아직 꺾이지 않았다……!'

사내의 얼굴로 결연한 표정이 스쳐 지나갔다.

"사자검, 귀령검. 가라!"

"존명!"

묵의의 무사들이 협곡을 향해 나는 듯 달려갔다.

'미안하다…….'

수하들의 뒷모습을 바라보면서 사내의 눈빛이 처음으로 흔들렸다. 하지만 그것도 잠시, 그의 검이 부드럽게 검집을 벗어났다.

투둑.

검집이 바닥으로 떨어지며 정적을 깼다.

정파연합의 최정예 살수단 취령검화의 제일검수 무흔검귀(無痕劍魂)
구수룡(具守龍). 그의 두 눈에서 신광이 폭사했다.

"간닷―"

일갈과 함께 구수룡은 어둠을 가르며 달리기 시작했다.

이제 그 자리에 남은 것은 검을 잃은 검집뿐이다. 그는 알고 있었던
것이다. 자신의 검도 곧 꺾이게 되리란 사실을…….

"으아악!"

"끄아아악―"

소름 끼치는 비명성. 취령검화의 등장으로 협곡에 감돌던 정적은 순
식간에 깨졌다.

"막아라! 고작 수십 명에 불과하다!"

"무조건 막으란 말이다!"

여기저기서 노호성이 들려왔다.

하지만 천검궁의 무사들은 알 수 없는 공포에 얼굴이 하얗게 질렸
다. 이제까지의 싸움과는 달랐다.

지난 사흘 동안 천검궁은 삼천여 명에 달하는 정파 무사들을 도륙했다.

물론 그에 버금가는 피해를 입었다. 삼만에 달하던 천검궁 무사들이
이만 오천으로 줄어들었다. 그럼에도 싸움은 이미 끝난 것이라 생각했
다. 정파연합엔 이제 채 삼백 명에도 미치지 못하는 무사들만이 남아
있었으므로…….

"협공을 펼치란 말이다. 상대는 고작… 크헙!"

"으아악!"

하지만 그들이 미처 생각지 못한 것이 있었다.

취령검화!

취령검화는 정파연합, 아니, 강호 최고의 살수단이다. 그들은 천검궁을 무너뜨리기 위해 정(正)을 버리고 스스로 악귀가 된 자들이다. 아무도 취령검화의 무서움을 제대로 알지 못한다. 그것을 아는 순간 죽음을 맞아야 했으므로……

천검궁의 누구도 이런 상황을 예측하지 못했다. 취령검화가 비록 최고의 살수단이라 해도 이만 오천의 무사들이 전후방에 도열한 진영으로 돌격하는 것은 미친 짓이다.

'이제 이십여 장 남았다. 내 삶 역시 그 정도의 거리만이 남았을 뿐이다.'

구수룡은 취령검화의 검수들이 여는 길을 내달리며 오로지 한 가지만을 생각했다.

살(殺)!

사자검과 귀령검의 검수들 역시 대부분 쓰러졌다. 남은 인원은 겨우 서너 명. 물론 그조차도 기적이었다. 고작 이십 명의 인원으로 오십 장의 길을 열며 수십, 혹은 수백 명의 천검궁 무사들을 쓰러뜨렸다.

그것을 가능하게 한 것은 무모함과 쾌검(快劍)이다. 그들은 최소한의 수비식조차 버린 채 오로지 상대를 베어 길을 열었다. 한 자 길이에 불과한 검신에 모든 것을 맡기고, 베고 또 베었을 뿐이다.

검을 쳐내는 대신 상대의 심장에 검을 찔렀다. 가슴이 찢겨 나가고 옆구리가 터져도 멈추지 않았다. 상대의 검이 심장을 찔러 들어와도 달렸다. 달리다 죽었다. 결국 취령검화의 검수들이 지나친 자리로는 숱한 주검이 쌓였고, 그들 역시 자신들이 쌓아놓은 시체 위에 엎어져 죽어갔다.

"헉!"

또 한 명의 취령검화 검수가 쓰러졌다. 검 한 자루를 목에 꽂은 채…….

하지만 구수룡은 수하의 죽음을 돌볼 시간이 없었다. 그는 곧장 검을 뻗어 길을 막는 천검궁 무사의 가슴을 대각선으로 그은 후 신형을 솟구쳤다.

'결국 이곳까지 왔다.'

온몸을 훑고 지나가는 한기… 죽음에 대한 예감이다.

잠시 후, 그는 비교적 넓게 만들어진 공지에 내려섰다. 결국 천검궁의 사령군막까지 다다른 것이다.

이번 일을 도모한 천검궁의 수뇌들이 그곳에 모여 있다.

"아미타불, 그대의 명호는?"

군막 밖에 서 있던 승려가 몇 걸음 앞으로 나서며 나직한 음성으로 물었다.

승려의 우수에는 녹옥불장(綠玉佛杖)이 들려 있다. 소림 장문인 이수 선사(易水禪師). 이미 오래전 천검궁에 투항한 인물로 정파연합을 배신한 장본인이다. 그 배신으로 인해 소림사가 살았으며 이수 선사 자신 역시 천검궁의 장로로 발탁되었다.

"무흔검귀 구수룡."

구수룡은 담담하게 대답했다.

이수 선사의 눈빛에 얼마간의 동요가 일었다. 구수룡이라는 이름 때문이 아니었다. 무흔검귀도, 구수룡도 낯설 뿐이다.

이수 선사는 다만 구수룡의 날선 눈빛과 만신창이가 된 육체에 놀랐을 뿐이다. 이곳까지 닿는 동안 그는 수많은 검상을 입고 있었다.

"왜 굳이 이런 식의 죽음을 자초하는가?"

이수 선사가 씁쓸한 음성으로 물었다.

어차피 천검궁이 원한 것은 복종이었다. 만약 정파의 인물들이 순순히 투항했다면 이런 혈겁은 없었을 것이다.

"방장, 시간을 허비할 필요가 있겠소?"

구수룡이 씁쓸한 미소를 내비쳤다.

무흔검귀 구수룡. 그는 원래 청해류가(靑海柳家)의 무사다. 가주인 일검수(一劍首) 류추영(柳秋影)이 정파연합의 맹주로 추대된 후 수하들을 모아 취령검화를 결성, 정파연합의 살수단으로 활약해 왔다.

"내 길을 막지 마시오."

미소를 거둔 구수룡이 싸늘하게 말한 후 검을 겨누었다.

차르릉!

이수 선사를 호위하던 무사들이 일제히 검을 뽑아 든 것도 그 순간이다.

무사들의 눈에서 흉포한 살기가 어른거렸다. 몸에서 뿜어져 나오는 정갈한 기도는 칼처럼 예리했다. 결코 중원의 무림인들이 아니었다. 왜국의 낭인들이 분명하다.

'너무 멀다.'

구수룡은 낭인들 너머로 보이는 사령군막을 주시했다. 군막 안에 밝혀진 불빛이 천막에 몇 사람의 그림자를 찍어내고 있었다.

"시주는 더 이상 갈 수 없네."

"막아보시오."

이수 선사와의 대화는 그것으로 끝이 났다.

구수룡은 더 이상 시간을 지체할 수 없었다. 그는 곧장 신형을 날려 이수 선사를 뛰어넘은 후 군막을 향해 달려들었다.

"헉—"

길을 가로막던 낭인 무사의 입에서 신음성이 새어 나왔다. 하지만 그것은 이미 떨어져 나간 수급에서 튀어나온 단말마다.

'나는 결코 정의를 위해 싸우는 게 아니다. 가주를 위해 검을 들었을 뿐이다. 나는 살기 위해 검을 휘두르지 않는다. 하지만 아는가, 천검궁주(天劍宮主) 역천휘(易天輝)를 베기 전엔 누구도 나를 쓰러뜨릴 수 없다.'

일렁이는 횃불을 쪼개며 검이 휘둘리길 때마다 낭인 무사들의 검붉은 선혈이 사방으로 비산했다. 구수룡은 일 보 또 일 보 군막을 향해 전진했다. 그때마다 그의 몸 여기저기에도 검흔이 새겨졌다.

"길을 열어랏!"

한 차례 신형을 회전시키며 솟구쳐 오른 구수룡은 전방을 막아서는 다섯 명의 낭인 무사들을 향해 검을 휘둘렀다.

"크헉!"

"으아악—"

수십 가닥의 검기가 쏘아져 나가며 낭인 무사들의 숨통을 끊어놓았다.

하지만 그의 신형이 바닥에 채 착지하기도 전에 뒤편에서 강맹한 기운이 쏘아져 들어왔다.

타앙—

마치 북을 두드린 듯한 묵직한 격타음과 함께 구수룡의 신형이 이 장가량 밀려 나갔다.

"커흡!"

구수룡은 몇 모금의 선혈을 토해내며 다급히 뒤돌아보았다.

그 자리에 서 있는 이는 이수 선사. 방금 전 등을 강타한 것은 소림의 장법 복호장(伏虎掌)이었다.

"선사, 뒤를 치는 데 상당히 능하시구려……."

"아미타불, 천지사방이 모두 한 방향일세. 자네의 죽음은 이미 예정된 일, 어떤 방식으로 죽든 부디 극락왕생하시게."

이수 선사의 좌장이 다시 펼쳐지자 소매가 부풀어 오르며 거대한 장력이 격출되었다.

하지만 그 순간 구수룡의 신형이 바람처럼 빠르게 좌측으로 뻗어 나갔고, 동시에 한줄기 검광이 뿜어졌다.

콰콰콰쾅!

지축을 뒤흔드는 폭음이 구수룡과 이수 선사 사이에서 일었다.

"크헙!"

비록 검기로 장력을 받아내기는 했으나 출수가 늦은 만큼 구수룡은 큰 타격을 입었다. 그는 다시 일 장여 뒤로 밀리며 선혈을 토해냈고, 그 틈을 노린 낭인 무사 하나가 뒤에서 빠르게 검을 뻗으며 쏘아져 들어왔다.

"어딜!"

신형을 비틀거리던 구수룡이 바닥으로 몸을 눕히며 검의 손잡이를 좌각으로 걷어찼다.

"흡!"

쏜살같이 뻗어 나간 검에 심장을 관통당한 낭인 무사가 그대로 허물어지며 구수룡의 몸을 덮쳤다. 구수룡은 이번에도 튕기듯 일어서며 낭인의 심장에 박힌 검을 움켜쥔 채 그대로 일 장여를 밀고 나갔다.

"커헉—"

또 한 번의 비명성. 낭인 무사의 뒤에 몸을 숨긴 채 짓쳐들어오던 호위 무사 하나가 허무하게 무너져 내렸다.

구수룡은 그제야 한숨을 내쉬며 이수 선사를 돌아보았다.

"아미타불, 청해류가 가주 류추영의 명성 뒤에는 자네 같은 괴물이 있었군."

조금 전의 폭사로 일 보가량 밀려났던 이수 선사가 낮게 중얼거렸다.

구수룡의 몸은 이미 만신창이가 되었다. 숱한 검상은 물론, 자신의 복호장에 일격을 당한 어깨… 하지만 그는 마치 강시처럼, 불사신처럼 끊임없이 일어서고 있다.

'마지막 혼을 불태우고 있는 게 분명하다. 더 이상 힘을 쓰지 않아도 채 반 각을 견디지 못한 채 쓰러지고 말 것이다. 무리하게 공력을 운용한 데다 모든 장기가 이미 터져 버렸을 테니…….'

이수 선사의 눈에 짙은 연민이 담겼다.

"크흡—"

이수 선사의 짐작을 확인시키기라도 하듯 구수룡은 다시 한 번 선혈을 토해냈다.

하지만 이번의 객혈은 그대로 바닥에 뿌려지는 대신 그의 얼굴에 온통 범벅이 되고 있었다. 실핏줄이 터져 붉게 물든 눈, 입과 코와 귀에서 그치지 않고 쏟아지는 피 때문이다.

"파하하하! 틀렸소, 선사. 가주의 그늘 아래에 나 구수룡이 있었던 것뿐이오."

비릿한 웃음을 흘리던 구수룡의 시선이 막사를 향해 돌려졌다.

밖의 소란은 안중에도 없다는 듯 조용히 술잔을 기울이고 있는 막사 안의 인물들. 그림자만으로도 천검궁주 역천휘를 알아볼 수 있을 듯했다.

칠 척 거구에 사자의 갈기처럼 풀어헤친 머리카락. 그는 궁주의 신분에도 불구하고 늘 야수를 고집하는 인물이다. 결코 관(冠)을 쓰지 않으며 나물과 익힌 음식을 먹지 않고 물조차 마시지 않는다. 오직 선혈이 낭자한 생고기와 화주(火酒)만으로 오늘날까지 살아온 인물이다.

"못다 한 승부는 저승에서 하도록 합시다."

지친 눈빛으로 그림자에 눈길을 주던 구수룡이 막사를 향해 살처럼 쏘아져 나갔다. 이수 선사로선 미처 제지할 틈이 없었다.

채채채챙—

이 장가량 떨어진 곳에서 진을 형성하고 있던 호위 무사들이 일제히 검을 뽑았다.

이제껏 미동도 않던 그들. 역천휘의 최종 호위대로, 흔히 삼오야(三五夜)로 불리는 인물들이다. 총 열다섯 명으로 구성되었으며, 아무리 은밀한 곳에서라도 늘 역천휘와 함께한다. 그만큼 역천휘의 신뢰가 두텁고 절정의 기량을 지닌 무사들이다.

'무슨 일이 있어도 뚫는다!'

일일이 상대할 시간이 없었다. 구수룡은 검을 쥔 손에 지그시 힘을 실으며 그대로 전방의 무사들을 향해 쇄도해 나갔다.

쇄애액—

바람처럼 빠른 움직임. 그와 마주 섰던 무사들의 눈에 당혹감이 묻어났다. 구수룡이 일체의 초식을 버린 채 육탄으로 뚫고 나가리란 것을 비로소 눈치 챘으므로…….

막기 위해선 동귀어진하는 수밖에 없다. 비록 역천휘에 대한 삼오야의 충심이 하늘을 찌른다고는 해도 그들 역시 인간이다. 삶과 죽음의

기로에서 잠시나마 갈등하지 않을 수 없다.

하지만 구수룡의 움직임은 그들이 갈등하는 시간보다 빨랐다.

"헉—"

거의 동시에 터져 나온 신음성. 그 신음성이 누구의 것인지 확인할 겨를도 없이 구수룡의 검이 군막을 찢고 있었다.

투둑.

그가 지나친 자리로 두 구의 시체가 쌓였다. 나머지 무사들은 잠시 멍한 눈으로 동료들의 주검을 바라보았을 뿐이다. 언뜻 보기에 삼오야의 명성에 걸맞지 않는 허탈한 죽음이다.

하지만 꼭 그런 것만은 아니었다. 비록 잠시의 망설임이 죽음을 부르긴 했으나 두 사람 모두 구수룡의 옆구리에 커다란 검상을 남겼다. 족히 두 치 깊이로 양쪽 옆구리를 벤 것이다.

촤아악—

검단에 뚫린 천이 구수룡의 무게를 이기지 못한 채 갈라져 나갔다. 그리고 바로 그 순간, 구수룡의 눈에 회미한 불빛이 새어 들어왔다.

"으으윽."

천막을 찢고 몸을 공처럼 말아 막사 안으로 굴러들어 온 구수룡이 처참한 신음을 토해냈다. 일단 들어오긴 했으나 몸을 일으킬 힘조차 남아 있지 않았다. 온몸은 피로 홍건히 젖어 있었으며, 두 눈의 실핏줄이 완전히 터져 눈앞의 인물들조차 구분하기 힘들었다.

쇄애액—

막사 안으로 새어 들어온 바람이 촛불을 흔들었다.

…….

잠시간 정적만이 감돌았다. 아수라장이 되어버린 천검궁 진영의 소란조차 그 정적을 깨지 못했다. 마치 시간이 정지된 느낌.

구수룡은 검단으로 바닥을 찍어 힘겹게 상체를 의지한 채 모든 신경을 귀에 모았다. 피에 젖은 두 눈으론 아무것도 식별할 수 없고, 이미 몸의 감각도 마비된 상태다. 그가 의지할 수 있는 것은 소리밖에 없었다. 만약 역천휘가 입을 열어준다면 구수룡은 그를 향해 검을 날릴 생각이었다. 마지막 한 홉의 기(氣)까지 긁어모아…….

"자네가 마지막인가?"

지극히 담담하면서도 부드러운 음성.

분명 역천휘의 음성이다. 하지만 구수룡은 얼마간 몸을 꿈틀거렸을 뿐 생각처럼 검을 날릴 수 없었다. 양쪽 옆구리에선 내장이 흘러넘쳤고, 검을 쥔 손이 바르르 떨릴 뿐이다. 그에게 남은 기는 정녕 한 움큼도 되지 않았던 것이다.

'이, 이렇게 허무하게 끝나고 마는군. 가주, 죄송하외다.'

정신이 혼미해지며 바닥이 일어서고 군막이 뒤흔들린다고 느끼는 순간,

쇄애액ㅡ

뭔가 차갑고 시원한 느낌이 목과 어깨 사이를 대각선으로 파고들었다. 아지랑이처럼 가물거리던 한 올 호흡이 구수룡의 몸에서 새어 나간 것도 그 순간이다.

쿵ㅡ

사선으로 그어진 검선을 따라 그의 머리와 왼쪽 몸통이 떨어져 내렸고, 이어 바닥에 주저앉아 있던 나머지 몸통이 천천히 뒤로 넘어갔다. 이제 막사 안에는 비릿한 혈향만이 가득할 뿐이다.

"궁주, 저자의 죽음을 끝으로 향후 천 년간 천검궁의 위엄이 지켜질

것입니다. 경하드리옵니다."

검을 쥔 채 담담한 눈길로 구수룡의 죽음을 지켜보던 역천휘에게 누군가 허리를 숙이며 말했다.

"글쎄, 과연 그럴까."

천검궁주 역천휘가 침음성을 흘렸다.

2

비슷한 시각, 청해류가의 가주와 그의 어린 아들은 가마에 실린 채 산길을 달리고 있었다.

일검수 류추영.

도도한 물결처럼 강호의 한 맥으로 자리 잡아온 청해류가의 제십삼 대 가주. 동시에 정파의 마지막 혼으로 불리는 절정고수다.

하지만 지금 그는 어린 아들과 함께 이리저리 요동하는 가마에 묶여 미동도 못하고 있다. 부릅떠진 두 눈에선 불길이 치솟았으나, 그것은 자신을 가마에 묶은 채 무작정 달리고 있는 네 사람에 대한 분노는 아니었다.

가마를 끄는 네 사람. 얼마 전 구수룡의 명령을 받고 퇴로를 찾고 있는 천맥, 추동, 귀오, 역랑이다. 그들은 취령검화의 사검령(四劍靈)으로 무공은 구수룡에 다소 못 미치지만 일단 합격진을 펼치면 누구에게도 뒤지지 않는 고수들이다.

"이쯤에서 그만 혈도를 풀게."

일검수 류추영이 분기를 삭이며 담담하게 말했다.

"하하. 일검수, 좀 더 누워 계시게. 자넨 인간성은 좋은데 머리가 나쁘단 말이지. 자네마저 이곳에서 죽는다면 누가 있어 후일을 도모하겠는가. 어떻게 해서든 살아야 하네."

괄괄하면서도 이지적인 음성. 이 장여 뒤에서 달려오고 있는 사내의 목소리다.

발산도(拔山刀) 굉우소(肱宇素). 류추영의 오랜 벗으로 도(刀)에 관한 한 일인자를 자처하는 인물이다.

류추영의 혈도를 짚고 지금처럼 가마에 묶어놓은 이도 그였다. 그러지 않았다면 류추영 역시 구수룡과 같은 처지가 되었을 것이다.

굉우소와 취령검화의 사검령. 그들이 호위하고 있는 이상 류추영에겐 아직 살아날 희망이 남은 셈이다. 하지만 사정은 좋지 않았다. 이미 천검궁의 무사들이 산 전체를 포위하고 있는 상황. 다섯 사람만으로 그 많은 무사들을 뚫고 나갈 확률은 희박했다.

화르륵—

얼마쯤 달렸을까. 초상비(草上飛)의 수법으로 내달리던 일행의 앞길에서 몇 개의 불길이 치솟아올랐다.

"쯧쯧! 류추영, 굉우소… 차라리 너희들이 다른 길을 택하길 빌었다. 하지만 어찌하랴, 이것이 운명인 것을……."

음산한 사내의 목소리. 횃불 아래로 몇 명의 소림 승려와 궁수(弓手)들이 모습을 드러냈다. 이미 오래전부터 매복해 있었던 것이 분명하다.

"아니, 담송(淡松) 아니신가. 천검궁에 부처를 팔아넘긴 파계승이 이번엔 또 무슨 재주를 보여주려고 길을 막아서시는가?"

가마가 멈춰 서자 굉우소가 앞으로 나서며 말했다.

담송!

한때 정파연합의 편에서 천검궁에 대항했으나 지금은 소림사와 함께 투항해 적이 된 인물이다. 류추영, 굉우소와는 의형제를 맺을 만큼 친한 사이였다. 물론 과거의 일이 되고 말았지만…….

"이보시게, 우소. 세상 만물이 부처일세. 천검궁에도 부처가 있다는 사실을 왜 모르시는가. 그대들이야말로 헛된 명분과 욕심에서 벗어나는 것이 옳았네. 이미 천하가 천검궁의 질서에 따라 움직이고 있거늘 왜 그것에 거슬러 혈겁을 불러일으키는가."

"파하하하! 천하만물에 깃든 부처가 왜 사이비(似而非) 중놈의 간사한 혓바닥에는 없는지 모르겠군. 그렇지 않은가, 일검수?"

굉우소가 호탕하게 웃으며 류추영을 쳐다보았다. 비록 웃고 있었으나 씁쓸하기 그지없는 순간이다.

"푸훗, 어쩌면 담송이야말로 제대로 세상을 살아가고 있는 것일지도 모르지. 벗보다는 소림의 안위가 중요할 수도 있는 것이고. 게다가, 벗의 뒤통수를 치는 실력은 우소, 자네 역시 만만치 않네. 어떻게 전장에 나서려는 친구의 혈도를 짚을 수 있는 게지?"

"하하, 자넨 인간성은 좋은데 농담 실력은 별로군. 하지만 그 말에도 일리가 있네. 담송, 저 친구가 그렇게 몹쓸 위인은 아니었지. 한때는 참 좋은 벗이었어."

"……."

담송의 얼굴이 얼마간 굳어졌다. 그리고 해서 친구들을 등지고 천검궁에 투항하면서 아무런 갈등이 없었던 것은 아니다.

"자, 담송. 시간이 없군. 자신이 있다면 친구들의 심장에 칼을 박아 보시게."

[사검령, 일검수는 자네들에게 맡기겠네. 길은 내가 열지.]

굉우소는 발산도를 뽑아 담송을 겨누며 곧장 사검령에게 전음을 보냈다.

"자! 가네, 친구……."

적진을 향해 맹렬한 기세로 직격해 들어가는 굉우소.

"결코 가벼운 인물이 아니다. 활을 쏘고 암기를 날려라!"

담송이 굳은 표정으로 다급히 수하들에게 명령을 내렸다.

명령이 떨어지는 것과 동시에 어둠 속에서 일군의 소림 승려와 천검궁의 무사들이 일제히 앞으로 쏟아져 나왔다. 담송을 비롯한 소림 수뇌들을 보호하기 위해서였다. 하지만 굉우소의 신형은 이미 허공에 떠 있었다.

파파파팟—

굉우소는 다급히 도풍(刀風)을 일으켜 암기와 화살들을 쳐내며 곧장 적들을 향해 쏟아져 들어갔다.

"커헉!"

"끄어억—"

"……."

순식간에 십여 명의 적들이 피를 흘리며 바닥을 나뒹굴었다. 굉우소는 자신에게 몰려드는 무사들을 쉬지 않고 베었다. 그사이 사검령은 가마의 앞뒤를 잡은 채 표홀한 신법으로 굉우소와 무사들의 머리 위로 신형을 뻗쳤다.

"저자들을 쫓아라, 결코 놓쳐서는 안 된다!"

굉우소의 괴력에 무사들이 당혹스러워하고 있을 때 담송의 외침이 들려왔다. 무사들은 비로소 사검령에게 암기와 화살을 날리며 쫓기 시작했다.

"담송! 자네까지 움직일 필요 없다. 곧 마하구옹(魔鰕九翁)이 저들을 뒤따를 것이다. 우리는 굉우소를 상대하는 편이 나아."

이제껏 어둠 속에 모습을 숨기고 있던 노인 하나가 달빛 아래로 모습을 드러냈다. 그의 뒤편에는 세 명의 노인이 더 서 있었으며, 모두 승복 차림이었다.

"예, 사부님."

담송은 허리 숙여 답한 후 한편으로 물러섰다.

잠시 후 사검령과 무사들의 모습이 완전히 사라지자 이제 적막해진 산길엔 네 명의 노승과 굉우소, 담송만이 남게 되었다.

네 명의 노승. 그들은 소림사의 사대호법으로, 혜현(慧賢)과 경현(磬賢), 청현(淸賢), 묵현(墨賢)이었다. 과거 몇 차례 굉우소와도 만난 적이 있는 노고수들이다.

"굉우소, 강호에 자네의 이름이 자자하더군. 오늘 우리 늙은이들에게 그 명성을 몸소 확인시켜 줄 수 있겠는가?"

제2장

그들은 한때 친구였다

십육 년 후, 여름.

하북성 열하(熱河), 경추봉(磬錘峰). 심공 거사가 불교의 교리를 널리 전하기 위해 절을 세운 곳이다. 신도는 대개 보살, 속세에선 흔히 여인 이라 불리는 부류들이었다. 그것도 대단한 미모의 여인들… 뭐, 지금 은 마른 밥풀처럼 쪼그라들었지만…….

만인지상(萬人之上)!

흔히 무불사(無佛寺) 주지승 심공(深空) 거사를 일컫는 말이다. 애초 에 자신의 입에서 비롯된 말인지라 심공은 겸허하게 그 별칭을 받아들 인다.

물론, 알 만한 사람들은 모두 아는 사실이다. 심공의 밑에 깔렸던 만 인(萬人)이 기루의 기녀, 서방 먼저 보낸 과부, 넘쳐 나는 색기를 다스 리지 못한 바람난 처녀들이었다는 사실을…….

그렇다고는 해도 무불사의 신도들이 타락한 것을 심공의 탓으로만 돌릴 수도 없다. 어차피 이곳 경추봉의 지기(地氣)가 그렇게 음탕했으니……

경추봉!

높이는 그다지 높지 않으나, 특이하게도 봉우리의 모양이 남근(男根)을 닮았다.

그 거대하고 괴이한 봉우리의 모양 때문인지, 예로부터 많은 이들이 이런저런 이유로 경추봉을 올랐다. 아이를 낳게 해달라고 비는 여인들부터, 그 여인들을 노리고 몰려드는 색마들까지.

주지 심공 역시 예외는 아니었다.

무불사가 올려다 보이는 계곡 한편.

"성검아, 현 강호에서 가장 큰 세력을 이룬 곳이 어디라 하였느냐?"

심공은 노을이 타고 있는 서산에 눈길을 주며 무심하게 물었다.

그는 근 반 시진째 바위에 걸터앉아 얼음처럼 차가운 계곡물에 발을 담그고 있다. 골 깊은 주름이 얼굴을 가득 덮은 데다 눈썹 숱도 적어 도드라진 말코가 더욱 돋보였다. 거기에 콧수염이랍시고 난 게 염소수염이어서 괴이한 느낌을 준다. 하지만 입가에 자리 잡은 묘한 미소는 보는 이의 시선을 은근히 잡아끈다.

"예, 스님. 천검궁이라 하셨습니다."

채 약관이 되지 않은 사미승이 허리를 활처럼 꺾고, 양손을 뻗은 상태로 대답했다.

성검이라 불린 그 사미승 역시 반 시진째 똑같은 자세를 취하고 있었다. 다리가 후들후들 떨리고, 위아래 한 자 넓이로 펼쳐진 두 팔도 조금씩 처지기 시작했다.

"그래, 그럼 현 강호에서 가장 강한 검법이 무엇이라 하였느냐?"

"청해류가 일검수 류추영의 십육수활류검법이라 하셨습니다."

물고기 한 마리가 성검의 무릎을 간질이며 지나갔다. 물결이 일렁일 때마다 뼛속까지 얼려 버릴 듯한 냉기가 전해진다.

하지만 짙은 두 눈썹 아래 자리 잡은 맑은 동공은 잔잔하기 그지없다.

심공과는 달리 준수한 외모다. 시원스럽게 뻗은 콧날을 중심으로 강인한 눈매와 굳게 다물어진 입술이 조화롭게 배치되었는데 무엇보다 눈길을 끄는 것은 표정이다. 강하면서도 부드러운 느낌.

"오냐. 정확히 십육 년 전, 일검수 류추영은 정파인들을 모아 강호지존으로 자리를 굳힌 천검궁에 대항했느니라. 이유는 단 하나, 정파의 혼을 지키기 위해서였다. 천검궁은 그 뿌리가 흑도(黑道)에 있고, 류추영이 몸담은 청해류가는 대대로 정(正)을 수호해 왔으니 당연한 일이다. 그런데 그 결과가 어찌 되었다 했느냐?"

"정파연합이 개박살, 죄송합니다, 스님. 정파연합이 대패했습니다. 그 싸움에서 죽어 나간 사람의 수가 일만을 헤아렸고, 싸움이 치러졌던 호북평원은 시산혈해(屍山血海)를 이루었습니다. 숱한 까마귀와 들쥐, 파리 떼가 다시 그 시체들을 뒤덮었고, 일검수 류추영은 자취를 감추었다 하셨습니다."

성검이 맑은 눈동자를 굴리며 대답했다.

하루 이틀 이어온 대화가 아니다. 때문에 그는 다음에 던져질 질문과 답까지 이미 알고 있다.

아니나 다를까, 심공의 입을 비집고 나온 질문은 토씨 하나 틀리지 않는다.

"음회회회, 그렇다. 이후, 천검궁의 위세는 하늘을 찌르고 있고 정파의 혼은 자취를 감추었다. 그럼에도 세상은 여전히 굴러가고 해와 달은 하루도 거르지 않고 떠오른다. 이곳 열하도 마찬가지다. 결국 강호의 주인이 누가 되든, 대륙의 지존이 누구든 세상 자체를 바꾸지는 못한다."

심공은 잠시 말을 끊은 채 성검에게 눈길을 돌렸다.

믿음이 가득 담긴 눈빛이다. 하지만 심공의 입에서는 긴 한숨이 새어 나왔고, 다시 이야기가 이어졌다.

"그런데 우리 무불사의 사정은 어떠하냐. 최근 나, 심공의 근력이 쇠하자 절을 찾는 보살의 수가 줄어들었다. 시주도 현저히 줄고, 이제는 하루 세끼 끼니를 걱정해야 한다. 정의보다 중요한 것은 밥이고, 밥만큼 중요한 것이 사내의 능력이다. 성검아, 비록 다리가 후들거리고 팔이 떨어져 나갈 것처럼 힘들겠지만 참아야 하느니라. 보살들이 원하는 것은 강력한 하체, 곰 같은 완력, 너처럼 깎아놓은 듯한 외모이니라. 이제 무불사의 희망은 성검이 너 하나다. 이 늙은 중놈이 의지할 사람도 너 하나이고, 불당의 부처님 굶기지 않을 사람도 너 하나이니라. 부디 물개 같은 힘으로 무불사의 화려했던 명성을 되찾자꾸나."

"심려 거두십시오. 저, 성검, 뼈가 가루가 되도록 무불사의 부처님과 큰스님을 봉양할 것입니다."

성검의 맑은 음성이 계곡을 울렸다.

계곡으로 몰려오던 어둠이 그 맑은 목소리에 놀라 잠시 멈칫했다.

자시(子時).

심공은 향로의 향을 간 후 조용히 불당을 나섰다.

쾌청한 밤이다. 구름도 없고, 별들은 빼곡하게 은하를 흐른다. 거기에 교교히 쏟아지는 달빛까지.

"후, 십 년 전만 했어도 이런 밤을 그냥 보내진 못했을 게야. 아마 발정난 개처럼 온 산을 휘젓고 다녔겠지. 쯧쯧, 해탈이 따로 있는 것이 아니로다. 늙어지면 벗어나고 싶지 않아도 벗어나게 되는 것이 오욕(五慾)과 칠정(七情)이 아니던가."

심공은 얼마간 씁쓸하게 중얼거렸다.

그의 나이 올해로 칠순이다. 쌓은 내공이 있으니 여느 평범한 늙은이들보다야 건강하다. 하지만 나이는 속일 수 없다. 눈가의 주름은 골을 이루었고 목살도 늘어졌다.

물론, 계집 녹이는 솜씨는 아직 웬만한 젊은 놈들 부럽지 않으나 세상의 어느 계집이 검버섯 돋아난 늙은이를 상대하고 싶어할까.

스슷— 스스훗—

미풍이 나뭇잎을 흔들며 지나쳤다.

그 바람 소리에 심공은 가볍게 눈을 찌푸렸다. 바람에 묻어온 교성을 오감으로 감지해 낸 것이다.

보름달에 미치는 것은 비단 늑대들만이 아니다. 한여름 날씨에 사특한 지세까지, 경추봉의 여름은 후끈 달아오른 색남색녀들의 숨결로 가득 차 있다.

"허허, 고것들 참. 아무리 그래도 그렇지, 어찌 늙은 중놈의 절간 근처에서……."

심공은 쩝, 입맛을 다시며 하늘을 올려다보았다.

심공이란 법호를 얻은 지 삼십 년. 그 이전엔 해구소(海狗笑) 마록(麻

錄)이란 명호로 강호를 떠들썩하게 했다.

비록 색마의 탈을 썼지만, 유(儒), 불(佛), 선(仙) 삼교에 조예가 깊을 뿐 아니라, 문(文)에도 능한 선비였다. 또한 실제 무공은 보잘것없으나 무학(武學)의 이론에 관한 한 천재로 불렸다.

더욱이 심공은 분명 다른 색마들과 다른 구석이 있었다. 그는 결코 여인을 강간하는 일이 없었다. 강호의 여인은 건드리지 않았으며 지아비와 자식 딸린 여인 또한 멀리했다. 검림이라 불리는 강호에서 그다지 뛰어나지 않은 무공으로 목숨을 부지할 수 있었던 것도 자족을 아는 그런 겸허함 덕분이었다.

이런저런 이유로, 심공에겐 적보다 벗이 많았다. 글공부에 미친 선비에서 칼밥을 먹고사는 강호인에 이르기까지 그 폭 또한 넓었다.

색마(色魔)도 마(魔)인지라, 일반적인 가치 체계에 편승하지 못한 것은 사실이다. 하지만 그는 그저 자신이 가진 여러 가지 능력들을 썩히지 않기 위해 노력해 왔을 뿐이다.

"음회회회! 그래, 내가 그렇게 막 살아온 인생은 아니었지."

심공은 가벼운 웃음을 토해내며 읊조렸다. 성검의 부드러운 음성이 들려온 것도 그 순간이다.

"큰스님, 그만 침소에 드시지요."

심공은 그제야 마당 한가운데에 고목처럼 서 있는 성검에게 눈길을 돌렸다.

요즘 성검은 깨어 있는 거의 모든 시간을 수련에 할애하고 있었다. 심공이 무공고수가 아닌 만큼 성검의 수련 역시 무공 수련은 아니다.

성검은 마치 바위처럼, 고목처럼 하루에 여덟 가지 자세로 정지해 있을 뿐이다.

그 여덟 가지 자세는 팔촉(八觸), 즉 선정을 닦을 때 발생하는 여덟 가지 감촉을 몸으로 형상화한 것으로, 각각 동촉(動觸:움직이거나 일어서고 싶은 느낌), 양촉(痒觸:몸이 가려운 느낌), 경촉(輕觸:몸의 가벼움이 먼지 같아서 날아갈 듯한 느낌), 중촉(重觸:몸이 돌처럼 무거워진 느낌), 냉촉(冷觸:몸이 얼음처럼 차가워진 느낌), 난촉(煖觸:몸이 불처럼 뜨거워진 느낌), 삽촉(澁觸:몸이 나무껍질처럼 굳어진 느낌), 활촉(滑觸:몸이 젖처럼 미끄러운 느낌)에 해당된다.

팔촉은 선(禪)의 수행 중 초선정(初禪定)에 드는 과정에 나타나는 현상이다. 한때 심공이 도달한 경지이기도 했으나 그의 수도는 이후 급속한 퇴행을 거듭해 왔다.

묘한 것은 팔촉의 느낌이 마치 색마의 전성기를 누리던 당시 심공 자신이 경험했던 여덟 가지 느낌과 흡사하다는 데 있었다. 즉, 해구소 마록 시절의 심공은 성행위 도중 팔촉과 유사한 느낌에 시달렸다.

계집을 안으면 처음엔 몸이 저절로 움직이다가 점차 가렵고, 그 가려움이 날아갈 것 같다가 다시 무거워지고, 차가워지다 뜨거워지고, 굳어지다가 마지막엔 뱀의 살갗이 닿은 듯 미끈거리곤 했다.

그것은 아주 끔찍한 경험이었다. 그런데 하필 불가에 귀의해 수도하던 그가 다시 그 느낌에 시달리게 된 것이다. 결국 심공은 팔촉을 떨쳐내기 위해 여덟 가지 체위를 창안했다. 그것이 바로 지금 성검이 수련하고 있는 팔부중지수(八部衆之睡)다.

팔부중지수는 팔부중(八部衆), 즉 불법(佛法)을 수호하는 천(天), 용(龍), 야차(夜叉), 건달바(乾達婆), 아수라(阿修羅), 가루라(迦樓羅), 긴나라(緊那羅), 마후라가(摩睺羅迦) 등 여덟 신장의 잠을 형상화한 것이다.

하지만 정작 심공 자신은 팔부중지수를 수련하지 않았다. 왠지 초선정에 드는 것이 두려웠기 때문이다. 아직 인간의 희로애락에 대한 미련을 버리지 못했던 것인지도 모른다.

그런 그가 굳이 성검에게 팔부중지수의 수련을 명했다. 그를 뛰어난 색마로 만들어 생활고에서 벗어난다는 명분을 내세워서…….

"음, 고생이 많구나. 하지만 창창한 네 앞날을 위해서라도 결코 수련을 게을리 해서는 안 될 것이야. 다시 한 번 강조하지만, 강력한 하체야말로 강한 남성의 상징이니라."

심공은 정감 어린 눈길로 성검을 바라보며 말했다.

"예, 큰스님. 큰스님의 가르침, 항시 가슴속 깊이 새기고 있습니다."

성검은 검을 쥔 마후라가지수(摩睺羅迦之睡)의 자세를 유지한 채 듬직한 음성으로 대답했다.

마후라가지수는 뱀의 우두머리 마후라가의 잠을 형상화한 것으로, 팔촉 중 맨 마지막인 활촉(滑觸)의 극복 체위다.

'음, 피는 속일 수 없다더니 나 같은 색마 밑에서도 저렇듯 맑은 기도를 유지하는구나. 성검아, 네 비록 이 이름없는 절간에 머무는 운명이 되고 말았으나, 차라리 그것이 나을지도 모른다. 적어도 네 아비처럼 고달픈 삶을 살 필요는 없을 테니 말이다. 아미타불!'

심공은 심중에 불호를 되새기며 처소를 향해 걸음을 옮기기 시작했다. 하지만 좀 안됐다는 생각이 들었는지 나직한 음성을 흘렸다.

"네게 무거운 짐을 지운 것 같아 늘 미안하구나."

"아닙니다, 큰스님. 똥꼬가 찢어지게 가난한 무불사의……."

"흠, 흠."

"죄, 죄송합니다, 스님. 우리 무불사의 생활고를 타개하기 위해서라면 이깟 고통은 차라리 즐겁기까지 합니다. 심려 마시고 편안히 주무십시오."

"그래, 고맙구나. 너도 이제 그만 잠자리에 들거라. 내일 아침 일찍 길을 떠날 생각이다. 놓쳐서는 안 될 구경거리가 있거든."

"예, 스님."

성검은 자세를 흐트리지 않은 채 공손히 대답했다.

하지만 잠시 후, 심공이 초당 안으로 사라지자 태도가 급변했다.

"이런, 우라질! 팔 떨어지는 줄 알았네. 강력한 하체? 스님, 제가 무슨 씨돼진지 아십니까. 몸 팔아서 먹고살게. 전 강호 체질입니다. 음회 회회!"

성검이 그 자리에 털썩 주저앉으며 구시렁거렸다. 경추봉의 달빛이 그의 수려한 얼굴을 비추고 있었다.

2

잣나무들이 울창하게 뻗은 숲의 공지.

나무 사이로 저 멀리 만리장성 동쪽의 첫 관문인 산해관(山海關)이 올려다 보였다. 잣나무 가지를 가르며 햇빛이 새어들었고, 나무들이 내는 풋풋한 냄새와 습기를 머금은 공기가 머리를 맑게 했다.

하시만 그곳에 모인 여섯 사람은 하나같이 긴장된 표정이었다.

"성검아, 저기 검은 무복 차림에 구구도(九鉤刀)를 들고 있는 이는 발산도 꾕우소이니라. 한때 점창파에 적을 두고 있었지. 하지만 지금은 발산도라 명명한 구구도 한 자루에 의지해 강호를 떠돌고 있다. 십육 년 전, 일검수 류추영이 천검궁에 대항하기 위해 정파연합을 구성했을 때 점창파 역시 그곳에 가담했느니라. 그런데 싸움이 길어지고 정파연합이 궁지에 몰리자 점창파는 천검궁에 투항했지. 그 일 이후 굉우소는 점창파를 등지고 오늘날까지 저렇게 떠돌아다니고 있느니라."

심공은 염소 수염을 만지작거리며 나직한 음성으로 굉우소의 내력을 설명해 나갔다.

심공과 성검 앞에는 방금 전 거론된 굉우소가 황색 장삼을 걸친 승려와 대치해 있었다. 그리고 공터 저편엔 잿빛 장삼 차림의 노승 두 명이 서 있었다.

"저기 곤(棍)을 든 이는 담송(淡松)이다. 소림사의 중으로, 십육 년 전 소림이 천검궁에 투항할 때 방장이던 이수 선사와 함께 그 일을 앞장서서 도모했지."

"큰스님, 그럼 저분들도 소림사 승려입니까?"

성검은 맞은편의 두 노승을 가리키며 물었다.

"그렇다. 우측에 있는 이는 청현, 좌측에 있는 이는 묵현으로, 사형제 간이다."

"예. 그런데 굉 대협과 담송 스님이 비무를 겨루는 이유는 무엇입니까?"

"음, 묵은 빚이 있기 때문이다. 원래 담송과 굉우소는 절친한 벗이었느니라. 두 사람 모두 의협심이 강하고 성격 또한 거리낌이 없어 한때 의형제까지 맺은 바 있지. 그런데 담송의 변절로 관계가 멀어지더니 종국에는 적이 되고 말았다. 천검궁에선 끝까지 자신들에게 대항한 일검수와 굉우소 등 몇몇 협객들을 추격해 왔다. 그 일에 변절한 정파인들을 이용했지. 그중 굉우소를 추격한 무리가 바로 담송을 비롯한 소림 승려들이었어. 그런데 추격 과정에서 두 소림 고수가 굉우소의 칼에 맞아 죽었다. 그들은 각각 혜현과 경현으로, 저기 있는 청현, 묵현 등과 함께 소림의 사대호법이었다. 문제는 그들 네 사람이 함께 가르침을 줬던 유일한 제자가 담송이었다는 점이지. 즉, 담송의 입장에서 보자면 굉우소는 사부를 죽인 원수인 셈이다."

심공은 이야기를 마친 후 길게 한숨을 내쉬었다.

"사부님, 지필묵을 준비할까요?"

얼마간 궁금증이 풀린 성검이 봇짐을 내려놓으며 물었다.

성검에게 이런 식의 비무는 퍽 익숙했다. 심공은 전직 색마치곤 발이 넓어서 강호의 대소사는 물론 숱한 비무에 초대되곤 했다.

대개 고수들의 비무는 뚜렷한 명분 하에 펼쳐지게 마련이다. 그들은 명예를 중시하는 만큼 결투에 있어서도 공정한 승부였음을 확인받고 싶어했다. 따라서 심공처럼 무학과 문장에 능하며, 어느 쪽에도 치우치지 않은 관전자를 두어 그 기록을 남기고자 하는 경우가 많았다. 그런 사정은 천검궁의 천하가 된 지금도 달라지지 않았다.

어쨌거나 심공 덕분에 성검은 어릴 적부터 숱한 비무를 관전할 수 있었다.

일필강호(一筆江湖)!

강호에서의 은원은 심공의 일필에 매듭지어진다는 이야기가 있다. 그만큼 심공은 인정받는 강호의 사가(史家)다. 그는 자신이 관전한 모든 비무를 기록했고 그렇게 기록된 소식은 삽시간에 강호로 퍼지곤 했다.

오늘의 비무 또한 마찬가지다. 이미 며칠 전, 굉우소와 담송 양측에서 심공의 참관을 의뢰해 왔다. 심공은 쉬이 수락했고, 결국 성검과 이곳까지 동행하게 된 것이다.

"그러려무나. 하지만 서두를 것 없다. 저 두 사람은 최고의 맞수다. 최소한 반 시진가량의 시간이 걸릴 것 같구나."

심공은 느긋하게 말하며 다시 굉우소와 담송에게 눈길을 주었다.

시간은 어느덧 사시(巳時)에 다다랐다. 태양은 사선에 걸렸고, 조금씩 볕이 따가워지기 시작했다.

"우소, 자네를 찾는 데 퍽 오랜 시간이 걸렸어."

담송이 씁쓸한 음성으로 먼저 입을 열었다.

그는 육 척가량의 키로, 사람에게 쉬이 호감을 주는 인상이다.

"담송, 자네의 공부는 여전히 제자리인 모양이군. 속세의 인연에 그렇게 연연하다니 말이야."

굉우소는 담송에게 발산도를 겨눈 채 담담하게 말했다.

"하하, 틀린 말은 아닐세. 오랫동안 자네를 그리워했으니까."

"그렇게 말해 주니 고맙군."

"진심일세. 그나저나 천하의 발산도 굉우소도 세월을 빗겨가진 못했군. 흰머리가 반쯤 머리를 덮었어. 그동안 어찌 지냈는가?"

담송은 곤을 늘어뜨린 채 굉우소를 빤히 쳐다보았다. 그 눈빛엔 그리움이 짙게 배어 있었다. 오랜 은원이 복잡하게 얽힌 표정이다.

"하하, 나는 장부일세. 한번 세운 뜻은 절대 꺾지 못하지. 천검궁을 무너뜨리기 위해 아직도 칼을 갈고 있어. 지금이라도 다시 동참하겠는가, 친구?"

"쯧쯧, 우소. 달은 차면 저절로 기우는 법이지. 하지만 아직은 때가 아니야. 섣불리 움직였다간 또다시 혈겁을 몰고 올 뿐이라네."

담송은 안타까운 표정을 지었다.

하지만 그것도 잠시, 그는 결국 왼손으로 곤을 받쳐 들어 굉우소를 겨누었다.

"세상일이란 참 묘한 것이지. 절친했던 벗에게 무기를 겨누어야 하다니 말이야. 우소, 나는 조만간 소림 방장의 자리에 오르게 되네. 그런데 돌이켜 보면 매듭짓지 못한 일이 있어. 바로 자네와의 일전이지. 두 사부님의 원한을 갚지 못한다면 내 무슨 면목으로 소림을 이끌 수 있겠는가. 또 하나, 난 자네를 한 번쯤 꺾고 싶었네. 자네의 발산도는 일검수와 함께 쌍벽을 이루지 않았는가 말이야. 하지만 난 내 항마곤(降魔棍)이 자네의 발산도에 뒤진다고 생각하지 않는다네. 이상이 벗에게 무기를 겨누어야 하는 이유지."

"하하, 담송. 내 비록 자네에게 발산도를 겨누고 있으나 망설일 수밖에 없었네. 그런데 자네가 내 짐을 덜어주는군."

굉우소는 지그시 미소를 머금었다. 그는 곧 발산도를 왼손으로 옮긴 후 도신에 오른 검지를 가져다 댔다.

"나는 이 약지를 깨물어 자네와 결의형제를 약속했네. 이제 스스로 그 약속을 거두기로 하지."

스읏.

예리한 칼날에 약지의 세 번째 마디가 잘려 나갔다. 붉은 피가 발산도를 적시며 떨어져 내렸다.

그 순간, 담송의 양미가 꿈틀거렸다.

"자, 가네."

굉우소는 더 이상 망설일 이유가 없다는 듯 곧장 발산도를 뻗었다.

스스슷.

마치 보이지 않는 장막이 베어지듯 발산도가 지나는 곳에서 묘한 파공성이 일었다. 섬뜩함이 느껴질 정도로 빠른 공격이다.

"우소, 전혀 변하지 않았군."

담송은 도도하게 밀려들어 오는 발산도의 위력에 내심 놀랐다.

굉우소의 도법은 지극히 간결하며 직선적이다. 일체의 허초도 없이 상대의 급소만을 노리며 빠르게 밀려들었다.

하지만 담송의 곤이 뻗어 나가는 순간부터 두 사람의 비무는 황홀할 만큼 화려하게 펼쳐지기 시작했다. 굉우소의 쾌도(快刀)는 담송의 우아한 곤술에 끊임없이 막히면서도 멈추지 않았다.

채챙―

잣나무 사이로 새어들던 햇빛이 몇 갈래로 찢겨져 나갔다. 한낮의 잣나무 숲이 몇 동강 나는 듯한 느낌.

힘과 기술의 대결이다. 묵직한 발산도가 햇빛을 튕겨낼 때마다 담송은 현란한 신법으로 피해 다니며 순간순간 곤을 뻗었고, 그것은 또 발산도를 때리며 영롱한 울림을 만들어낼 뿐이다.

그렇게 일각이 흐르고, 다시 이각이 흘렀다. 그사이 담송의 곤술은 점차 절정으로 치달았다. 마치 곤과 하나가 된 것처럼 신비한 신법을 펼치며 굉우소의 혼을 빼놓기 시작했다. 좌측으로 파고드는가 싶으면 아래에서 위로 곤이 뻗어 올랐고 그것을 막으면 다시 부드러운 곡선을 그리며 정수리를 노렸다.

'담송, 자네를 오랫동안 알아왔으나 차마 그 실력은 알지 못했다. 그런데 오늘에서야 이렇게 확인하게 되는구나. 나 발산도 굉우소, 영원히 자네의 실력을 알고 싶지 않았거늘.'

어느 순간, 굉우소의 발산도가 빠르게 담송에게 쇄도해 들어갔다.

쇄애액―

바람보다 먼저 햇빛이 갈라졌다. 담송의 눈이 크게 떠졌으나 그는 다급히 곤을 내려쳐 발산도를 막았다.

피류룽—

공력이 실린 두 무기가 마주치는 순간 심한 공명이 일며 숲을 맴돌았다. 폭사된 강기의 충격에 의해 담송이 땅에 깊숙한 족흔을 그리며 이 장여 밀려난 상황.

하지만 정작 표정이 굳어진 것은 굉우소였다.

'나 굉우소의 발산도가 한낱 백랍(白蠟)으로 만들어진 곤을 베지 못했단 말인가?'

굉우소는 입 안에 고인 피를 삼키며 지그시 눈을 감았다.

한편, 담송은 이미 몇 모금의 선혈을 토해내며 신형을 비틀거리고 있었다. 기량의 차이다. 그는 발산도가 뿌려댄 햇빛에 현혹되어 미처 굉우소의 공격을 피할 수 없었다. 급한 김에 정면으로 발산도를 받아냈으나 심한 내상을 입었다.

'흐훗, 우소, 과연 강하다. 알고 있는가, 나를 변절하게 만든 것은 천검궁에 대한 두려움이 아니라 자네와 일검수에 대한 질투였다는 것을… 하지만 이렇게 끝낼 수는 없지 않겠는가. 지난 세월 동안 오직 이 순간만을 위해 살아왔거늘.'

담송은 입가의 피를 닦아내며 가볍게 미소를 머금었다.

굉우소의 눈빛과 마주치는 순간 담송은 이제까지와는 달리 느릿하고 허허롭게 곤술을 펼치기 시작했다. 이미 얼마간의 공력을 상실한 상태였으나 그는 그 어느 순간보다 안정되게 자신의 곤술에 몰입했다. 전신의 공력을 순수하게 백랍의 곤 한 자루에 담고 있는 것이다.

하지만 굉우소는 여전히 두 눈을 감은 채 발산도를 늘어뜨리고 있었다. 보지 않아도 보인다는 듯……

얼마의 시간이 흘렀을까. 무아지경에 빠져 있던 담송의 춤사위가 점점 빨라지더니 급기야는 거대한 물살처럼 굉우소를 향해 굽이쳐 흐르기 시작했다. 은빛으로 반짝이는 강물, 담송의 움직임이 바로 그랬다.

"히압—"

숲을 쩌렁쩌렁하게 울리는 담송의 기합성과 함께 황홀한 살기가 굉우소에게 뻗어갔다.

고목처럼 서 있던 굉우소가 일보를 내디디며 발산도를 뻗은 것도 그 순간이다. 굉우소 역시 발산도에 전신공력을 실었다.

수십 가닥으로 갈리며 현란하게 뻗어오는 곤, 거친 폭포수를 거슬러 오르는 한 마리 용처럼 도도하게 뻗어가는 발산도.

콰르르릉—

경천동지할 폭음이 일었다. 그리고 잠시 후, 곤과 도의 승부가 판가름났다.

천지사방(天地四方) 어디 한 곳 뚫릴 것 같지 않던 담송의 방어가 정작 일 도에 흩어져 버렸다.

"흡!"

외마디 신음과 함께 담송의 몸이 정수리로부터 정확히 반으로 쪼개졌다. 일 장 높이로 피분수가 솟구쳤고, 곧 굉우소의 몸을 적시며 바닥으로 뿌려졌다.

"크흡!"

굳어진 듯 서 있던 굉우소 역시 신음을 토해낸 후 발산도를 바닥에 꽂으며 주저앉았다.

분명 담송이 빨랐다. 그는 비록 발산도의 치명적인 공격을 막아내지 못했으나 이미 굉우소의 몸 세 군데에 곤을 내리꽂은 상황이었다. 만약 한 군데만 더 곤을 내리꽂았다면 숨통이 끊어진 것은 굉우소였을 것이다.

사타폭참곤(四打暴斬棍)!

급소가 아닌 네 경락을 연속적으로 쳐 상대의 몸을 터뜨리는 곤술이다. 담송은 이미 공력을 상당 부분 잃은 형편이었다. 발산도와 정면으로 마주친다면 내장이 격탕되어 버릴 터, 굉우소가 도를 뻗는 순간에 드러나는 허점을 공략할 생각이었다.

사타폭참곤법은 상대가 자신보다 강한 내공의 소유자거나 지금처럼 공력을 제대로 사용하지 못할 때 쓰는 변칙 공격이다. 급소가 아닌 곳들로만 모아진 만큼 상대는 그것을 막기보단 시전자의 급소를 노리고 파고들게 마련이다.

담송이 노린 것이 바로 그 점이다. 그가 의지한 것은 화려한 기교. 순식간에 네 군데의 경락을 점할 자신이 있었다. 사실, 그 네 경락 모두가 검이나 도를 뻗을 때 드러나게 되는 곳이므로 승산은 충분했다.

아니, 담송은 최악의 경우 동귀어진할 생각이었다. 그에게 있어 굉우소는 친구인 동시에 하나의 벽이었다. 그 벽을 허물 수만 있다면 죽음조차 불사하리라 생각할 만큼 커다란 벽.

하지만 굉우소는 생각보다 빠르고 단호했다. 담송의 몸통을 동강 낸 것은 발산도가 아니라 그곳에서 뻗어 나간 강기였던 것이다.

쇄아아—

한여름 숲 속으로 스산한 바람이 스쳐 지나갔다.

몇 개의 꽃잎이 그 바람에 날렸고, 고개 숙인 채 주저앉은 굉우소의 얼굴 어딘가에서 물기가 번졌다.

3

"성검아, 진정한 색마가 되기 위해선 알아야 할 것이 정말 많다. 내가 그동안 네게 의학을 가르친 이유 역시 그 때문이다. 아픈 자들을 돕든 말든 그것은 네 자유이니라. 마음이 동한다면 도울 것이고 그렇지 않다면 외면하면 되는 것이지. 내가 가르친 의학은 너 자신을 위해 쓰일 때 제 가치를 가진다는 의미다. 자, 오늘은 사람의 신체 중 눈에 보이지 않는 장기(臟器)들에 대해 알아보자꾸나."

심공은 소탁 위에 놓인 서책을 펴고 담담한 음성으로 입을 열었다.

"사람의 신체 역시 우주와 마찬가지로 오행(五行)으로 이루어져 있으며 그 상생(相生)과 상극(相剋)의 확장된 개념에 따라 생리(生理)와 병리(病理)로 설명되어질 수 있다는 점은 누누이 강조해 왔지?"

"예, 큰스님. 하지만 궁금한 것이 있습니다. 스님께선 불가에 몸담고 계신 분이 어찌 유학(儒學)의 원리로 사물을 분간하시는지요?"

"만박귀진(萬博歸眞)이니라. 세상의 모든 지혜는 하나의 진리를 향하게 마련이다. 불교면 어떻고 도교면 어떠하며 유학이면 어떠리. 참된 진리는 어차피 하나인 것을……."

"예. 죄송합니다, 큰스님. 제가 아직 어려 부족한 것이 많다 보니……."

'우라질! 색마 주제에 늘 거창하게 나간단 말이야. 음회회회, 그런데 정말 궁금한 건 이 재주 많고 박학다식한 영감이 왜 굳이 몸 팔아서 먹고살려고 할까 하는 점이지.'

성검은 고개를 조아리며 온화한 미소를 머금었다.

"음회회회, 말이 그렇다는 거다. 솔직히 진정한 색마는 그다지 박학다식할 필요가 없느니라. 학문을 익힐 시간이 있다면 차라리 그 시간을 몸 가꾸기에 투자하는 게 낫지. 색마란 그저 강한 정력과 준수한 외모만 있으면 되거든."

"……."

'이제야 본색이 나오는군.'

"에, 그럼에도 굳이 내가 네게 의학과 그 외 잡다한 학문까지 가르치는 것은 너를 일류로 만들기 위해서다. 세상에는 많은 색마들이 있는데 하나같이 정력이 세고 반반하게 생겨먹었거든. 그들과 치열하게 경쟁하자면 정력과 외모 외에도 계집들을 후릴 수 있는… 음, 미안하구나. 여심(女心)을 촉촉이 적실 수 있는 여러 개인기를 지녀야 한다. 가령 하나의 먹이를 놓고 강한 적수와 마주쳤을 때, 그 계집의 성장 환경이나 기호 혹은 심리 따위를 간파해 누가 더 효율적인 방식으로 접근하느냐에 따라… 음회회회, 또 이야기가 다른 곳으로 샜구나. 자, 다시 시작하자꾸나."

"예, 큰스님."

'어라, 그게 본론 아니었어?'

성검은 이번에도 온화한 미소로 화답했다.

"오장(五臟)에는 간(肝), 심(心), 비(脾), 폐(肺), 신(腎)이 있다. 이중 간장은 오행의 목(木), 심장은 화(火), 비장은 토(土), 폐, 즉 허파는 금(金), 신장은 수(水)의 성질을 가지게 되느니라. 상생의 흐름이 어떠하냐. 금생수(金生水), 수생목(水生木), 목생화(木生火), 화생토(火生土), 토생금(土生金). 즉, 쇠는 물을, 물은 나무를, 나무는 불을, 불은 흙을, 흙은 쇠의

기를 돕는다. 즉, 서로를 살리는 관계다. 이러한 상생의 흐름에 오장의 관계를 적용하면 허파는 신장을, 신장은 간장을, 간장은 심장을, 심장은 비장을, 비장은 허파의 활동을 돕는다. 다시 말해 허파의 활동이 활발해야 신장의 활동을 돕는다는 얘기지. 하지만 어느 한 장기의 활동이 지나치게 활발해도 문제이니라. 상생이 있다면 상극 또한 존재하기 때문이지. 상극의 흐름이 어떠하냐. 나무는 흙을, 흙은 물을, 물은 불을, 불은 쇠를, 쇠는 나무를 억누른다. 간장의 활동이 지나치게 활발하면 상대적으로 비장이 약해지고, 비장이 강하면 신장을 상하게 한다. 나머지 장기의 관계도 마찬가지지."

"하아암—"

"……."

'어허, 성검이 이 아이가 내 앞에서 하품을 하다니… 이런 아이가 아닌데.'

"죄, 죄송합니다, 큰스님!"

'정말 지겨워 죽겠군. 빨리 이놈의 절간에서 달아나야지. 음, 오늘 밤에 달아나면 발산도 굉 대협을 따라잡을 수 있을지도 몰라. 그래, 나 류성검(柳聖劍), 기필코 강호에 나가 진정한 사내가 되리!'

무불사의 밤이 또 그렇게 깊어가고 있었다.

한편, 발산도 굉우소는 막 경추봉을 내려가는 중이었다.

담송과의 비무 이후 그는 심공에게 간단히 내상을 치료받은 후 곧장 무불사를 떠났다. 자신의 거처가 밝혀진 이상 천검궁의 무사들이 추격할 것은 자명한 일이다.

천검궁에 있어 굉우소는 적지 않은 골칫덩이였다. 그의 무공이나 영향력을 두려워한다기보단 꺼지지 않는 정파의 혼을 두려워하는 것이다. 굉우소는 지난 십육 년 동안 강호에 모습을 드러내지 않았다.

그럼에도 그와 일검수 류추영에 대한 풍문은 끊이지 않고 항간에 나돌았다. 모처에서 일만의 고수들을 양성하고 있다거나, 신선이 되었다거나, 그도 아니면 인피면구를 쓴 채 천검궁에 잠입해 중요한 위치에 올라 조만간 모반을 일으킬 것이라는 등등의…….

물론 하나같이 허황된 이야기였다. 하지만 그런 풍문이 끊이지 않는 한 정파 재건의 꿈 역시 사그라지지 않을 것이다. 천검궁은 바로 그 점을 우려했고, 지난 세월 꾸준히 굉우소와 류추영을 찾아내기 위해 노력했다.

그런데 마침 담송이 굉우소를 찾아냈고, 그로 인해 오늘 비무를 겨루었다.

문제는 그 일이 이미 비무를 관전한 소림의 청현과 묵현에 의해 천검궁에 보고되었으리란 점이다.

그런 급박한 상황에서도 굉우소가 굳이 무불사에서 시간을 지체한 것은 비단 치료 때문만은 아니었다.

'후, 호랑이의 자식이 너구리의 젖을 물고 있는 꼴이다. 도대체 일검수는 어디에 있기에 자기 자식을 저렇게 방치하고 있는 것일꼬.'

굉우소는 무불사의 사미승 류성검의 얼굴을 떠올리며 깊게 한숨을 내쉬었다.

류성검!

정파연합의 마지막 희망으로 불리던 류추영의 후예다. 더불어 청해 류가의 정순한 핏줄이기도 하다. 십육 년 전 천검궁에 쫓기던 류추영이 무불사에 맡길 당시의 나이가 두 살이었으니, 성검은 올해로 열여덟

이 되는 셈이다.

광우소가 열하에 발걸음을 한 것도 사실은 심공을 통해 류추영의 소식을 들을 수 있지 않을까 하는 기대에서였다. 그는 십오 년쯤 전인가, 단 한 번 북경 변두리에서 류추영과 마주쳤다. 당시 류추영은 폐인이나 다름없었다. 술과 약에 찌들어 있었으며, 정신도 오락가락했다.

"헤헤, 발산도가 뽑으라는 산은 뽑지 않고 예서 뭘 하고 계시는가?"

지저분한 뒷골목에서 술에 취해 쓰러져 있던 류추영이 건넨 첫말이었다.

"일검수, 역시 자네였군. 이게 얼마 만인가, 친구."

"헤헤, 한 삼 년쯤 되었던가?"

"음, 자넨 인간성은 좋은데 머리는 상당히 나빴지. 일 년 만일세."

"푸헤헤, 그런가? 우소, 그나저나 자네 그 몰골이 뭔가? 쯧쯧, 뼈대 있는 가문의 후예가 그런 싸구려 장삼이나 걸치고 다니다니."

류추영은 누렇게 때가 낀 앞니를 드러내며 헤벌쭉이 웃었다.

누더기나 다름없는 옷에선 퀴퀴한 냄새가 났고, 입을 열 때마다 썩은 술 냄새가 역하게 풍겼다. 광우소가 류추영을 발견하고도 한동안 긴가민가 고민한 이유도 거기에 있었다. 결코 과거 그 화려한 시절의 류추영이 아니었다.

"자네 몰골이야말로… 그건 그렇고, 성검이 녀석은 어디에 있는 겐가. 후에 사검령이 장렬하게 죽었다는 이야기는 들었네. 덕분에 자네 부자가 함께 무사히 마하구옹의 진을 뚫었다던데."

"성검이? 푸헤헤, 그 오줌싸개 녀석 말이야? 그놈은 색승(色僧) 심공에게 맡겼지. 이 모진 세상 속 편하게 살아가는 위인이니 내 아들놈도 굶지 않게는 만들 게야. 그나저나 오랜만에 친구를 만났는데 이렇게 홀대할 수는 없지. 잠시 여기서 기다리게. 내 이 동네 술집은 죄다 잡고 있으니 금세 술동이를 지고 오겠네. 아주 잠시면 되니 앉아서 기다리시게."

류추영은 휘청거리는 몸을 일으켜 어스름이 자리 잡고 있는 저자를 향해 걸어갔다. 그리고 그게 마지막이었다. 밤새도록 기다렸으나 류추영은 끝내 그 자리로 돌아오지 않았다.

'그나저나 성검이 그 아이라도 데려오는 게 좋지 않았을까? 흠, 아니야. 일검수 말대로 심공 그 위인이라면 성검이를 평범하게는 만들 수 있겠지. 의롭고 바르게 살아가기엔 힘든 세상이 아니던가. 차라리 색마가 되더라도 청해류가의 맥을 잇는 게 중요할 수도 있고……'

굉우소가 깊은 생각에 잠겨 있을 때 산 아래에서 한 무리의 무사들이 빠르게 다가오고 있었다. 얼마간의 살기를 감지해 냈다 싶었을 땐이미 삼십여 장의 거리로 좁혀졌다.

'하하, 생각보다 훨씬 빨리 도착했군.'

굉우소는 몸을 숨길까도 생각해 보았으나 자칫 무불사에 피해를 끼칠 수 있다는 데 생각이 미쳤다. 혹시라도 성검이 잘못된다면 차마 일검수를 볼 면목이 없을 것이다.

사르릉—

발산도를 거머쥔 굉우소는 가만히 멈춰 선 채 전방에 시선을 고정시켰다. 서늘한 달빛이 침엽수 위로 쏟아지고 있다.

"멈춰라!"

쏜살같이 달려오던 흑의인들이 십여 장 앞에서 멈춰 섰다.

"그대가 발산도 굉우소요?"

무리의 맨 앞에 선 사내가 입을 열었다.

이십 대 중반의 젊은 검수로 얼마간 오만한 인상을 지녔다.

"그래. 예전에도 그랬고 지금도 그렇지. 하지만 내가 이미 늙은 겐가? 고작 십여 명, 그것도 자네 같은 애송이가 내 길을 막아설 거라곤 생각지 못했는걸?"

"하하하! 노선배의 명성은 이미 귀따갑게 들었지. 하지만 노선배는 아직 나, 공손추사(公孫追思)의 명성을 듣지 못한 모양이군."

"……."

사내의 말에 굉우소의 표정엔 얼마간 이채가 어렸다.

공손추사.

천검궁의 후기지수 구룡(九龍) 중 넷째다. 과거 천검궁의 위명이 마하구옹의 이름과 함께했다면 현재 천검궁의 명성은 개세구로(蓋世九老)와 함께한다. 구룡은 바로 개세구로의 아홉 제자로, 태어난 지 백일도 되지 않아 그들의 손에 거두어졌다.

비록 나이는 채 서른을 넘지 않았으나 개세구로의 진전을 이어받은 만큼 그 무공과 지위는 상당히 높은 편이었다. 굉우소라고 해서 그런 구룡의 명성을 듣지 못했을 리 없다.

"파하하하! 참 묘하군. 내가 자네만할 때는 세상에 두려울 것이 없었지. 천검궁의 역천휘도 나 굉우소의 발산도 아래에 무릎 꿇을 것이라 믿고 있었어. 그런데 세월이 흘러 나는 이미 지천명의 나이를 앞두고 자네 같은 후학들을 상대로 발산도를 들어야 하는군."

"죄송한 말씀이오나, 선배께선 실패한 인생이오. 어찌 감히 천검궁주와 비교될 수 있겠소. 강호는 이미 오래전 천검궁의 그늘에 모여들었고, 천년검궁의 꿈이 실현되고 있소. 누구도 그것을 부정할 수 없지. 나 공손추사가 오늘 선배를 쓰러뜨림으로써 지난 강호의 역사를 모두

지워 드리리다."

촤앙―

공손추사가 검을 뽑아 드는 순간 뭉개지던 달빛이 싹둑 잘려 나갔다. 푸르스름한 예기(銳氣)가 검을 휘감아 올랐다.

묵묵히 공손추사의 모습을 지켜보던 굉우소의 입가에 미소가 어렸다.

"자네 혼자 나를 상대하겠다는 얘긴가?"

굉우소는 공손추사 뒤편에 늘어서 있는 흑의인들을 한차례 훑어보며 말했다.

흑의무사들은 검을 허리에 찬 채 부동 자세로 서 있을 뿐이다. 그저 지켜보기만 하겠다는 태도다.

"그렇소. 나 공손추시는 명예를 아는 인물. 그동안 선배께서 상대했던 소림사의 중놈들처럼 야비하지 않소. 비록 수하들을 이끌고 왔으나, 이들은 그저 선배의 무덤을 만드는 일만 할 것이오. 그러니 염려할 것 없소이다."

"음, 난처한 일이로군. 오늘 아주 힘겨운 싸움을 두 번이나 하게 생겼어."

굉우소가 잠시 난색을 표했다.

비록 천검궁의 신예들인 구룡이 탁월한 기량을 갖춘 인물들이라 짐작하고 있는 바지만, 굉우소의 입장에선 한낱 어린이들일 뿐이다. 아무리 훌륭한 사부들에게 가르침을 받았다 해도 한때 강호의 최고수로 손꼽히던 자신을 혼자서 상대하긴 어렵다.

더욱이 공손추사가 비록 천검궁의 사람이긴 해도 그 기도가 지극히 정순해 차마 살수를 펼칠 자신이 없었다. 그렇지 않아도 이미 오랜 벗을 베어버린 굉우소다. 또 한 번 원치 않는 살인을 하고 싶지 않았다. 굉우소가 갈등하는 것은 그런 이유에서였다.

그런데 그때 뜻하지 않은 일이 벌어졌다.

"음회회회회!"

높은 나뭇가지 어디선가 묘한 웃음소리가 들려왔다.

"누구냐?"

굉우소가 양미를 꿈틀거리며 잠시 주위를 둘러보는 사이, 맞은편의 공손추사가 노호성을 터뜨렸다.

'도대체 누구란 말인가?

그제야 굉우소는 웃음소리가 상당히 귀에 익다는 생각이 들었다. 심공? 분명 색승 심공의 웃음소리가 그랬다.

제3장

난 고수라면 정신을 못 차린다

"음회회회! 비록 칼밥을 먹고산다지만 어찌 대가리에 피도 안 마른 젊은 시주가 백발 성성한 노시주에게 칼을 겨눈단 말이오. 아무래도 젊은 시주 상대는 나인 것 같구려?"

휘리리릭—

까마득히 높은 나무 위에서 한 괴청년이 현란하게 회전하며 내려섰다.

"자네는?"

괭우소의 입에서 당혹성이 터져 나왔다.

비록 두건으로 머리를 가리기는 했으나 눈앞의 청년은 분명 무불사의 사미승 성검이었다.

"음회회회. 괭 시주, 아무래도 산 아래까지 전송하는 것이 시주에 대한 예의라는 생각에 이렇게 따라나서게 되었습니다. 부디 꾸지람을 주지 마십시오."

성검은 굉우소에게 허리를 굽히며 말했다.

"아니, 그거야……."

굉우소는 여전히 얼떨떨한 모습으로 성검을 쳐다볼 뿐이다.

심공에게 듣기로 성검은 분명 무공을 익히지 못했다. 그런데 어떻게 사오 장 높이의 나무 위에서 그렇게 표홀한 동작으로 사뿐히 내려설 수 있는지, 어떻게 자신의 기도를 숨긴 채 뒤따를 수 있었는지 영 이해가 가지 않았다.

"그래. 그렇다 치고, 자네도 인간성은 좋아 보이지만 머리는 좀 나쁜 모양이군. 누구처럼 말이야."

"……?"

성검은 고개를 갸우뚱했다. 도대체 자기가 누구와 닮았다는 것인지.

"자네, 방금 전 나를 백발 성성한 노인이라 했던가? 쯧쯧, 이 사람. 내 머리에 간혹 난 흰머리는 그저 새치에 불과하네. 실제로 아직 나이 오십도 되지 않았고. 게다가 시주란 호칭 또한 좀 무안하군. 원래 시주란 절간에 돈이나 물건을 베풀어주는 이들을 말하네. 나는 아무것도 준 것이 없는데 어찌 시주라 불릴 수 있겠는가. 그리고 이건 자네 싸움이 아니니 함부로 나서지 말게."

굉우소는 자칫 성검이 엉뚱한 일에 휘말릴 것을 염려해 그를 제지했다.

하지만 성검은 해맑게 웃으며 고개를 저었다.

"음회회회, 그건 시주께서 잘못 알고 계십니다. 첫째, 오십이면 결코 적은 나이가 아닙니다. '위정편(爲政篇)'에 이런 구절이 있습니다. '자왈(子曰), 오십유오이지우학(吾十有五而志于學) 삼십이입(三十而立),

사십이불혹(四十而不惑), 오십이지천명(五十而知天命), 육십이이순(六十而耳順), 칠십이종심소욕불유구(七十而從心所欲不踰矩)'. 즉, 나이 열다섯에 학문에 뜻을 두고, 서른에 확고히 뜻이 섰으며, 마흔에는 미혹됨이 없었고, 쉰에는 천명을 알고, 예순이 되어서는 귀가 순해졌으며, 일흔이 되어선 하고 싶은 대로 해도 법도에 어긋나지 않았다. 뭐, 그 정도 뜻은 알고 계시겠지요? 어쨌거나 이후 나이 오십을 지천명이라 칭했습니다. 다시 말해 천명을 알 나이가 되었으니 그건 상늙은이에 속합니다. 둘째, 백발 성성하단 말이 귀에 거슬리신 듯한데 그건 성성(星星)하단 의미를 제대로 모르기 때문입니다. 성성하다는 말은 별이 총총히 뜬 것처럼 백발이 희끗희끗한 모양을 의미합니다. 즉 완전 백발이 아니라 밤하늘 같은 검은 머리 사이로 흰머리가 송송 돋아난 모양을 말하지요. 그리고 분명히 말하지만 나이 사십 넘어 나온 흰머리는 새치가 아니라 센머리, 달리 말하자면 백발이 맞습니다. 셋째, 시주께선 저희 절에 아무것도 베풀어주신 게 없다 했으나 그 또한 옳지 않습니다. 자고로 절간엔 양기(陽氣)와 음기(陰氣)가 조화를 이루어야 하거늘 어찌 된 것이 저희 무불사엔 계집들만이 넘쳐 나 양기에 굶주리고 있었습니다. 그런데 시주께서 오늘 무불사를 찾아주심으로써 그 허기가 얼마간 채워졌습니다. 시주께서 꾹꾹 찍어주신 발자국 하나하나가 양기에 갈증난 음기들을 해갈케 한 것이지요. 그러니 제가 어찌 굉 대협을 시주라 칭하지 않을 수 있겠습니까. 음회회, 참고로 밀씀드리자면 저는 인간성만큼이나 머리도 좋습니다. 다 유전 아니겠습니까?"

"……."

청산유수와 같은 성검의 말에 굉우소는 잠시 할 말을 잃었다.

분명 절간에서 보았을 때만 해도 성검은 불심 깊고 예의 바른 청년이었다. 무엇보다 과묵한 점이 마음에 들었다. 비록 굉우소의 마음에는 차지 않았지만 심공의 손에서 자란 것치고는 바르게 자랐다는 생각이 들 정도로……

그런데 지금의 성검은 다르다. 분명 머리가 나쁜 것 같지는 않았지만 어딘가 좀 싸가지가 적다는 느낌이었다. 오히려 천검궁에서 자란 공손추사보다 더!

하지만 정작 굉우소를 놀라게 한 것은 성검이 자기 아비의 정체를 알고 있다는 식으로 얘기한 점이다.

'어허, 심공은 그 내력을 철저히 비밀에 부쳤다 했거늘.'

굉우소는 이마를 짚은 채 잠시 생각에 잠겼다.

"네놈의 정체가 무엇이냐?"

이제껏 굉우소와 성검의 대화를 듣고 있던 공손추사가 괴이한 표정으로 성검을 노려보며 물었다.

"음회회회, 젊은 시주 성정이 불 같구려. 마음속의 화(火)는 자기 몸을 태울 뿐이오. 부디 화를 누르고……."

"닥치거라, 이놈! 네 정체를 물었다."

"쩝! 무불사의 사미승 류성검이외다!"

성검이 심드렁하게 대답했다.

"하하하! 역시 중놈이었군. 이놈, 여기는 너 같은 중놈이 낄 자리가 아니다. 나 공손추사의 검에 살심이 일기 전에 이 자리를 뜨는 것이 좋을 게다."

공손추사가 경계심을 다소 거두며 거만하게 말했다.

성검의 등장이 예사롭지 않긴 했으나 천검궁의 구룡 중 한 명인 자신이 한낱 사미승과 견주어질 거라곤 믿지 않았다. 그저 성검이 뭘 모르고 끼어들었으리란 생각이었다.

하지만 성검의 생각은 얼마간 다른 듯했다.

"음회회, 공손 시주, 여기 계신 굉 시주는 우리 절에 온 손님이와다. 적어도 이 경추봉을 내려갈 때까진 내가 호위를 해야 하오. 그대가 정굉 시주와 싸우고 싶다면 어쩔 수 없이 나 먼저 상대해야 할 터!"

"음, 네가 무공을 아느냐?"

옆에서 지켜보고 있던 굉우소가 흥미롭다는 표정으로 물었다. 미처 의식하지 못했지만 그의 말투가 바뀌어 있었다.

"자기 한 몸 구하지 못하는 중이 어찌 중생을 구하겠습니까. 소승 부처의 뜻을 펼치기 위해 어쩔 수 없이 무학에 정진해 왔습니다."

'이거 왜 이러십니까. 저 강호에 나가지 못해 환장한 놈입니다.'

"그래, 네가 익힌 무공이 무엇이더냐?"

"저 멀리 천축의 기공(氣功)과 장공(掌功), 서장의 대수인(大手印), 해동(海東)의 불교 무술 등 새외의 무술은 물론 소림을 비롯한 강호 각 파의 무학에 대해 폭넓게 공부했습니다."

"……."

굉우소의 표정에 다시 이채가 어렸다.

'역시 용의 자식이란 말인가?'

어떤 경로를 통해 성검이 무공을 익히게 되었는지는 알 수 없으나 굉우소로선 꺼져 가던 일말의 희망을 본 듯한 느낌이었다.

방금 전 홀로 산을 내려갈 때만 해도 굉우소의 심정은 참담하기 그지없었다. 일검수 류추영은 끝내 모습을 드러내지 않고, 강호엔 더 이상 천검궁에 반기를 드는 문파가 없다. 명문정파는 이미 오래전 천검궁에 짓밟혀 멸문하거나 투항해 힘겹게 명맥만 유지하는 상태고 그 외 군소방파나 마교, 황교 등의 무리 역시 새외로 달아나 언제 올지 모를 때만 기다리고 있다. 이제 더 이상 희망이란 게 남아 있지 않은 느낌이었다. 그런데 뜻하지 않게 나타난 성검이 신선한 충격을 주고 있다.

"그래, 정녕 저 아이를 이길 수 있겠느냐?"

"음회회, 심려 놓으십시오. 경추봉 산적 놈들 사이선 제가 용의 아들, 용가리 통뼈, 뭐 그런 식으로 불립니다."

담담한 음성으로 답한 성검은 곧장 승복 안쪽 허리로 손을 집어넣었다.

차르르릉―

부드러운 쇳소리와 함께 두 자 길이의 짤막한 검이 모습을 드러냈다.

'연검? 하하, 알 수 없는 일이군. 청해류가의 절기가 연검으로 펼쳐진다는 것을 이 아이가 어찌 알고 있을까?'

굉우소는 슬며시 발산도를 내려놓으며 묘한 눈길로 성검을 바라보았다. 결국 성검의 진전을 살펴보기로 한 것이다.

"이런 하찮은 놈! 감히!"

공손추사가 불쾌한 표정으로 이를 갈며 으르렁거렸다.

"아닐세. 이 아이는 분명 용의 후손이야. 나 역시 이 아이와 자네의 비무를 구경하고 싶네. 굳이 나와 싸우고 싶다면 먼저 이 아이부터 제압해 보게."

굉우소가 부드러운 음성으로 말했다.

"흥! 천검궁의 구룡인 나 공손추사가 어찌 저런 어린 중놈과 싸울 수 있겠소. 구절계류(九折溪流)! 저놈을 정확히 아홉 토막으로 만들어라! 단, 이 나무가 쓰러지기 전에 일을 끝내야 한다. 만약 실패한다면 내

손수 너희를 아홉 토막 낼 것이다!"

말을 마친 공손추사가 빠르게 검을 휘둘러 옆에 서 있던 굵직한 소나무를 대각선으로 베었다.

쇄애액—

바람 소리와 함께 굵직한 소나무가 검선(劍線)을 따라 미끄러져 내렸다.

"존명!"

공손추사의 뒤편에 부복해 있던 아홉 명의 흑의인이 일제히 고개 들어 베어진 소나무를 바라보았고, 다급히 신형을 쏘아 성검에게 덤벼들었다. 공손추사가 허언을 하지 않는 인물임을 잘 알고 있기 때문이다.

쿵—

미끄러져 내린 소나무가 묵직한 굉음을 내며 땅에 박혔다.

부엽토로 이루어진 땅이라 일단 박혀들긴 했으나 언제 쓰러질지 알 수 없다. 바람만 슬쩍 불어도 쓰러질 것처럼 위태로운 상태. 흑의무사들로선 찰나의 시간조차 낭비할 수 없었다.

성검 역시 시간을 낭비하고 싶지 않았다. 그는 자신을 향해 쏘아져 들어오는 흑의인들에게 곧장 마주쳐 가며 검을 휘둘렀다.

채채채챙—

날카로운 쇳소리가 고요한 삼림을 울리기 시작했다.

"복마검법(伏魔劍法), 칠십이파검(七十二波劍), 회풍무류사십팔검(廻風舞流四十八劍), 태허도룡검(太虛屠龍劍)……."

"헉—"

"크흐읍—"

"끄억—"

"……."

달빛을 쪼개는 검과 검. 하지만 채 몇 촌의 시간이 흐르기도 전에 비명이 잇달아 울렸고 그 모습을 지켜보던 굉우소와 공손추사의 얼굴이 납빛으로 굳어졌다.

"자, 수미불면장(須彌佛面掌)은 어때?"

퍼억—

"……."

아홉 번째 흑의인의 복부에 성검의 일장이 찍히는 것으로 싸움은 끝이 났다.

흑의인은 채 비명도 내지르지 못한 채 서너 걸음 뒤로 밀려나다가 그대로 고꾸라졌다. 한 모금의 선혈을 토해낸 채.

쿵—

성검이 마지막으로 내지른 일장의 여파가 소나무를 흔들어 쓰러뜨린 것도 그 순간이다.

'맙소사! 비록 한 초식씩 맛보인 것에 불과하지만 그 짧은 순간에 공동파와 청성파, 점창파, 곤륜파 등 강호 각 파의 검식들을 펼쳤다. 마치 그것들을 조합해 하나의 검식을 만든 듯 검로(劍路)의 흐름 또한 자연스러웠다. 믿을 수 없는 일이야. 청성파와 공동파는 이미 강호의 역사 속에 묻혀 버렸거늘 그 절기들이 이 고요한 산속에서 부활하다니…….'

굉우소는 몇 번인가 고개를 흔들다가 뚫어져라 성검을 쳐다보았다. 비록 절정이라고는 할 수 없지만 상당한 수준의 경지인 것만은 분명했다.

하지만 굉우소의 놀라움은 공손추사의 분노에 비하면 아무것도 아니었다.

"이, 이런!"

공손추사는 검을 쥔 손을 바르르 떨었다.

하지만 그가 화를 내는 것은 성검 때문만은 아니었다. 오히려 제대로 검 한번 휘두르지 못한 채 죽어 나간 수하들에게 더 분노하고 있었다.

공손추사는 늘 단독으로 행동한다. 자신의 실력에 대한 믿음 때문이기도 했으나 원래 수하들을 거느리고 다니는 것 자체를 거추장스러워했다.

하북성 지부에 궁의 명령을 전하는 임무를 띠고 내려올 때만 해도 그는 혼자였다. 그런데 뜻하지 않게 소림 승려들로부터 굉우소에 대한 소식을 전해 들었다. 그래서 곧장 지형에 밝은 자들을 추려 이곳 경추봉으로 달려오게 된 것이다.

"구절계류(九折溪流)? 하하, 저런 허수아비들이 검수란 말인가? 경추봉을 내려가는 즉시 이곳 하북 지부장의 목을 베어버릴 것이다."

빠드득.

이를 간 공손추사가 호흡을 가다듬은 후 성검을 노려보았다.

"젠장, 결국 내 검에 중놈의 피를 묻히게 되었군. 놈, 덤벼보거라!"

공손추사의 검이 서늘한 청광을 내뿜었다.

"염병! 불심이라곤 돼지 꼬리만큼도 없는 시주르군. 좋아, 무시해서 그러려니 생각하고 불도(佛道)를 깨우쳐 주지."

성검은 이번에도 전혀 망설이는 기색 없이 공손추사를 향해 직격했다.

피롱—

연검이 청아한 금속음을 내며 뻗어갔다. 물결처럼 잔잔한 흐름이다. 하지만 공손추사의 검과 마주치는 순간 그 흐름은 맥없이 깨뜨려졌다.

카강—

날카로운 쇳소리에 이어 부러진 연검이 튕겨져 나갔고, 서늘한 예기가 성검의 목을 향해 뻗어왔다.

"허헙—"

성검은 재빨리 허리를 젖히며 좌각을 뻗어 공손추사의 복부를 노렸다.

표홀한 동작이었다. 하지만 공손추사는 몸을 휘돌려 공격을 피하는 동시에 성검의 좌측 허리에 일장을 꽂아 넣었다.

"으허억!"

묵직한 통증이 느껴진다 싶은 순간 성검은 이미 이 장여 밖으로 나가떨어져 바닥을 구르고 있었다. 나름대로 피한다고 피했지만 심한 충격을 받았다.

"이런 젠장할 시주가 있나. 정말 스님을 때릴 줄은 몰랐는걸?"

성검은 통증을 견디며 애써 태연한 척 말했다.

"하하하! 조금만 기다려라, 이놈. 염왕에게 보내주마."

공손추사는 일장을 맞고도 금세 몸을 일으키는 성검에게 묘한 분노를 느꼈다. 차라리 다시 일어서지 않았다면 죽음은 면했을지도 모를 일이다.

쇄애액—

오른 어깨 뒤로 검단을 젖힌 채 허공 중에 떠올랐던 공손추사가 검을 비스듬히 그으며 내리꽂혔다.

'막아야 하는가?'

굉우소가 엽전 하나를 만지작거리며 갈등했다. 자칫 청해류가의 대가 끊길 수도 있는 순간이었다. 하지만 왠지 더 지켜보고 싶었다.

"우라질!"

다급히 뒷걸음치던 성검의 눈에 희미한 청광이 들어왔다. 잘려 나간 검편이 발치에 떨어져 있었던 것이다.

망설일 이유가 없었다. 성검은 빠르게 우각을 뻗어 검편을 날렸다.

"헛—"

일체의 수비식을 버린 채 쏘아져 내려오던 공손추사가 다급히 검을 휘둘러 검편을 쳐냈다. 그 바람에 얼마간의 빈틈이 생기고 말았다.

성검이 팔을 휘둘러 한차례 몸을 회전하면서 일장을 격출한 것은 바로 그 순간이었다.

타앙—

묘한 파공성에 이어 한줄기 불길이 공손추사를 향해 쏘아져 나갔다.

"……!"

공손추사의 동공이 크게 확대되었다. 그는 본능적으로 검망(劍網)을 형성하려 했다. 하지만 이미 늦었다. 불길은 채 형성되지 않은 검망을 뚫으며 그대로 공손추사의 복부에 꽂혔다.

콰콰쾅—

화르륵.

불길이 치솟는 것과 동시에 거대한 폭음이 심림에 울렸고, 그 일장을 정통으로 받아낸 공손추사는 오 장여 밖으로 날아가 곤두박이쳤다. 그리고 몇 번인가 몸을 뒤척이다가 이내 숨이 멎어버렸다.

"……!"

굉우소는 부릅떠진 눈으로 성검을 바라보며 그대로 굳어져 있었다.

2

"이제 그만 돌아가야 하지 않느냐?"

무겁게 입을 닫은 채 걷고 있던 굉우소가 느닷없이 물었다.

그들은 어느새 경추봉을 벗어나 산서성 방향으로 난 들판을 걷고 있었다.

"저, 그것이… 음회회, 우리 무불사를 찾아주신 시주에 대한 예우로 날이 밝을 때까지는 전송해 드리고자… 음회회회, 이곳은 늑대 떼가 창궐하는 곳이라 몹시 위험합니다."

"내가 한낱 늑대 따위에 당할 사람으로 보이느냐?"

"그게 아니라 여긴 승냥이도 많고, 토끼도 많고…….."

"……."

굉우소는 걸음을 멈춘 채 성검을 빤히 쳐다보았다.

"네가 원하는 것이 무엇이냐?"

"……."

성검은 고개를 숙인 채 잠시 머뭇거리다가 그대로 굉우소 앞에 무릎을 꿇었다.

"대협! 부디 저를 거두어주십시오. 미련하고 싸기지 적은 성검이지만 대협께서 잘만 다듬어주신다면 강호의 법도를 바로 세울 재목으로 클 수도 있을 겁니다. 흐흐흑, 대협께서도 알고 계시겠으나 저희 큰스님은 생의 뜻을 색(色)에 두신 분입니다. 저처럼 심성이 맑은 녀석이 모시기엔 너무나도 탁한 분입지요. 바람기 많은 처와 어미를 둔 대륙의 모든 유부남과 꼬마들을 위해 부디 색마의 계보를 끊어주십시오. 흐흐흑!"

"음, 참 알 수 없는 일이구나. 네 말은 일관되지도 않고 늘 표리부동(表裏不同)하다. 그러니 자연히 모순을 일삼게 되고 내게 믿음을 주지 않아."

"흐흐흑, 그 또한 색마의 후학이 지닌 한계가 아니올른지요. 그러니 저를 거두시어 일관되고 겉과 속이 같으며 모순이라곤 눈을 씻고 찾아봐도 없는 인물로 만들어주십시오. 애끓는 불심을 모아 간곡하게 부탁드립니다."

우는 것만으로는 안 되겠던지 성검은 아예 머리를 땅바닥에 찧기 시작했다.

"후, 성검아."

"예, 대협!"

"네가 이렇게 떠나온 것을 심공도 알고 있느냐?"

"……."

"심공이 마음 아파하지 않겠느냐. 갓 젖을 뗀 널 십육 년간 키워준 이다. 그가 아무리 색마라 해도 네게는 스승이고 어버이의 정을 쏟아준 사람이란 얘기지. 심공 또한 나름대로 네게 기대하고 있는 바가 클 것이다."

'어쩌면 오늘 같은 날을 기다리고 있었던 것인지도 모르지만…….'

굉우소는 잠시 심공의 얼굴을 떠올렸다.

이십여 년의 나이 차를 무시한 채 막역한 지기(知己)로 지내온 지 수십 년이다. 이제는 얼마간 그를 알 것도 같았다.

"예, 대협. 하지만 스님이 원하는 대로라면 전 색마가……."

"하나만 물어봐도 되겠느냐?"

굉우소가 성검의 말을 잘랐다.

"예? 예."

"너는 아까 네가 용의 자식이라 했다. 혹, 네 아비의 이름을 알고 있더냐?"

굉우소의 눈빛이 얼마간 흔들리고 있었다.

"예. 이건 단순히 짐작입니다만……."

"……!"

"무불사의 주지이신 심공 대사가 아닐는지……."

"……?"

같은 시각 무불사.

"아미타불! 용의 자식을 돼지우리에서 키울 수는 없는 법. 결코 마음 아파할 일이 아니다. 음회회회! 이 모든 것이 부처의 뜻……."

텅 빈 성검의 방에 들어선 심공이 깊은 한숨을 내쉬었다.

십육 년 전, 천검궁에 쫓기던 일검수 류추영이 어린 아들을 맡기던 순간부터 예감해 왔던 일이다. 하지만 막상 성검이 떠난 빈자리를 둘러보는 심공으로선 가슴 한편이 아려오는 것을 어쩌지 못했다.

자신의 능력을 뻔히 아는 심공으로선 성검을 위해 해줄 것이 그다지 많지 않았다. 강호에 몸을 담고 살아왔으되 무공을 익히지 않았으니 가르칠 수도 없었다. 영약을 구해 내공을 증강시켜 줄 능력도 없었다. 그저 강호 각 파의 무공 비급들을 수집해 서고에 쌓아두고, 고수들의 비무가 열리는 곳마다 성검을 데리고 다니며 눈이 트이길 기대했다.

하지만 그런 식의 독학을 통해 얻을 수 있는 능력엔 한계가 있게 마련, 심공은 어쩔 수 없이 독특한 방식으로 무공 학습의 뼈대를 세워야 했다. 심공 자신이 유일하게 내세울 수 있는 것은 색공(色功). 하지만 계집을 취해 내공을 쌓는 채음보양술(採陰補陽術) 따위를 가르칠 수는 없는 노릇이었다. 누가 뭐래도 성검은 용의 자식이었으므로.

결국 그는 초선정의 단계를 극복하기 위해 스스로 창안했던 팔부중지수로 내공심법(內功心法)의 틀을 삼고 무학의 근원을 토대로 그 자세를 수정 보완해 나갔다. 비록 무공이 약한 색마의 손에서 만들어진 단순한 초식이지만, 결코 얕볼 것만은 아니었다.

이미 말했듯 심공은 이미 초선정의 초기 단계까지 도달했던 인물. 비록 무공은 약해도 한 분야에서만큼은 나름의 성취를 이루었다. 게다가 무공의 정도와는 상관없이 유불선 삼교의 원리와 각종 철학에 대한 공부가 깊어 무학에 대한 이론만큼은 완벽하리만치 정리할 수 있었다.

스스로는 느끼지 못했을지 모르지만 심공의 그런 보이지 않는 노력으로 인해 성검은 내공과 외공 양면에서 상당한 진전을 이루었다.

물론 성검 스스로의 노력도 간과할 수 없었다. 성검은 쓸데없는 일이라고 생각하면서도 심공의 눈치가 보여 하루 온종일 팔부중지수를 수련했고, 밤이면 서고에 들어 무림 각 파의 무공 비급들을 독파해 나갔다.

비록 비무를 겨룰 상대를 만나지 못해 그 실력을 측정할 수는 없었지만, 성검은 나날이 강해지는 자신을 느꼈을 것이다. 많은 고수들을 보아온 심공 또한 그의 진전에 흐뭇해했고.

그렇다고는 해도 심공에겐 나름의 근심이 있었다. 싸움 경험이 적은 성검이 무턱대고 강호에 나갔다간 화를 당하기 십상이다.

초심자들은 상대의 수준을 가늠하지 못하고 함부로 덤비는 우를 범하기 마련. 설령 자신보다 약한 상대를 만났다 해도 실전을 경험한 적이 없어 하찮은 사술에 걸려들 수도 있다. 다행히 굉우소와 동행하게 되어 안심이란 것이 지금의 심공이 갖는 생각이다.

하지만 그 부분에 대해 심공은 괜한 걱정을 한 셈이다. 공손추사와의 비무에서도 알 수 있듯, 성검은 타고난 싸움꾼이다. 그에겐 경험보다 앞서는 순발력과 상황 판단력, 직감과 재치, 그리고 이기기 위해선 얼마든지 치사해질 수 있는 강한 승부 근성도 있다.

"쯧쯧, 그 녀석 아까 보니 저녁도 거르는 것 같던데… 밥이라도 든든히 먹고 떠날 것이지. 워낙 심성이 맑은 녀석이라 이 늙은 중놈을 걱정해 한 톨의 쌀알이라도 아끼려 했겠지. 가엾고 기특한 녀석."

심공은 성검이 정성껏 개 놓은 이불을 어루만지며 깊게 한숨을 내쉬었다.

"인사라니요. 지금 돌아가면 큰스님이 절 호락호락 놓아주실 것 같습니까?"

"하지만 이제껏 너를 키워준 이다. 강호는 망망대해와 같아 한 번 떠나온 배는 다시 돌아갈 것을 장담할 수 없지. 이것이 심공과의 마지막이 될 수도 있다는 얘기야."

"하지만, 흐흑, 지금은 도저히 돌아갈 형편이 아닙니다. 사실, 절간의 쌀독을 박박 긁어서 모두 퍼왔습니다. 큰스님 내일 아침 해드실 쌀도 남겨놓지 않고… 지금 돌아가면 내일 아침에야 무불사에 도착할 것인데 그때는 이미 큰스님이 모든 걸 알아채신 후가 아닙니까. 오고 싶어도 다리 몽댕이가 부러져서 못 올지 모릅니다."

이미 미명이 밝아오는 새벽이다.

들판에 멈춰 선 굉우소는 많은 고심 끝에 성검을 데리고 떠나기로 마음먹었지만 어쩐지 심공이 마음에 걸렸다. 자칫하면 천검궁의 보복이 있을 수도 있고, 그렇지 않다 해도 이미 기력이 쇠해 더 이상은 홀몸으로 살아갈 수 없을지도 모른다.

'성검아, 네 아비와는 많이 다르구나. 일검수는 비록 너를 버리고 떠났으나 인정을 남기고 있을 터! 어찌하여 너는 한 톨의 인정도 남기지 않은 채 떠나려 하는 것이냐. 세상이 무정하니 사람이 무정해지는 것인가!'

굉우소의 입에서 쓸쓸한 한숨이 새어 나왔다.

굉우소는 성검의 내력에 대해 아직 아무것도 밝히지 않았다. 성검 자신이 모른다면 굳이 밝힐 이유가 없기 때문이다. 더욱이 때가 아니다. 비록 얼마간의 진전을 이루기는 했으나 성검의 실력으로는 아무것도 할 수 없다. 앞으로 많은 것을 가르쳐야 하고 일검수에 대한 소식도 들어야 한다.

하지만 무엇보다 굉우소를 답답하게 하는 것은 성검의 사람됨이었다.

비록 부모에게 버림받아 자랐다고는 하지만 성검은 큰 뜻을 이루기엔 그 됨됨이가 부족하다. 그의 아비 일검수는 큰 바다와 같은 사람이어서 아무리 더럽고 탁한 강물이 쏟아져 들어온다 해도 그 자신이 탁해지시 않았다. 정파의 사람들이 목숨을 걸고 그에게 합류했던 것은 그런 너그럽고 큰 마음 때문이었다.

일검수와 같은 큰 바다가 될 수 없다면 굉우소는 굳이 성검을 거둘 필요가 없다. 차라리 무불사의 색승으로 한평생 쉽게 쉽게 살아가는 편이 행복할지도 모른다.

굉우소의 생각이 그 즈음에 미쳤을 때, 성검이 무겁게 입을 열었다.

"사부님! 예전에 개 한 마리를 키운 적이 있습니다. 유난히 대마초 연기를 좋아해서 호마(好麻)라는 이름을 붙였지요. 절간에 친구가 없는 저로선 그 개에 유달리 정을 붙일 수밖에 없었습니다. 큰스님도 마찬가지였구요. 그런데 어느 날 호마가 꿀을 훔치러 온 곰과 싸우다가 큰 상처를 입었습니다. 물론 제정신이라면 안 그랬겠지만, 그날도 대마초에 취해 견성(犬性)을 잃은 거죠. 마침 큰스님이 나타나 곰은 그대로 달아났지만 호마는 한 사흘을 앓다가 죽어버렸습니다."

"곰? 저, 중요한 얘기가 아니라면 나중에 하는 것이……."

굉우소가 고개를 갸우뚱했다.

"바쁜 일도 없을 텐데 일단 들어보십시오. 어쨌든 제 평생 그렇게 서럽게 울어본 적이 없지요. 호마가 죽다니. 흐흐흑, 그런데 다음날 아침에 솥뚜껑을 열어보니 호마가 푹 고아져 있었습니다. 큰스님이 보신을 위해 탕을 만드신 거지요."

"음, 어린 나이에 심공에 대한 원망이 컸겠구나. 하지만 그런 일로 앙심을 품고 쌀독을……."

"말 끊지 말고 계속 들어보십시오, 사부님."

이번엔 성검이 굉우소의 말을 잘랐다. 무척 진지한 표정이었다.

"물론 큰스님에 대한 원망이 없을 수는 없었지요. 하지만 이미 죽어버린 호마를 먹었다고 해서 큰 죄가 되는 건 아니라고 생각했습니다."

"……?"

"문제는 호마에 대한 정(情)이었지요. 비록 호마의 생명이 끊어졌다고 해도 그 정이 끊어진 것은 아니었습니다. 전 꽤나 오랫동안 호마를 그리워했고 심지어는 자다가도 울었습니다. 그렇게 몇 개월이 지난 어느 날이었습니다. 꿈에 호마를 보았는데 평소의 호마와는 달랐습니다. 여기저기 부스럼이 나고 살이 짓물러 흉측한 몰골이었지요. 게다가 생전 처음 맡아보는 고약한 냄새가 진동했습니다. 선뜻 다가설 수 없더군요. 그저 멍하니 바라보는데 호마가 저에게 다가오는 겁니다. 전 덜컥 겁이 났고 무작정 달아나기 시작했습니다. 그런데 호마는 뭐가 그리 서운한지 서럽게 울면서 저를 쫓아오지 뭡니까. 그러면 그럴수록 더 겁이 났고 나중에는 '저리 꺼져!', '제발 꺼지란 말이야' 하고 울부짖으며 뛰었지요. 꿈에서 깨어보니 온몸이 흥건하게 젖어 있었습니다."

성검은 축축이 젖은 눈을 들어 굉우소를 바라보았다.

하지만 정작 굉우소는 어리둥절할 뿐이었다.

'그, 그게 도대체 어쨌다는 거지?'

굉우소가 머리를 쥐어뜯으며 생각에 잠겨 있는데 성검이 다시 고개를 숙이고 흐느끼며 말했다.

"제가 무불사의 쌀독까지 바닥을 내며 큰스님 가슴에 못을 박은 이유도 그것이지요. 정이란 남은 사람의 몫입니다. 죽은 호마로 인해 제가 많고 많은 밤을 지새며 울었듯, 제가 떠난 무불사에서 큰스님 역시 저를 그리워하며 눈물 흘리시겠지요. 그보다는 차라리 저를 원망하고 욕하시는 것이 큰스님에겐 힘이 될 것입니다. 다시 절 만나는 날 괭이 자루를 뽑아 두들길 생각을 하시며 오기로라도 아주 오래오래 사실 테니 말입니다. 흐흐흑, 죽은 호마가 끔찍한 모습으로 꿈에 나타난 것 역시 제가 괴로워하는 것을 안쓰럽게 여겨 정을 끊기 위해서였을 겁니다. 흐흐흐흑."

"……!"

한순간 굉우소의 마음에 격랑이 일었다.

'그, 그렇게 깊은 뜻이? 좀 이상하긴 하지만… 그래, 류추영이 성검이를 버릴 때의 마음 또한 이러했을 것이야. 강한 자의 눈물은 뒤늦게 흐르게 마련이지.'

굉우소는 가벼운 미소를 머금은 채 성검의 어깨에 손을 얹었다.

"자, 이미 날이 밝았다. 한잠도 자지 못했으나 갈 길이 멀다. 그만 일어서거라!"

3

이수제화(以水制火).

물로써 불을 다스리는 것은 오랜 이치다. 수극화(水剋火), 즉 물이 불을 이긴다는 상극의 원리와 상통한다.

성검은 색승 심공의 손아귀에서 벗어났으나 팔부중지수(八部衆之睡)의 연마를 게을리 하지 않았다. 비록 천하의 하수 심공의 작품이긴 하지만 그것을 통해 얻어진 것들이 많다는 것을 잘 알고 있었기 때문이다.

그런데 팔부중지수의 원리가 바로 이수제화(以水制火)였다. 원래 불(火)은 위로 치고 올라오는 성질이 있다. 인체 내의 화기(火氣)도 마찬가지여서 간혹 머리로 치고 올라오는 화기에 목숨을 잃거나 반신불수가 되기도 한다. 흔히 말하는 울화병이나 풍, 고혈압도 화기를 다스리지 못해 생기는 병이다.

장기(臟器)에 있어 불의 기운을 지닌 것은 심장이고, 물의 기운을 지닌 것은 신장이다. 따라서 팔부중지수는 장기 중에서도 특히 신장을 통한 음양의 조율에 크게 의지하는 형편이다.

어찌 보면 당연한 것인지도 모른다. 팔부중지수를 만들어낸 심공은 천하의 색마다. 그리고 신장은 배설과 생식기관에 다름 아니다. 색마에게 있어 그보다 중요하게 다루어질 장기가 있을 턱이 없다.

흔히 색마에 대해 갖게 되는 편견 중 하나는 지나치게 양기(陽氣)가 강성하다는 식의 발상이다. 하지만 오히려 그 반대인 경우가 많다. 먼저 원활한 음기(陰氣)로 양기를 나스린 후에야 그 양기를 통해 상대의 음기를 제압할 수 있다. 무턱대고 자신의 양기만 믿다간 오히려 상대의 음기에 제압당하고 만다.

어쨌거나 팔부중지수는 물의 기운을 통해 신체를 다스리는 까닭에 다른 어떤 내공심법이나 무공 초식보다 안정되고 조화롭다.

팔부중지수가 가지는 또 하나의 특징은 무의식이나 잠재된 능력을 일깨우는 힘이 탁월하다는 점이다.

앞서 말했듯 팔부중지수는 불법(佛法)을 수호하는 천, 용, 야차, 건달바, 아수라, 가루라, 긴나라, 마후라가 등 여덟 신장의 잠을 형상화하고 있다.

이상 여덟 신장은 저마다 신에 상응하는 능력을 지녔다. 그런데 심공이 굳이 그들의 잠자는 상태에 초점을 맞춘 까닭은 잠이라는 몽환의 상태에서 시전자와 교감이 이루어지리라 믿었기 때문이다. 천하만물에 불심이 깃들어 있듯 인간 안엔 팔부신중의 능력도 잠재되어 있다. 그들과 제대로 교감할 수만 있다면 각질 속의 잠재 능력을 일깨울 수도 있는 법.

"음, 참 독특한 자세군. 그게 혹, 벼락 맞은 대추나무의 형상인가?"

가부좌를 튼 채 운기조식에 들어가려던 굉우소가 영 거슬린다는 듯 성검을 빤히 쳐다보며 비꼬아서 말했다.

"사부님, 대추나무가 아니라 야찹니다. 원래 천축의 고대 신화에선 못된 짓만 골라 하는 악신으로 그려지고 있지만 불교에선 다르지요. 사람을 돕고 불법을 수호하는 신으로 팔부신중 가운데 하나니까요. 음회회회, 심공 큰스님은 팔부신중 중에서도 야차를 제일 좋아하셨는데 그 이유가 뭔지 아십니까?"

"글쎄?"

"이 야차란 놈이 부처님 공양 잘하고 절간에 시주 잘하는 사람들에게 복을 주거나 아기를 갖게 하는 재주를 가졌거든요. 그 점에서 큰스님은 야차와 당신이 일맥상통한다고 생각하신 겁니다. 음회회회!"

"전직 색마다운 발상이군. 그나저나 그 웃음소리 좀 바꿀 수 없겠는가? 영 귀에 거슬리는군."

"……."

양손을 비비 꼬아 겨드랑이 사이로 집어넣은 채 멈춰 서 있던 성검이 몸을 풀며 굉우소를 빤히 쳐다보았다.

"사부님, 제가 큰스님과 둘이서만 오랜 시간을 보내다 보니 자연히 많은 점에서 동화되고 말았습니다. 그런 까닭에 사람들을 대할 때 저도 모르게 실수를 하거나 불쾌하게 만드는 경우가 종종 생길 수도 있겠습니다. 그때마다 지금처럼 대놓고 지적해 주십시오. 곧바로 시정하겠습니다. 그런데, '음회회회'가 정말 귀에 거슬립니까? 그럼 어떻게 웃어야 하지요? 사부님께선 담송과 싸우는 심각한 자리를 제외하곤 한 번도 웃지 않으셔서 도통 어떻게 웃어야 할지……."

"하하하, 어떤가. 좀 덜 거북하지 않은가? 난 원래 이렇게 웃고 대부분의 사람들이 여기에서 크게 벗어나지 않네."

"하지만 그건 어딘가 내숭스러운 구석이 느껴지는걸요. 사부님은 지난번 담송과 겨룰 때도 상당히 심기가 편치 않은 상태에서 그런 웃음을 웃으셨지요. 그러니 가식적인 웃음일 수밖에요. 음회회회처럼 자연스럽지도 않고……."

"그래? 그럼 파하하하… 이건 어떤가?"

"뭐, 통쾌하긴 하지만 그것 역시 어딘가 과장된 구석이 있습니다."

"우하하하하! 이건?"

"약 올리는 거 같은데요?"

"됐네. 바꾸기 싫으면 그만두게. 은근히 집요하고 고집스러운 구석이 있군."

괭우소는 불쾌한 표정을 지으며 지그시 두 눈을 감고 운기조식에 들어갔다.

항산은 오악 가운데 가장 높은 산으로, 북쪽에 위치했다 하여 북악으로 불린다.

봉우리의 수는 불교에서 말하는 인간 번뇌의 수 백팔과 일치한다. 얼마가 불교적 색채를 띠기 때문인지 봉우리와 계곡마다 절간이 자리 잡고 있다. 그런데 정작 그곳은 도교의 성지로 더 유명하다. 아마도 산세(山勢)에서 풍기는 신령함 때문이리라.

성검이 괭우소를 따라 경추봉을 떠난 지 두 달. 그들은 산서성 항산(恒山)의 한 동굴에서 보름째 칩거하고 있었다.

가을로 접어드는 계절이라 항산의 울창한 수림은 쾌청한 하늘빛을 받아 더욱 푸르고 풋풋했다. 아침저녁으로 제법 쌀쌀한 바람이 불기도 했지만 도사들이 머물다 갔음 직한 동굴 안에 몇 개의 모포가 남아 그런대로 견딜 만했다.

하북성과 산서성의 경계에서 천검궁의 추격대를 발견한 굉우소는 곧장 남쪽으로 방향을 틀어 무작정 달리다 이곳에서 걸음을 멈추었다. 그가 목적하는 곳이 어딘지, 무엇 때문에 떠돌고 있는 것인지는 알 수 없다. 성검으로선 그저 굉우소가 한시 바삐 무공을 가르쳐 주었으면 하는 바람뿐이었다.

하지만 굉우소는 좀체 그럴 기미를 보이지 않았다. 웬만하면 성검의 내공을 측정하고 무공의 진전을 점검한 후 적합한 단계에서부터 가르쳐 줄 만도 하건만 그저 이런저런 소일거리로 시간을 잡아먹는 게 전부였다.

"오늘은 현공사(懸空寺)나 보러 갈까?"

"현공사요?"

"그래. 북위시대의 유물이지. 불교 사찰이긴 하지만 제일 꼭대기에 세워진 삼교전(三敎殿)에는 유불선 삼교의 소상(塑像)이 한데 모셔져 있어. 간혹 유학자 중에서도 유학의 흔적을 찾기 위해 그곳을 찾는 사람들이 있을 정도지. 참 묘한 곳이야. 벼랑에 구멍을 파 대들보를 꽂고 대들보와 기둥을 기묘하게 연결해 사십 동의 전당을 잇고 있다네. 게다가 절벽 위에 축조되어서 마치 사찰 전체가 공중에 떠 있는 듯한 느낌이 들지. 정말 장관이야."

"그렇군요. 그런데 거긴 뭐 하러 가시게요?"

"뭐 하러? 이 사람. 그곳의 풍치가 정말 장관이래도……."

"……."

성검은 멀뚱하게 굉우소를 쳐다보다가 길게 한숨을 내쉬었다.

"사부님, 몇 가지 여쭈어 봐도 되겠습니까?"

"무엇을?"

"지금 저희가 이곳에 머무는 이유가 무엇인지, 최종 목적지는 어디인지, 무공은 언제부터 가르쳐 주실 건지……."

지난 두 달 동안 참아온 실문이었다.

경추봉을 떠날 때까지만 해도 성검은 자기 인생이 새로운 길에 접어들었다고 생각했다. 하지만 막상 두 달이 지난 오늘까지도 성검은 이렇다 할 가르침을 받지 못했고, 자신들이 따돌린 천검궁의 무사들 외엔 한 명의 무림인도 만나지 못했다.

하다못해 경추봉 같은 시시껄렁한 봉우리에서도 사흘에 한 번 꼴로 구경할 수 있는 것이 검을 찬 무사들이고 크고 작은 싸움이었다. 그런데 굉우소는 그런 구경거리들을 피해 다니기로 작정을 한 것인지 인가가 없는 들판이나 산길만을 고집해 왔다. 그리고 기껏 장관이라고 추켜세우는 곳이 질리도록 보아온 절간이라니.

"지금 자네의 나이가 몇이지?"

물끄러미 성검을 응시하던 굉우소가 담담한 음성으로 물었다.

"열여덟일걸요, 아마……."

"음, 나 역시 그 나이 땐 자네처럼 서둘렀던 것 같군. 지금 내 나이 쉰을 바라보고 있으니 삼십 년쯤 전이 되겠지. 여전히 천검궁의 천하였으나 당시만 해도 대륙 각지에서 천검궁에 대항하는 정파의 혼이 불타오르고 있었다네. 나 역시 천검궁에 대한 항거를 숙명으로 생각했고 그것은 여러 정파의 젊은이들이 공통적으로 짊어지고 있는 짐이었지.

하지만 십육 년 전 정파연합이 대패한 이후 정파의 혼은 사그라들었어. 단 한 번의 패배로 모든 것이 물거품이 된 셈이지.”

“아하아암—”

“……?”

“죄, 죄송합니다. 어제 잠을 설쳐서…….”

성검은 자세를 바로 한 후 굉우소의 말에 귀를 기울이는 척했다.

“어느 날 문득 그런 생각이 들더군. 우리가 너무 서두른 것은 아니었나 하는… 모든 것은 때가 있는 법이거든. 이후 난 명산대찰대천을 주유했지. 그러던 중 뜻하지 않게 나 같은 부류의 사람들을 간혹 만나게 되었네. 재에 덮여 있는 불꽃이랄까, 언제든 다시 불살라질 수 있는 불씨들. 하지만 아직 그들을 하나로 모아 거대한 불길로 만들 사람을 만나지 못했네. 물론 마음속에 새겨둔 사람은 있으나…….”

“무슨 말씀이신지.”

성검은 고개를 갸우뚱하며 물었다. 굉우소의 대답은 결코 성검이 원하던 바가 아니었기 때문이다.

“하하, 내가 먼저 물어보지. 자넨 강호에 몸담고 싶다고 했지?”

“예.”

“왜 그런 생각을 하게 되었는가?”

“예, 무불사의 서고에는 온갖 종류의 서책들이 빼곡하게 들어차 있습니다. 절간이니만큼 그중 절반이 불교 경전이지만 나머지 절반은 유교나 도교, 그 외 사서(史書)나 각종 야사(野史), 기서(奇書), 무학(武學)에 관계된 서적들이지요. 그중에서 제가 제일 좋아했던 종류가 강호 제반에 관계된 책들이었습니다. 무림 각 파의 기원이나 절기, 신병이기(神兵利器), 계보도(系譜圖), 비무 관전록, 그 외 여러 무학들에 이르기까지… 음회회, 그러다 보니 자연히 강호를 동경하게 된 것이지요."

"하지만 천검궁의 천하가 된 지 이미 십육 년이 지났네."

괭우소가 씁쓸한 미소를 머금은 채 말했다.

천검궁이 강호를 일통한 지 칠십 년 가까운 세월이 흘렀다. 물론 이십여 년 전까지만 해도 무림정파는 은밀히 천검궁을 무너뜨리기 위해 교류하며 힘을 길렀다. 하지만 사 년여에 걸쳐 치러진 혈겁으로 그 뿌리마저 뽑혀 버렸다.

결국 정파연합의 선봉에 섰던 청해류가의 일검수 류추영이 자취를 감추는 것으로 그 싸움은 막을 내렸고, 이후 오늘날까지 천검궁의 철권통치가 이어지고 있다. 이미 강호는 사라졌다. 오로지 천검궁이라는 하나의 거대방파만이 존재할 뿐이다.

이제 검을 드는 이유는 두 가지로 한정된다. 무관 시험을 통해 황실의 무인이 되거나 천검궁의 검수가 되는 것. 물론 은거 기인이나 단체가 있긴 하지만 분명 옛날의 강호는 아니다.

성검 역시 심공을 통해 대략의 사정을 들어 알고 있었다. 하지만 서고에 꽂힌 책들로 독학을 한 그로서는 작금의 현실을 있는 그대로 받아들이기 힘들었다. 비록 천검궁이 강하다고는 하나 권불십년(權不十年), 화무십일홍(花無十日紅)이라 했다. 달이 차면 기우는 것과 마찬가지로 천검궁이란 거대방파의 역사 역시 조만간 시들게 되리라 게 성검의 생각이었다.

"어쩌면 이미 강호는 사라진 것인지도 모르네."

"음회회회, 하지만 사부님 같은 분도 계시지 않습니까. 사부님은 분명 천검궁의 무사가 아니지만 절정에 이른 고수 아니십니까. 만약 강호가 사라졌다면 사부님이 딛고 선 땅은 어디란 말씀인지요?"

"……."

한순간 굉우소의 말문이 막혔다. 그 자신 역시 답을 알지 못하는 질문이므로.

굉우소가 성검을 데리고 간 곳은 현공사가 마주 보이는 봉우리의 한 모옥(茅屋)이었다. 있는 그대로 이야기하자면 모옥이라고도 할 수 없는 허름한 움막이다. 분명 사람의 체취가 느껴지는데 정작 모옥 안은 텅 비어 있다.

"사부님, 현공사에 가신다고 하지 않으셨습니까?"

잠시 모옥을 둘러보던 성검이 인상을 찌푸리며 물었다.

성검으로선 혹시 굉우소가 이 허름한 모옥으로 거처를 옮기려는 것이 아닌가 걱정스러웠다. 차라리 동굴이라면 어찌 비라도 피할 수 있겠으나 눈앞의 모옥은 바람만 슬쩍 불어도 그대로 무너져 내릴 것 같았다.

"내가? 아니다. 나는 그저 현공사나 보러 가자고 했지. 저 맞은편에 서 있는 사찰이 바로 현공사이니라. 아주 잘 보이지 않느냐?"

굉우소가 장난스럽게 말했다.

"저, 그럼 이 모옥엔 무엇 때문에 오셨는지……."

"만날 사람이 있어서지."

"예? 이곳에 지인이 계십니까? 하지만 지난 보름간 근처에 머무시면서 한 번도 그런 말씀을 하신 적이 없잖아요."

"그거야 내 마음이지."

"……."

성검은 길게 한숨을 내쉬며 주위를 둘러보았다.

그가 무불사에서 도망쳐 굉우소를 쫓아온 이유는 단 하나였다. 이제껏 성검이 보아온 인물 중 가장 고수였으므로.

성검이 강호에 대한 동경을 키워 온 또 한 가지 이유는 심공을 쫓아다니며 보아온 숱한 비무 때문이다.

굉우소의 이야기와는 달리 심공이 참관한 비무는 대개 천검궁의 무사가 아니라 독행강호하는 고수들이었다. 그들은 대부분 어느 문파에도 속해 있지 않거나, 한때 특정 문파에 적을 두었다고는 해도 이미 문파를 등진 채 자신만의 무공을 창안해 그것을 겨루고자 하는 이들이었다.

대개 오랜 원한 관계를 청산하기 위한 비무가 대부분이었다. 물론 그중에는 순수하게 비무를 겨루려는 벗들도 있었고, 심지어는 부자 관계에 있는 이들도 있었다. 하지만 절정의 수준에 다다른 사람들은 극히 드물었고, 대부분 이름값 정도나 하는 수준이었다.

그런데 굉우소와 담송의 비무는 달랐다. 두 사람의 비무는 지축을 뒤흔드는 고수들의 일전이었다. 더욱이 담송을 상대로 굉우소가 펼친 무공은 어딘가 전력을 다한 것이 아니란 느낌이 강했다. 즉, 굉우소에겐 드러나지 않은 이상의 심오한 경지가 있으리란 얘기다.

그동안 성검은 무불사의 심공에게서 해괴망측한 색마 수업을 받으며 굉우소 같은 고수를 기다려 왔다. 그런데 어렵사리 만난 굉우소는 지난 두 날간 끊임없이 성검을 실망시켜 왔을 뿐이다.

'후, 도대체 굉 사부는 무슨 생각을 하고 있는 걸까?'

성검이 떨떠름한 얼굴로 굉우소를 쳐다보고 있는데 갑자기 저 멀리 산길로 우수수, 낙엽이 떨어지기 시작했다. 분명히 낙엽이 지기엔 이른 계절이다.

"하하하, 이제야 모습을 드러낼 모양이군."

어리둥절해하는 성검과는 달리 굉우소의 얼굴엔 미소가 번졌다.

제4장

삼매진화에 관한 단상

성검은 도대체 무슨 일인가 싶어 낙엽이 떨어져 내리는 곳을 유심히 살폈으나 아무것도 보이지 않았다. 그렇다고 바람이 부는 것도 아니다. 뭔가 이상하긴 했지만 그 정체를 쉽게 파악할 수 없었다.

"성검아."

"예, 사부님."

"심공을 따라다녔다면 눈요기는 많이 했겠지? 이제껏 네가 보아온 인물 중 가장 뛰어난 고수가 누구였느냐?"

"저, 바로 사부님이었습니다."

"뭐? 파하하! 그사이 많은 고수들이 죽었거나 심공의 명성이 빛바랜 모양이군. 그렇다면 지금부터 잘 봐두거라."

굉우소는 양손을 하단전 위치로 끌어 모은 후 서서히 공력을 일으키며 말했다.

검게 그을러 있던 굉우소의 양손이 조금씩 황금색으로 물들어갈 즈음, 이십여 장 밖의 낙엽들이 점차 거리를 좁혀 칠 장 가까이로 몰려와 있었다. 마치 눈에 보이지 않는 거대한 물체가 나뭇잎들을 떨어뜨리며 서서히 다가오는 느낌이었다.

'도대체 이게 무슨 조화지?'

이제까지와는 달리 성검의 눈에 두려움이 어렸다.

비록 운이 좋아 공손추사를 꺾긴 했지만 성검의 무위는 그다지 내세울 만한 것이 못 된다. 곡학아세(曲學阿世). 폭넓은 무학을 공부했다 해도 바로잡아 줄 스승이 없었기에 그의 무학은 정도를 벗어나거나 편향될 수밖에 없었다.

지금도 마찬가지다. 어마어마한 살기를 느끼면서도 도저히 그 출처를 알 수 없었다.

촤아아아—

이제껏 소리없이 휘돌던 낙엽들이 갑자기 거대한 손바닥 형상으로 변하며 굉우소와 성검을 덮쳐 왔다.

"크흡—"

굉우소의 뒤편에 서 있던 성검은 다급히 진기를 끌어올렸으나 감당하지 못할 강기의 여파에 밀려 일 장가량 뒤로 밀렸다. 하지만 그것은 하나의 거센 바람처럼 별다른 충격 없이 그를 밀어낸 것에 불과했다.

성검은 손을 뻗어 눈을 파고드는 자잘한 모래와 나뭇잎들을 막아냈다. 그 앞에는 굉우소가 미동도 없이 서 있었다.

"맙소사!"

성검의 입에서 경악성이 터져 나왔다. 얼떨결에 중심을 잃은 그는 아예 바닥으로 나동그라지며 다시 이 장가량 뒤로 주욱 밀려났다.

도저히 믿지 못할 광경이었다. 발산도를 등에 멘 채 쌍장만을 뻗고 있는 굉우소 앞에 집채만큼 커다란 구형(球形)의 기(氣)덩어리가 빠르게 회전하고 있었다. 덩어리 안에서 회오리치고 있는 나뭇잎들이 아니었다면 성검은 그 기의 덩어리가 얼마나 거대한지조차 알 수 없었을 것이다.

"오랜만에 만나 공놀이라도 하자는 겁니까? 하하하! 그거 좋지요. 자, 이번엔 제 차렙니다. 능파천도(能破天圖)!"

굉우소는 가볍게 장난하듯 좌수로 기의 덩어리를 저지했다. 그리고 슬며시 우수를 뒤로 빼더니 일갈을 터뜨리며 쭉 뻗었다.

촤아아아―

구형의 기덩어리가 지면에서 살짝 뜬 상태로 천천히 굴러갔다.

퍼퍼퍼퍼펑!

빠르게 밀려가던 기의 덩어리는 굉우소의 전방 십여 장 거리에서 굉음을 내며 폭사하기 시작했다.

맨 처음 변두리부터 이어지던 자잘한 폭사가 점차 내부로 옮겨졌고, 급기야는 거대한 폭발을 일으켰다. 그 여파로 덩어리 안에 갇혔던 낙엽들이 비산하며 부엽토 위로 천천히 떨어져 내렸다.

"이런 빌어먹을 놈! 끼니도 거른 늙은이를 상대로 꼭 강수(强手)를 두어야 직성이 풀리느냐? 좋다, 그럼 이건 어떠냐?"

방향을 예측할 수 없는 곳에서 들려온 견걸한 노인의 유성.

"일도단광(一刀斷光)!"

쇄애애액―

성검이 채 몸을 추스를 사이도 없이 허공에서 거대한 파공성과 함께 온몸에 소름이 돋을 만큼 예리한 강기가 쏟아져 내려왔다.

그 순간 성검의 눈에 보인 것은 까마득한 허공에 떠 있는 한 점과 그 곳으로부터 황금빛으로 갈라지기 시작하는 공기층이었다.

치지지지직—

뜨겁게 달궈진 쇠를 얼음에 갖다 댔을 때 남 직한 파공성. 금빛 띠가 점차 크기와 굵기를 더한 채 일직선으로 내리꽂혔다.

높게 솟아 있던 나무들이 꼭대기부터 차례로 그슬리기 시작했고 불 기운에 타버린 나뭇잎들이 강기의 여파에 의해 산산이 흩어지며 굉우 소와 성검을 덮쳐 왔다. 순식간에 벌어진 일이었음에도 성검의 눈엔 아주 느리고 더디게, 마치 시간이 토막났다가 이어지고 다시 끊겼다 이어지는 것처럼 보여졌다. 화려하고 신비한 공격이었다.

"발산단뢰(拔山斷雷)!"

거대한 황금 띠가 육 장 거리까지 치고 내려올 즈음 굉우소의 발산 도가 빠르게 회전하더니 곧장 땅에 박혔다.

콰콰콰콰쾅—

지축을 갈라놓을 듯한 굉음과 함께 반경 오 장여 거리의 땅이 원형 을 이루며 폭사했다. 이어 거기서 하나의 푸르스름한 강기의 막이 형 성되더니 굉우소를 중심으로 반구(半球)형의 강기막을 형성했다.

쩌러러렁—

강기의 막이 완전히 형성될 즈음 허공을 가르던 황금 띠가 강기를 내려치며 요란한 공명음을 만들어냈다.

"흡—"

당혹스런 눈길로 일련의 사태를 지켜보던 성검이 두 귀를 감싸며 비 명을 내질렀다.

비록 강기의 막이 또 다른 강기를 막아내긴 했으나 심한 압력과 공명음 때문에 내장이 격탕하고 고막이 터져 나가는 듯한 충격을 받았다.

콰콰콰콰쾅—

또 한 번의 거대한 굉음.

하지만 그 굉음으로 인해 성검은 얼마간 충격에서 벗어날 수 있었다. 묵직하게 뻗어 내려오던 황금 띠가 반구형의 푸르스름한 강기와 상쇄되며 점차 사그라들었던 것이다.

"크헉—"

성검은 한 모금의 선혈을 토해내며 그대로 바닥에 누워버렸다.

그 와중에도 그는 한 차례 주위를 둘러보았는데 정말이지 가관이었다. 반경 오 장여에 이르는 원형의 공간만이 온전하게 남아 있을 뿐, 원형 밖의 삼림은 산불이라도 지나간 것처럼 시커멓게 타 있었다.

"젠장, 정말 무식한 고수들이군."

기절하기 직전, 힘없이 고개를 떨군 성검이 뇌까린 말이다.

일락북산(日落北山) 초자영(楚紫影). 백사십구 세의 상늙은이로, 사척 오 촌 단신이다. 열 살 또래의 자그마한 꼬마 키인데, 정작 놀라운 것은 그의 외모 또한 맑고 탄력있는 피부의 앳된 얼굴이란 점이다.

하지만 그가 노화순청(爐火純靑)의 경지에 이른 것은 아니다. 다만 성장이 정지되었을 뿐이다. 아니, 보다 정확하게는 퇴행이 정지된 것이다.

원래 초자영은 황실의 피를 절반쯤 이어받은 인물로, 한때는 왕부(王府)에 몸담으며 유유자적하게 살았다. 나이 열다섯이 지나면서부터는 수려한 외모와 학문으로 이름을 알리기 시작했고 스물에 이르러선 타고난 지혜로 황제의 총애를 받았다.

그는 공주의 자식이라 후궁이나 왕자에게 난 자식들에 비해 역모에 얽힐 위험이 적었다. 권력욕도 없어서 스스로의 몸가짐만 조심한다면 천하에 근심할 것이 없는 처지였다.

하지만 나이 스물이 넘어서면서 하나의 고민이 생겨나기 시작했다.

묘하게도 나이가 들어갈수록 몸이 어려졌다. 한두 해는 자신도 의식하지 못한 채 흘러갔으나 스물셋이 되고 다시 스물넷이 되면서 그는 자신의 키가 조금씩 작아지고 피부는 점점 어린아이처럼 맑아지고 있다는 사실을 깨달았다.

그런 변화는 왕부의 식솔들에게 하나의 우환이 되었다. 황실 의원은 물론 용한 점쟁이들까지 동원했으나 도통 그 원인을 알아낼 수 없었다. 다만, 북경의 한 의원을 통해 그것이 치명적인 병임을 알게 되었을 뿐이다.

그 의원은 각종 의서(醫書)를 통독한 인물로 한 책자에서 초자영이 앓는 것과 유사한 증세를 찾아냈다. 하지만 특별한 내용이 있는 것도 아니었다. 그저 아주 드문 경우이고 정해진 병명도 없지만 과거 몇 차례 그런 병을 앓은 사람들이 있어왔다는 식의 기록이 전부였다.

초자영에게 있어 그 병은 날벼락이나 마찬가지였다. 원인도 알 수 없는 병으로 인해 그는 순식간에 세상의 모든 불행을 짊어진 사내가 된 것이다. 원인을 알 수 없으니 치료를 할 수도 없고, 언제 죽을지도 알 수 없다. 더욱이 그 병은 철저하게 육체에만 나타나는 병으로 그의 지식과 지혜는 나날이 늘어나 오히려 비참한 심정을 더하게 했다.

참담한 마음으로 두문불출하며 서고의 책을 읽는 것으로 소일하던 초자영은 어느 날 우연히 도가(道家)의 책을 접하게 되었다. '선인록(仙人錄)'이라는 제목의 그 책자에는 도가의 개조(開祖)라 할 수 있는 노자(老子)를 시작으로 여러 기인과 선인들의 이야기가 실렸고, 도가의 연원이나 사상까지 체계적으로 기술되어 있었다.

그런데 그중 초자영의 흥미를 끈 것은 순연의 상태로 회귀하고자 하는 '반박귀진(反樸歸眞)'의 사상이었다. 즉 자연대도(自然大道)에 순응함으로써 절대적인 자아를 찾을 수 있다는 해석이 그를 자극한 것이다.

사실, 그의 몸이 퇴행하며 어린아이로 돌아가고 있다는 것 자체가 반박귀진에 대해 흥미를 가지게 된 실질적인 이유였지만.

초자영은 말없이 왕부를 벗어나 도교의 성전으로 알려진 이곳 항산에서 수도에 들어갔다. 그리고 약 육 년여의 세월 끝에 나름의 성취를 얻었다. 묘하게도 불치나 다름없는 그의 육체적 병이 정신 활동을 자극했고, 그로 인해 백 년이 되어도 깨우칠까 말까 한 진리를 맛보게 한 것이다.

하지만 그것이 곧 반박귀진의 경지는 아니었다. 다만 일정한 경지에 오른 이후 몸의 퇴행이 정지했고, 그로써 불로(不老), 불사(不死), 불퇴행(不退行)의 단계에 머물게 되었을 뿐이다.

나이 쉰이 될 무렵, 초자영은 더 이상의 진전이 없는 것을 한탄하며 새로운 수행 방법을 모색했다. 그것이 바로 무(武)였다. 비록 동자나 다를 바 없는 신체였으나 초자영은 도가의 사상을 바탕으로 자신만의 무학을 세우기 시작했다.

삼십 년이 흐른 후, 그는 진무(眞武)라는 독특한 무공을 창안했다. 진무는 몸 안을 떠도는 기를 모으는 방식으로, 무공이라기보다는 일종의 내공심법에 가까웠다. 그것은 마치 달걀과 같았다. 새로운 생명의 신비를 안고 있으나 나약하기 그지없다. 즉, 어마어마한 기를 생성시키고 가두는 것은 가능했으나 그것을 발산하거나 자유자재로 다루거나 통제하는 힘이 부족했다.

다시 삼십 년이 흐른 후, 초자영은 자연무(自然武)라는 또 하나의 무공을 창안했다. 그것은 이제껏 갇혀 있던 기의 운행을 일체의 모든 움직임에 배어나게 하는 것으로 이 시기에 이르러 초자영은 진정한 고수가 되었다. 나무를 벨 때도, 물을 길을 때도, 걸음을 걸을 때도 그의 동작 하나하나에 몸 안에 갈무리된 기가 함께했다.

언뜻 보기엔 그저 모든 것이 평범했으나, 자세히 보면 나무를 베는 것도 물을 긷는 것도, 땅을 딛는 것도 기(氣)였다. 그러니 도끼날이 상할 염려가 없으며 바가지가 물에 젖거나 신발이 닳을 일이 없었다. 기가 하나의 막을 형성하고 있었기 때문이다.

다시 삼십 년이 흐른 후, 초자영에겐 또 다른 퇴행이 찾아왔다. 이제껏 쌓은 내공이 조금씩 흩어지기 시작한 것이다. 그는 당황할 수밖에 없었다. 철저하게 자연대도를 따르고 있건만 자연대도가 그를 거부했으니 당연할 일이다.

처음 한동안 초자영은 자신이 무슨 실수를 한 게 아닌가 생각했다. 가령 마음이 무위(無爲)를 벗어났거나 자기도 모르는 사이 무(武)에 집착해 더 큰 것을 잃은 것은 아닌가 하고. 하지만 아니었다. 어느 날 천기(天氣)를 살피던 그는 문득 자신이 늙었다는 사실을 깨달았다. 비록 외양은 열 살 무렵의 동자 그대로 멈춰 있으나 나이만은 속일 수 없었던 것이다.

그 즈음 초자영은 명산대찰대천을 찾아 순례하는 한 젊은이를 만나 제자로 거두게 되었다. 그가 바로 발산도 굉우소다.

"사부, 십 년 전에 비해 그 무위가 크게 진전된 듯합니다."

굉우소가 예를 갖추며 인사했다. 강기의 폭풍이 지나간 수풀 위로 초자영이 모습을 드러낸 것이다.

하지만 초자영은 굉우소의 인사치레에 답할 기분이 아니었다. 아무리 생각해도 자신이 펼친 무공은 그다지 위력적이지 못했기 때문이다.

"음, 저 아이는 누구냐?"

초자영은 대충 손을 휘저어 인사를 물린 후 성검을 가리키며 물었다.

"일검수 류추영의 아들입니다."

"그래? 음, 그런데 류추영이 누구더냐?"

초자영은 잠시 뭔가를 생각하다가 고개를 갸우뚱하며 물었다.

강호에 몸담고 있는 이들 중에 일검수 류추영을 알지 못하는 이는 드물다. 하지만 초자영은 얼마간 다르다. 그는 비록 도가 사상을 무학으로 승화시킨 인물이지만 정작 강호에는 관심을 두지 않았다.

아니, 그 정도가 아니다. 백여 년 넘게 항산에 틀어박혀 은거하고 있는 도사일 뿐이다. 속세와의 고리라면 지금 얼굴을 내밀고 있는 굉우소 하나가 있을 뿐이다. 그는 왕부나 황실의 소식에도 관심이 없었다. 어쩌다 스치는 풍문조차도 초자영을 빗겨갔다. 그러니 류추영을 모르는 것도 무리가 아니다.

"제가 일전에 현 강호의 정세에 대해……."

"됐느니라. 일전이라면 십 년 전이 아니더냐. 이놈, 이 늙은이의 기억력을 너무 믿지 말거라. 게다가 모르는 놈의 일에는 그다지 관심도 없느니라. 하지만 저 아이는 제법 탐이 나는구나. 어느 방면으로 가든 대성할 관상이야."

초자영은 피를 토한 채 기절해 있는 성검에게 다가가 명문혈(命門穴)

을 짚었다. 그리고 오른손으로 뺨을 가볍게 몇 차례 두드린 후 주위 깊게 얼굴을 살폈다.

"음, 불가에서 수련을 한 모양이군. 하지만 그 몸에는 아주 잡다한 무공의 흔적이 남았어. 묘한 놈이로고… 독야청청한 기상이 엿보이는데 짊어진 짐이 너무 커. 자칫 대성할 수 있는 이 아이에게 걸림돌이 될 수도 있겠구나."

"……."

굉우소는 사부의 이야기에 긴 한숨을 내쉬었다.

원래 그는 성검과 함께 한동안 강호를 떠돌며 많은 것들을 가르칠 생각이었다. 하지만 천검궁의 추격대에 쫓기면서 생각이 달라졌다. 자칫 천검궁과 마주칠 경우 성검을 돌볼 자신이 없었기 때문이다.

비록 성검의 무위가 어느 정도의 수준에 다다랐다고는 해도 천검궁의 고수들과 마주친다면 쉽게 벗어날 수 없다. 더욱이 현 강호는 천검궁의 세상, 잘못 걸리면 수백 명을 상대하는 싸움이 벌어질 수도 있다.

실제로 굉우소는 몇 차례 그런 경우를 경험했다. 그럴 땐 일일이 그들을 상대할 수 없다. 치고 빠지는 방식으로 달아나다 싸우고 다시 달아나다 싸우는 게 최선이다. 그런데 그러기 위해선 장시간 경공을 펼치며 싸울 수 있는 능력이 필요하다. 굉우소 자신에게도 벅찬 그 일을 성검이 해낼 수 있을지가 의문이었다.

그가 애초의 목적지를 바꾸어 급히 항산으로 선회한 이유는 성검을 사부 초자영에게 맡기기 위해서였다. 초자영이라면 용의 자식인 성검을 용답게 가르칠 수 있을 것이라 믿었기에…….

그렇다고 갈등이 없는 것도 아니다. 굉우소는 지난 십육 년간 천검궁에 대항할 세력을 키우기 위해 대륙을 종횡했다. 어찌 보면 무모한

계획이었지만 이미 자신의 삶을 천검궁에 대한 항전에 바칠 각오가 되어 있었다.

하지만 십육 년의 세월에 비해 그가 이룬 것은 너무나도 보잘것없었다. 극소수의 고수들을 규합한 게 전부다. 그런 처지이다 보니 단지 류추영의 자식이란 이유로 성검을 이 일에 끌어들이는 것이 망설여졌다.

그가 초자영의 이야기를 들으며 한숨을 내쉰 이유도 거기에 있다. 어쩌면 자신이 하고자 하는 일이 성검에게 짐이 될 수도 있으므로.

'아무래도 아비에 대한 이야기를 들려주는 것은 좀 더 생각해 봐야겠군. 현재로선 류추영의 생사도 모르는 처지니.'

굉우소의 입에서 다시 긴 한숨이 새어 나왔다.

"사부님, 한동안 저 아이를 맡겨도 되겠습니까?"

"음, 그게 목적이었겠지?"

"예."

"하지만 그것은 어디까지나 이 아이의 뜻에 달렸다. 이 아이는 결코 길들여질 아이도 아니거니와 역마살 때문에 한곳에 오래 묶여 있으려 하지도 않을 것이다. 그러니 이 아이를 다시 너에게 돌려줄 수 있다고는 말할 수 없다."

"그건 상관없습니다. 다만, 저 아이의 그릇에 맞는 가르침을 주셨으면 합니다."

굉우소가 담담한 음성으로 대답했다.

오랫동안 망설인 일이다. 항산에 도착한 후에도 그는 성검을 초자영에게 맡기느냐 마느냐를 보름여에 걸쳐 고민했다. 자신이 경험한 바에 의하면 초자영은 결코 모시기 쉬운 사부가 아니었으므로.

"낄낄, 그릇이야 만들기 나름 아니냐. 그나저나 지금 바로 떠나려느냐?"

"예, 사부님. 다시 찾아뵙겠습니다."

"그래, 죽기 전에 한번 보자꾸나. 아, 한 가지 충고를 잊을 뻔했구나. 아까 네놈은 강기의 막을 형성해 내 강기를 차단하지 않았느냐."

"그랬지요."

"음, 나라면 그렇게 하지 않았을 것이다. 내 기가 조금만 더 강했더라면 네 녀석은 별수없이 압사당했을 게야. 반구형의 강기막을 형성해 너 스스로 갇히기보다는 사선의 막을 형성해 강기를 빗겨가게 했어야 해. 네놈 정도의 연륜이면 이제 강기의 형태를 조율할 수 있어야 한다는 얘기지. 그나저나 저놈 이름이 무엇이더냐?"

"예? 아, 예. 류성검입니다."

굉우소는 얼마간 당혹스런 표정으로 말했다. 초자영의 지적에 대해 깊게 생각하고 있었던 것이다.

"음, 일 갑자도 안 되는 내공으로 아까 그 구형의 막 안에서 저 상태로나마 견딜 수 있었던 게 놀랍지 않느냐? 저 아이는 본능적으로 자신의 기(氣)를 대지에 전이시켜 충격까지도 전이되게 만들더구나. 적어도 너보다는 가능성이 있는 놈이야."

"……."

2

성검이 정신을 차렸을 때 굉우소의 모습은 이미 보이지 않았다. 그

대신 작고 짓궂게 생긴 꼬마 녀석이 그를 빤히 내려다보고 있었다.

"꼬마야, 머리 좀 치워줄래?"

성검은 인상을 찌푸리며 힘없이 중얼거렸다. 굉우소와 일전을 벌인 인물이 그 꼬마라는 사실을 상상조차 하지 못했으므로.

"이런 싸가지없는 놈!"

픽! 픽! 퍼픽!

초자영은 곧장 발길질을 퍼붓기 시작했다.

그날 하루 종일 꼬마에게 두들겨 맞으며 성검이 깨우친 것 하나. 세상엔 별의별 사람과 질병이 있다는 사실이었다. 희귀병에 걸린 무림고수 초자영과 성검이 만남은 그렇게 시작되었다.

그럭저럭 보름의 시간이 흐르는 사이 성검은 점차 초자영에게 적응하게 되었고 그가 짐작했던 것 이상의 고수라는 사실에 희열을 느꼈다.

'음회회회, 이건 닭 쫓던 개가 꿩 잡은 격이군.'

성검은 가부좌를 튼 채 행공에 든 초자영을 쳐다보며 내심 흐뭇해했다. 아무리 보아도 초자영의 무위가 굉우소를 능가한다고 여겨졌기 때문이다.

한편 초자영은 사방에서 달려드는 모기들 때문에 쉽사리 행공에 전념하지 못했다. 꾸벅꾸벅 졸듯 상체를 움직이며 행공에 들다가도 가끔씩 손바닥으로 얼굴과 목, 팔뚝을 때리느라 정신이 없었다.

"도사님, 그렇게 해서 어느 세월에 모기를 쫓을 수 있겠습니까. 가을로 접어들었다고는 하지만 수풀이 우거진 곳이라 한낮에도 모기 떼가 극성입니다. 이왕이면 삼매진화(三昧眞火)를 이용해 모기를 잡는 것이 고수다운 멋이 아닐까 싶습니다."

성검은 비급을 통해서만 읽었을 뿐 한 번도 구경하지 못한 삼매진화를 보기 위해 넌지시 초자영을 부추겼다.

하지만 초자영의 대답은 지극히 심드렁했다.

"애야, 네가 삼매진화를 아느냐?"

"삼매의 상태에서 일으킨 뜨거운 기운을 의미하지 않습니까. 음회회회, 물론 저희 큰스님은 그것이 참 하찮은 일이라 하셨지만."

"하찮은 일이라? 음, 아무리 그래도 모기 따위를 잡기 위해 일으킬 만큼 가볍지는 않은 것인데? 그래, 참 흥미로울 것 같구나. 네 큰스님의 이야기를 좀 더 들려줄 수 있겠느냐?"

초자영은 감았던 눈을 지그시 뜨며 빙그레 웃었다.

괭우소를 제외하곤 오랫동안 사람을 만나지 않은 탓인지 초자영은 성검이 하는 행동들이 재미있게 느껴졌다. 격의없는 말과 행동도 그렇고, 순박한 듯하면서 독창적인 사고방식도 그랬다.

"예, 큰스님은 흔히 색승으로 불리셨지요. 한때는 색마로 강호를 주유했다고 합니다. 하지만 워낙 해박해서 유불선 삼교는 물론 풍수, 수리학, 천문학 등 잡학에도 상당히 능합니다. 그중에서도 특히 의학에 관심이 많지요. 자기 몸은 끔찍이도 생각을 하시니까요. 그래서인지 큰스님은 삼매진화 역시 의학적으로 접근하시더군요."

"음, 색승의 삼매진화라. 점점 흥미로워지는구나. 그래, 계속해 보려무나."

"음회회회, 그리 큰 기대는 하지 마십시오. 큰스님은 무공도 약하고 내공도 그다지 내세울 만한 분이 아닙니다. 그래서 더욱 학문에 매달리셨지요. 큰스님은 삼매를 입정(入定)의 상태로 파악하셨습니다. 입정이란 몸을 구성하는 오행, 즉 목(木), 화(火), 토(土), 금(金), 수(水) 등 모든 요소들이 고요히 가라앉아 하나로 녹아든 상태를 말합니다. 오행의 변화는 바로 이러한 입정의 상태에서 쉬워지지요. 만약 자기 몸 안의 찌꺼기들을 한꺼번에 태우고 싶다면 입정의 상태에서 화(火), 즉 불길을 일으켜 일주천시키면 됩니다. 이게 바로 삼매진화지요."

"그래? 하지만 그게 왜 하찮다는 것이지?"

"그건, 음회회회, 큰스님이 말하는 삼매진화는 무림인이 생각하는 삼매진화와는 얼마간 다르기 때문입니다. 큰스님은 남자일 경우 굳이 입정에 들려고 노력하시 않아도 저절로 입정에 들어 삼매진화를 일으킨다고 믿습니다. 그러니까, 음회회회, 원래 단전은 하나의 우물로, 물의 기운으로 이루어져 있지요. 그런데 잠에 들 경우 준 입정의 상태에 들어 그 우물이 불구덩이로 바뀐다는 겝니다. 그것이 점차 뜨겁게 달궈지면 수그러들었던 양물이 벌떡 일어서지요. 음회회회."

성검은 실없는 웃음을 흘리며 초자영을 빤히 쳐다보았다.

"그게 삼매진화란 얘기냐? 쯧쯧, 그것이 어찌 몸속의 찌꺼기를 불태울 수 있단 말이냐?"

"글쎄요. 삼매진화란 것이 일체의 음욕(淫慾)을 불태우지 않습니까. 우리가 말하는 찌꺼기 역시 그 음욕이구요. 솔직히 삼매진화란 말 자체가 얼마간 어폐가 있습니다. 순서가 뒤바뀌었지요. 일체의 음욕을 불태운 이후에야 삼매에 들 수 있을 테니 말입니다. 어쨌거나 수면 중에 저절로 일어선 양물은 몽정을 하지 않는 한 저절로 사그라들게 마련입니다. 그렇다면 양물을 일으켜 세웠던 불의 기운은 어떻게 되었을까요!"

"음, 미처 그 생각은 하지 못했구나. 어디로 사라진 걸까?"

심드렁하게 변해가던 초자영의 표정에 다시 얼마간의 호기심이 어렸다.

"그걸 말하기에 앞서 한 가지 짚고 넘어가야 할 게 있습니다. 먼저 설명한 수면 중의 삼매진화가 있느냐와 없느냐는 남성의 건강과 직결합니다. 그 현상이 나타날 때는 신진대사가 수월하게 이루어지고 면역력이 강한 반면, 나타나지 않을 때는 죽을 날만 기다리는 병자가 되지요. 면역력이 없어 각종 질병에 시달리며 소화도 잘 안 됩니다."

"끄응, 꼭 그렇다고야······."

초자영이 고개를 푹 숙인 채 기어들어 가는 음성으로 말했다.

비록 강물의 흐름을 바꿀 만한 기를 지니고 있어도 나이는 속일 수 없는 것이어서 새벽녘의 묵직한 기운을 느껴본 지 퍽 오래였다. 생각해 보니, 주로 다루는 강기의 성질이 화(火)에서 수(水)로 바뀐 것도 그것과 관련된 것 같았다.

"음회회회, 맞습니다. 좋게 좋게 생각하십시오."

"······."

"큰스님은 우물에서 솟은 불기운은 다시 물의 성질로 변해 우물에 쌓인다고 믿고 있습니다. 그사이 몸을 휘돌던 음욕은 불길에 깨끗이 정화가 되고 보다 순연한 내공이 단전에 쌓인다는 의미지요. 큰스님은 이 부분에서 전직 색마답지 않게 하나의 교훈을 찾으라고 합니다. 자고로 사내란 꼴리는 대로 행동해선 안 된다는······."

"참 묘한 색승이로구나. 그러니 네 말인즉슨 삼매진화가 일종의 발기이고, 그러니 그게 무슨 거창한 일은 아니란 게냐? 하지만 발기가 정말 삼매진화일까? 그럼 넌 모기를 태워 죽일 때도 발기를 유도하냐?"

"음회회회, 저는 아직 하수라서······."

요사이 초자영은 성검과의 무학 논쟁에 재미를 붙여가고 있었다. 성검은 생각보다 박식한 인물이며 무엇보다 큰 장점은 참신하다는 점이었다. 비록 나이가 어려 치기 어린 주장이 많았지만 너무 쉬워 미처 생각지 못했던 모순들을 날카롭게 지적하기도 했다.

어차피 초자영은 우화등선의 전 단계에서 커다란 벽에 부딪쳐 수행의 진전이 멈춰진 상태였다. 그래서 아예 한 몇 년 성검에게 가르침을 주며 휴식을 취할 생각이었다. 그가 근 한 달간 어린 성검을 상대로 자유롭게 토론을 즐긴 이유도 그 때문이다.

"도사님의 스승은 어떤 분이셨습니까?"

"글쎄다. 천자문과 소학을 가르치신 분이 있긴 있었는데 워낙 오래전 일이라… 헤헤, 너도 살다 보면 알겠지만 백 수십 년이 지난 일을 기억하기는 힘들지."

시원한 가을 바람이 들꽃을 흔들고 있었다. 성검과 초자영은 그 들꽃 천지의 수풀 위에 앉아 두런두런 이야기를 나누는 중이다.

"그럼, 그 이후엔 한 분의 스승도 없었단 말입니까? 학문이야 그렇다 쳐도 지금처럼 고수가 되기 위해선 상당한 경지에 오른 스승이 계셨을 법한데요."

"글쎄, 스승을 두기엔 내 성격이 너무 오만해서……."

"음회회회, 그럼 저처럼 독학을 하신 거군요. 독학으로도 도사님 같은 경지에 다다를 수 있다는 말씀입니까?"

"아마도… 사실 도(道)를 알게 된 이후엔 일체의 가르침이 필요없다. 오로지 스스로에 의지해 자신의 힘을 키워갈 뿐이지. 힘을 키운다는 것은 곧 기(氣)를 모은다는 말과 같다. 몸이라는 기의 주머니는 처음엔 그저 하나의 웅덩이와 같아서 자기 몸 안에 있는 적은 기들로 채워진다. 하지만 그 웅덩이는 참 오묘해서 차면 찰수록 크기를 늘려 못이 되고 호수가 되고 바다가 되고 궁극적으론 우주가 되느니라. 사람의 몸이란 나서 자라고 늙고 죽는 동안 잠시 빌리는 그릇이 아니다. 몸 자체가 하나의 웅덩이이기에 그것 역시 못이 되고 호수가 되고 바다가 되며 우주가 될 수 있다는 게지."

일락북산 초자영은 귀찮다는 표정을 지으면서도 성실하게 대답해 주었다.

성검은 하나를 답해주면 그 대답에 꼬리를 달고 끊임없이 질문하는 버릇이 있다. 초자영 역시 이제 어느 정도 그 점을 간파했지만, 견딜 수 있는 데까지는 견뎌보자는 생각이었다.

"몸이 잠시 빌리는 그릇이 아니라면 영원히 죽지 않는 사람도 있다는 얘깁니까?"

"그건 생각하기 나름이지. 내가 말하지 않았느냐. 그 몸이 호수가 되고 바다가 되며 우주가 될 수 있다고. 우리는 더 이상 숨을 쉬지 않는 것을 죽음이라 하고, 죽은 자는 풍장(風葬) 혹은 매장(埋葬), 그도 아니면 날짐승이나 맹수들의 음식이 되어 형체가 흩어지게 된다. 하지만 그것이 끝은 아니지 않느냐. 땅에 묻혔든 바람에 흩어졌든 맹수의 먹이가 되었든 그 육신은 완전히 사라진 게 아니라 흩어진 것뿐이니까. 거름이 되거나 다른 동물의 피와 살이 되어 거듭나는 것이지."

초자영은 목에 붙은 모기를 손바닥으로 쳐 잡은 후 다시 자세를 바로잡았다.

"제가 원하는 답변은 아니었습니다. 하지만 이야기를 듣다 보니 또 다른 궁금증이 생겨나는군요. 사람이 죽으면 몸 안의 기는 어찌 됩니까? 그것도 육신처럼 흩어지게 되는 겁니까?"

"글쎄, 그건 지난번에 네가 말했던 삼매진화와 비슷하지 않을까 싶구나. 우물에서 솟은 불기운은 다시 물의 성질로 변해 우물에 쌓인다고 했지? 사람의 몸에 담긴 기 역시 원래는 우주의 기였다. 그렇다면 사람이 죽은 후의 기 역시 원래의 자리인 우주로 돌아가겠지. 그 이전에 네 몸이 우주가 된다면 너는 영생을 하게 되는 것이고. 뭐, 그냥 죽거나 네가 우주가 되거나 어차피 똑같은 우주가 되는 것이겠지만."

"음회회회, 도가의 사상은 참 허무맹랑한 구석이 있군요."

"그렇다고도 할 수 있지. 허무(虛無)란 것이 무엇이냐? 아무것도 없이 텅 빈 상태 아니더냐. 도가의 사상은 바로 그것을 지향하느니라. 하지만 그것이 끝은 아니다. 다만, 도(道)의 시작일 뿐이지. 음, 이런 이야기도 이젠 새미가 널하구나. 혹시 내게 무공을 배워보고 싶지 않느냐? 우소에게 듣기로 네 무학이 상당히 폭넓다고 하던데?"

초자영은 행여 성검이 또 다른 질문을 할까 봐 일찌감치 말머리를 돌렸다.

"정말이요?"

성검이 튕기듯 일어나 환호했다. 그는 결코 서두르지 않는 인물이다. 광우소가 자기를 이 늙은 애에게 맡기고 갔을 땐 필시 가르침을 부탁했으리란 생각이었고, 그 생각은 틀리지 않았다.

"너무 기뻐할 것 없다. 제대로 배우려면 최소한 백 년은 걸리거든. 속세와 인연을 끊고 이 산골짜기에서 백 년 넘게 사는 것이 그렇게 좋을 건 없지 않겠느냐."

"네?"

"나야 장가도 가보고 이런저런 속세의 재미를 모두 맛본 후 이곳에 들어왔으니 그다지 아쉬울 게 없지만 너는 좀 불쌍하구나. 얼마 전까진 절간에 갇혀 경추봉을 벗어나지 못했다지? 여기는 절간보다 더 궁

상맞은 곳이라… 어떻게 괜찮겠느냐?"

"백 년이요? 하지만 제가 좀 똑똑하고 깨우침이 빠른데, 그럴 경우엔 한 이십 년이나 삼십 년 안쪽에 도사님 같은 경지에 다다를 수 있지 않을까요?"

"도가의 무공이 그저 머리나 힘만 믿고 설치는 일반 무공과는 달라서 좀 똑똑한 것으론 힘든데… 나는 한때 천재 소리까지 듣던 사람이거든."

"……."

성검의 입에서 긴 한숨이 새어 나왔다.

항산은 어느새 울긋불긋한 단풍으로 물들었다. 억새풀들이 허리 높이까지 자라 길을 덮었고, 독이 오를 대로 오른 독사들이 먹이를 구하기 위해 숲을 누볐다. 성(盛)했던 모든 것들이 쇠(衰)하기 직전. 항산은 그렇게 시들기 직전의 꽃잎처럼 아름다워지고 있었다.

하지만 어느 깊은 계곡에선 또 다른 볼거리가 한창이었다.

계곡의 입구. 차고 시린 계곡 물은 무릎을 간질일 정도로 얕았으나 골짜기 자체는 제법 넓고 깊었다. 그런데 얼마 전부터 그 골짜기의 허공으로 단풍잎들이 격랑처럼 휘몰아치기 시작했다.

"잠룡유해(潛龍遊海)!"

골짜기를 가득 메웠던 단풍잎들이 용의 형상으로 변한 채 골짜기를 따라 꿈틀거리며 위쪽으로 길게 뻗어가기 시작했다.

"으아아악—"

골짜기 위에서 터져 나오는 참담한 비명성.

"참고 견디거라. 그저 온몸으로 받아들이면 되느니… 열해뇌풍(裂海

雷風)!"

물살이 일제히 일어서며 단풍을 적셨고, 주위의 꽃잎들이 비산하며 골짜기를 덮었다. 거대한 강기의 회오리가 일으키는 폭풍이다.

"으아아악—"

성검은 폭포의 암반에 묶인 채 그 폭풍에 그대로 몸을 맡겼다. 꽃잎과 낙엽이 그의 몸을 뒤덮었으나 끔찍한 통증 뒤엔 묘하게도 쾌감이 느껴졌다. 근 한 달째 반복되고 있는 수련 아닌 수련이다.

"용봉일우(龍鳳一隅)!"

이제껏 흘러내리던 폭포가 거세게 역류하며 하늘로 솟구치기 시작했다. 일대장관이었으나, 강기의 압력을 그대로 견뎌내야 하는 성검으로선 끔찍한 순간이다. 이번에도 어김없이 그의 입에선 찢어질 듯한 비명성이 흘러나왔다.

"으아아아악—"

하지만 그것도 잠시, 역류하는 폭포수의 굉음이 성검의 비명을 삼켜버렸다.

3

항산에서 보낸 삼 년여 세월. 성검의 나이 이제 스물하나. 한참 무르익은 청춘이지만 그는 미처 자신의 청춘을 즐길 여유가 없었다.

생사현관(生死玄關).

그동안 성검이 얻은 비밀 하나다. 생사현관이란 말 그대로 생과 사의 관문이다. 나이 스물하나에 그 이치를 깨우쳤다면 지난 삼 년의 세월은 절대 아깝지 않다. 아니, 뜻하지 않은 큰 성취였다.

초자영의 도움으로 생사현관을 열게 된 성검은 빠른 속도로 공력을 증강시켰다. 이미 반 갑자의 공력을 쌓고는 있으나 아직 초자영을 상대하기엔 일렀다. 초자영은 측정할 수 없는 공력을 지닌 괴물이다. 비단 공력 때문만이 아니라도 그는 괴물이다. 어느 순간부터 그렇게 변해 버리고 말았다.

"크하아아앙—"

항산을 쩌렁쩌렁하게 울리는 사자후. 놀란 새들이 둥지 아래로 떨어졌고, 산짐승들은 빠르게 내달리다 바위에 머리를 박거나 계곡으로 굴러 떨어졌다.

"젠장, 또 발작을 일으킨 모양이군."

팔부중지수의 긴나라 체위를 수련하던 성검이 인상을 찌푸리며 주위를 둘러보았다.

성검은 요사이 초자영과의 숨바꼭질 때문에 제대로 된 수련을 하지 못하고 있다. 근 세 달 전 초자영은 우화등선의 단계에 들기 위해 삼 년간 쉬고 있던 면벽 수련을 다시 시작했다.

우화등선(羽化登仙)이란 소동파(蘇東坡)의 '적벽부(赤壁賦)'에서 유래한 말로, 우화(羽化), 즉 번데기 안의 애벌레에게 날개가 생겨 나방이 되는 것처럼, 도를 닦던 이가 신선이 되어 하늘로 날아오르는 것을 말한다. 도가에서 말하는 최고의 경지고 과거 몇몇 도인들이 실제로 우화등선했다는 기록이 여러 군데에 전해지고 있다.

하지만 초자영은 이번에도 실패하고 말았다. 단순히 실패한 것이 아니라 수도 과정에서 예전보다 거대한 벽에 부딪치게 되었고, 그 충격으로 인해 노망이 나고 말았다.

초자영의 나이 이미 백오십을 훌쩍 넘었다. 비록 쉼없이 수도를 하기는 했으나 우화등선에 계속 실패하다 보니 육체와 정신의 쇠락을 더이상 막을 수 없게 되었다. 초자영은 단순히 노망만 난 것이 아니라 맑던 피부에도 금이 가 주름이 잡히고 머리는 백발로 뒤덮였다. 게다가사 척 오 촌의 자그마하던 체구가 보다 작아졌으며 허리도 굽었다. 불과 하룻밤 사이에 벌어진 일이었다.

하지만 묘하게도 그의 내공은 여전히 건재했다. 아니, 통제가 안 될만큼 거세게 요동하는 탓에 하루에도 몇 시진씩 발광해야 했다. 그가곱게 노망이 나지 못하고 항산을 뒤집어놓을 것처럼 지랄하는 이유가거기에 있었다.

한 가지 다행스러운 것은 초자영이 미치기 직전 자신이 정리한 도가무공의 비급 '세취골초(世取骨艸)'를 성검에게 물려주었다는 점이다. 만약의 경우를 대비해 성검이 독학할 수 있도록 배려한 후 적당한 동굴을 찾아 면벽에 들어갔던 것이다.

콰콰콰콰쾅—

맞은편 봉우리에서 거대한 굉음이 들리는가 싶더니 이내 바위가 무너져 내리며 산사태가 일어났다. 초자영의 일장이 바위를 깨뜨린 게분명하다.

"우하하하하! 나는 곰이다아아—"

쾅, 쾅, 쾅, 쾅, 쾅!

성검이 안력을 돋구어 살펴보니 봉우리 위에서 초자영이 머리로 커다란 바위를 들이받는 중이다. 그리고 얼마 지나지 않아 그 커다란 바위가 두 쪽이 나며 굴러 떨어져 앞서보다 심각한 산사태를 일으키기 시작했다.

"쯧쯧, 우화등선이 아니라 웅화등산(熊化登山)하고 말았군. 그나저
나 저 늙은이가 조금 있으면 나랑 한판 붙자고 덤벼들 텐데 이거 오늘
도 발바닥에 땀나도록 도망 다니게 생겼군."

성검은 고개를 설레설레 젓다가 멍하니 하늘을 올려다보았다.

지난 삼 년 동안 성검은 주로 내공을 키우는 데만 주력했다. 그래서
실질적인 무공이나 기의 운용이 상대적으로 약해지지 않을까 걱정했
다. 하지만 더 이상 그런 걱정을 할 필요가 없게 되었다. 요사이 성검
은 살기 위해 악착같이 기의 운용을 통한 실전 무공을 공부해야 했으
니까.

"우하하하하! 성검이 이놈, 거기 있는 거 다 보인다. 잠시만 기다리
거라. 내가 그쪽으로 가마아아—"

아나나 다를까, 이번에도 초자영은 축지법을 연상시킬 만한 신법으
로 빠르게 봉우리를 달려 내려오기 시작했다. 산사태로 거의 초토화된
봉우리에서 앙증맞은 새끼곰 한 마리가 뛰어 내려오고 있는 것이다.

"제기랄! 이제부터는 신법을 공부해야 할 차례군."

투덜거리던 성검이 뒤도 돌아보지 않은 채 달아나기 시작했다.

겨울 한철이 지나는 동안 성검은 대쪽처럼 말라 버렸다.

깎아지른 듯한 절벽은 눈에 덮이거나 녹다가 다시 얼어 빙벽을 이루
었는데, 상대적으로 신법이 처지는 성검은 그런 곳만 골라 달아나야 했
다. 그사이 그의 손과 발은 산양의 발굽보다 단단하고 견고해졌다. 행
공에만 치중하느라 쌓였던 복부의 살들도 기름기가 쪽 빠진 삼겹살처
럼 굳어졌다.

비단 성검만이 아니다. 고라니, 멧돼지, 너구리며 칡범들은 물론 겨울잠을 자다 놀란 곰들까지 살기 위해 달리고 또 달렸다. 크고 작은 사찰의 스님들과 도관의 도사님들이 눈밭을 뛰고 구르며 하루를 보냈고, 끊이지 않는 산사태로 봉우리의 높이는 점점 낮아졌다. 모두 일락북산 초자영 때문이었다.

하지만 그런 끔찍한 겨울이 지나고 쌓인 눈이 녹아 길이 뚫리자 사정이 달라졌다.

겨우내 전각을 두 채나 잃은 현공사의 스님이 산을 내려가 항산의 꼬마곰(?)이 저지른 횡포를 여기저기 알리면서 관군을 비롯한 여러 무림인이 초자영을 잡기 위해 산을 오르기 시작했다.

"우하하하하! 심심한데 잘 걸렸다, 이놈들. 오늘 신나게 한번 놀아보자!"

항산의 가장 높은 봉우리 꼭대기에서 초자영의 웃음소리가 터져 나왔다.

그곳에서 삼십여 장 아래쪽에는 활과 창을 든 관군 오십여 명과 해결사를 업으로 삼는 하류무사 이십여 명이 멀뚱히 초자영을 쳐다보고 있었다.

막상 신고와 청탁을 받고 찾아오기는 했지만 그들은 이곳까지 오는 동안 이미 힘이 쪽 빠졌다. 항산은 오악 가운데서도 가장 높은 산이며 산세 또한 험했다. 게다가 겨울이 다 갔다고는 해도 곳곳이 빙판이어서 잠시만 방심해도 까마득한 절벽 아래로 굴러 떨어지고 만다. 그런 항산의 정상까지 기를 쓰고 왔으니 탈진하는 것도 무리가 아니다.

더욱이 그들의 눈앞에 모습을 드러낸 초자영은 한마디로 괴물이었다. 성검과 처음 만났을 때와는 달리 초자영의 얼굴은 깊은 골을 이룬 주름으로 자글자글했고, 키는 삼 척 오 촌가량으로 무려 일 척이나 줄어들었다. 그 대신 허리가 휘어 꼽추처럼 웅크리고 다녔는데 백발로 변한 긴 머리는 땅에 끌렸고, 손톱은 손가락보다 길게 자랐다. 아무리 곱게 봐주어도 결코 사람의 몰골이 아니었다.

"허허, 저건 괴물이올시다. 곱게 잡아다가 감옥에나 처넣을 생각이었는데 아무래도 쉽지 않겠소이다. 괜히 물리기라도 하는 날엔……."

관졸들을 통솔해 온 말단 장교가 검을 찬 자색 무복의 무림인에게 말했다.

현공사의 주지는 관부의 고위 관리들이나 유지 등 영향력있는 이들과 교분이 두터웠다. 덕분에 그가 청탁을 넣자 관부에선 곧장 토벌대를 보냈다.

사실, 지금 초자영과 대치한 말단 장교는 항산에 오를 때만 해도 불만이 많았다. 미친 늙은이 하나를 잡기 위해 자기가 직접 나서야 한다는 게 영 불쾌했다. 하지만 지금은 다른 걱정거리가 생겨났다. 그저 미친 늙은이쯤으로 생각했던 자가 보통내기가 아니다. 신법도 그렇고, 머리로 바위를 들이받아 반쪽을 내는 따위의 괴력을 보이고 있으니…….

"어쩔 수 없습니다. 괜히 생포하려 들다간 피해가 클 것 같으니 죽여서라도 끌고 내려갑시다. 이거야 원, 저런 괴물은 나 역시 처음입니다."

"그럼 우리는 활을 쏠 테니 대협께선 다른 무사들과 함께 알아서 공격을 하시지요."

말단 장교는 보다 위험하고 귀찮은 일을 하류무사에게 떠넘긴 채 부하들에게 활을 준비토록 명령했다.

'젠장, 우리라고 저 괴물에게 다가가고 싶은 줄 알아? 흐흐, 당신이 그렇게 나온다면 우리도 암기로 공격을 하는 수밖에······.'

자색 무복의 무림인은 현공사에 시주를 하는 부호의 청탁으로 이곳에 온 인물이다. 어쩌다가 관군과 마주쳐 함께 행동하게 되었으나, 이왕이면 수하들을 다치게 하고 싶지 않았다.

"이 정도 거리라면 활이나 암기로도 충분히 처치할 수 있을 듯합니다. 우리는 좌우로 흩어져 암기를 날릴 테니 일시에 협공을 하는 게 좋겠습니다."

말을 마친 무림인은 대답을 들을 필요도 없다는 듯 곧장 수하들에게 수신호를 보낸 후 자신은 오른쪽 숲으로 신형을 날렸다.

만약 초자영이 화살이나 암기를 뚫고 마주쳐 올 경우 아무래도 관군들이 포진해 있는 쪽으로 올 확률이 높았다. 오솔길이긴 하지만 그쪽에 길이 나 있었으므로. 무림인이 자신의 패를 둘로 나눠 좌우로 흩어진 것도 그런 이유에서였다.

"별 도움이 안 되는 자들이군. 어쩔 수 없지."

쓸쓸하게 중얼거리던 하급 장교는 잠시 부하들을 둘러보다가 검을 뽑았다.

"뒤쪽은 벼랑이니 달아날 길은 없다. 일제히 화살을 날려라!"

하급 장교가 검을 앞으로 뻗으며 외쳤다.

핏슈웅—

멍링이 떨어지는 것과 동시에 수십 개의 화살이 날카로운 파공성을 내며 초자영에게 쏘아졌다. 비록 관졸에 불과했으나 거리가 그다지 멀지 않고 평소 훈련을 한 만큼 나름대로 위협적인 공격이었다.

하지만 상대는 일락북산 초자영, 몇 갑자의 공력을 쌓은 괴물이다.

그는 화살을 피할 생각도 하지 않은 채 작은 체구를 땅바닥에 붙인 후 가슴을 부풀렸다.

"크하아아앙—"

산을 두 쪽 낼 듯한 사자후가 터지자 땅에 박혔던 바위들이 저절로 들썩이다가 뿌리째 뽑혀 비탈을 구르기 시작했다.

"으아아악—"

"산사태다! 모두 돌을 피해… 크허헙—"

"까아아악—"

사자후만으로도 정신이 얼얼하고 귀청이 찢어질 듯했다. 그런데 커다란 바위까지 굴러 떨어지자 관졸들은 무기를 집어 던진 채 비탈 아래로 내달리기 시작했다.

좌우에 포진해 암기를 만지작거리던 하류무사들이라고 해서 다를 것이 없었다. 그들은 돌과 흙, 바위와 함께 비탈로 나동그라지며 끔찍한 비명을 내질렀다.

우르릉. 콰콰콰쾅!

그것이 끝이었다. 수십 명의 관군과 하류무사들은 바위에 깔리거나 절벽으로 떨어져 내려 몰살했고, 항산에서 제일 높던 봉우리는 산사태로 일 푼가량 무너져 내려 더 이상은 그 위용을 자랑할 수 없었다.

어쨌거나 겨울이 끝나는 것과 동시에 시작된 싸움으로 인해 항산의 꼬마곰은 산서성 일대에 명성을 날리게 되었고, 이후 끊이지 않는 도전이 이어졌다.

산골짜기 깊은 곳에 질기게 버티고 있던 잔설조차 모두 녹아버렸다.

하루도 빠지지 않고 쩌렁쩌렁 산을 울리는 사자후와 폭음에도 불구하고 봄을 맞은 대지는 풀과 꽃을 피워냈다. 철새들도 다시 항산을 찾았다. 얼마간 불쌍한 철새들이 되고 말았지만……

다시 시간이 흘러 그 봄이 다 지날 무렵, 항산에 뜻하지 않은 무림인들이 모습을 드러냈다. 언젠가 성검이 일전을 벌인 공손추사처럼 흑의를 걸친 무리들. 틀림없는 천검궁의 무사들이었다.

"어라, 아무래도 오늘은 심상치 않은걸?"

현공사 근처에서 산 아래를 굽어보던 성검의 얼굴에 미소가 어렸다.

겨우내 초자영을 피해 다녀야 했던 성검으로선 요사이의 일들이 즐겁기 그지없었다. 날마다 산을 올라 초자영을 상대해 주는 무림인들 덕에 더 이상 쫓겨 다닐 필요도 없고, 그럭저럭 싸움 구경으로 눈요기도 할 수 있었으므로.

하지만 원체 기량의 차이가 커서 싱거운 면도 없지 않았다. 초자영을 잡겠답시고 찾아오는 자들이 하나같이 하수여서 손도 섞어보지 못한 채 바위에 깔려 죽기 일쑤였다. 오죽하면 성검 자신이 나서서 초자영과 놀아주고 싶다는 생각이 들었을까.

하지만 아무래도 오늘은 분위기가 달랐다. 흑의의 무림인들은 산을 오르는 모습에서부터 성검의 눈길을 끌었다. 겨우내 초자영에게 쫓겨 다닌 덕분에 성검은 신법에 관해 많은 공부를 했는데 흑의인들의 기량이 결코 자신에게 뒤지지 않았다.

초상비(草上飛)의 수법으로 숲을 가르던 그들은 골짜기에 다다리선 천마행공(天馬行空)을 펼쳐 육 장이 넘는 거리를 그대로 뛰어 건넜다. 정확히 일곱 명. 하나같이 표홀한 신법으로 거침없이 초자영이 있는 봉우리를 향해 달려가는 중이다.

"이런 구경거리를 놓칠 순 없지?"

성검은 맞은편 봉우리에서 머리로 바위를 들이받으며 놀고 있는 초자영을 흘낏 쳐다보다가 이내 가벼운 웃음을 머금었다. 그리고 곧장 신형을 날렸다.

제5장

일락북산 초자영은 이렇게 죽었다

자화봉(姿花峰).

근래 초자영이 가장 즐겨 찾는 봉우리다.

원래 정상엔 제법 널찍한 광장이 펼쳐져 있고 그 주위를 삼십여 개의 커다란 바위가 꽃잎처럼 두르고 있어 마치 막 개화하기 시작한 꽃송이를 닮아 있었다. 하지만 초자영이 하루에 한 개씩 그 바위들을 머리로 받아 깨뜨린 탓에 지금은 서쪽에 다섯 개의 바위만을 남겨놓고 있을 뿐이다. 아니, 잠시 후면 그나마 네 개만이 남게 될 것이다.

"쩝! 귀찮은 녀석들이군."

머리로 바위를 들이받던 초자영이 성가시다는 듯 일곱 명의 무사를 빤히 쳐다보며 투덜거렸다.

"천검궁 산서성 분타의 백이상(白利橡)이라 하오. 귀하의 존성대명(尊姓大名)을 여쭈어도 되겠소?"

삼십 대 초반으로 보이는 흑의무사가 포권을 취해 예를 갖춘 후 물었다.

"나? 노부는 곰이다아아— 우하하하!"

잠시 고개를 갸우뚱하며 생각에 잠겼던 초자영이 큰 소리로 외치며 웃어 젖혔다.

"부분타주님, 소문대로 미친 늙은이가 분명합니다."

옆에 있던 날카로운 눈매의 검수(劍手)가 낮은 음성으로 말했다.

"그래. 하지만 정말 놀라운 괴력이군. 족히 몇 갑자의 내공을 지닌 인물이야. 이거 자칫하다간 험한 꼴을 보겠구나."

백이상이라고 자신을 소개한 무사가 난감한 표정을 지었다.

다른 무사들이 간단하나마 봇짐을 메고 있는 데 반해 백이상은 검한 자루 들지 않은 단촐한 복장이었다. 살집이 없는 데다 키도 작았으나 눈빛만은 일품이었다. 그 눈빛 하나만으로도 가히 부분타주란 직위를 소화해 낼 수 있을 듯했다.

원래 백이상은 천검궁 본궁 소속이었다. 하지만 세력 싸움에서 밀려 이곳 산서성으로 좌천되었다. 한때는 천검궁 서열 오십위 정도의 위치에 있던 그가 지금은 한낱 부분타주의 직위로 살아가고 있는 것이다.

그럼에도 워낙 고지식한 데다 권력 다툼 같은 것을 싫어하는 성격이라 불평없이 자신의 직무에 충실한 편이다.

사실 이곳 산서성 분타는 큰 사건도 없고 타 분타에 비해 벌여놓은 사업도 적어 백이상 같은 이가 지내기엔 더없이 편안한 장소였다. 더욱이 분타주인 자검영(慈檢暎) 역시 백이상처럼 고지식해서 둘은 서로에 대한 신뢰가 깊었다.

그런데 며칠 전, 분타주 자검영이 난색을 표하며 백이상에게 일 하나를 맡겼다. 바로 항산의 꼬마곰을 잡아오라는 명령이었다.

천검궁은 강호에 뿌리를 둔 방파다. 겉으로나마 관부나 황실과 얼마 간 거리를 두어야 했다. 하지만 최근 초자영이 항산에서 소란을 피우는 바람에 많은 관졸들이 이곳에서 목숨을 잃고 말았다.

결국 관부에선 초자영이 무림인이라는 사실에 초점을 맞추어 이 일을 천검궁에 청탁해 왔다. 현공사를 지원하고 있는 부호들과 관에서 내건 막대한 현상금까지 미끼로 쓰면서……

자검영 역시 일짜감치 항산의 꼬마곰에 관한 소문은 들어왔으나 쓸데없이 그런 일에 나서고 싶지 않았다. 그런데 본궁에서 느닷없이 초자영에 대한 정보를 구해 보고하라는 냉령이 떨어졌다. 관부의 청탁뿐이라면 모를까 본궁에서 명령이 하달된 이상 자검영도 어쩔 수 없었다.

그 문제로 얼마간 고심하던 자검영은 결국 부분타주인 백이상을 불러 이번 일을 맡겼다. 자검영이 알기로 백이상은 천검궁 총타에서도 알아주는 고수다. 실력만으로 따지자면 자신을 한참 능가하는 인물인 셈이다. 평소 백이상에 대해 많은 배려를 해주었지만 사안이 사안인만큼 이번만은 도움을 받아야 할 처지였다. 백이상 역시 분타주의 처지를 들은 후, 흔쾌히 일을 맡았고 오늘에서야 항산에 도착해 이렇게 초자영과 마주하게 된 것이다.

'소문으로만 들었을 땐 결코 이 정도일 거라고 예상치 못했다. 음, 역시 강호는 넓다. 이 정도의 고수들이 대륙 곳곳에 숨어 있다면 천검궁의 천하 역시 천 년을 갈 것이라고 장담할 수 없지 않은가. 하긴, 이 늙은이는 전대의 기인… 결국 시간이 지나면 자연스레 사라질 인물이다. 설사 숨은 고수들이 많다 해도 모두 늙은이들일 테니 오십 년이 더 지난다면 천검궁을 위협할 존재는 거의 사라져 버릴 게야.'

백이상은 복잡한 생각들을 떨쳐 버린 채 다시 초자영을 바라보았다.

쿵! 쿵! 쿵!

초자영은 백이상 무리에는 관심이 없는지 다시 머리로 바위를 들이받고 있었다. 하루라도 그 짓을 안 하면 벼락이 떨어지기라도 한다는 듯.

"선생, 그 바위를 쓰러뜨려 무엇을 하려는 것이오?"

"흥! 네놈은 잠시 후에 상대해 줄 테니 주둥이 닥치고 기다리고 있거라. 뭐, 하지만 이 외로운 늙은이에게 신경을 써주니 고맙긴 하군. 좋아, 네놈에게만 특별히 비밀을 말해 주지. 사실 노부는 이걸 쓰러뜨려서 뭘 하려는 게 아냐. 그저, 머리를 감은 지 오래되어서 그런지 이가 바글바글하단 말이야. 너무 가려워서 이런 방식으로 이를 잡고 있는 거지."

"……."

백이상을 비롯한 천검궁의 무사들이 서로의 얼굴을 빤히 쳐다보았다.

막상 미친놈을 상대하려니 어떻게 시작해야 좋을지 알 수 없었다. 하지만 채 반 각의 시간이 지나기도 전에 그 문제는 자연히 해결되었다.

쿵! 쿵! 쿵! 빠지지직—

조금씩 금이 가던 바위가 기어코는 밑동부터 쪼개져 그대로 절벽 아래로 굴러 떨어졌다.

"우하하하! 조금 시원해졌군."

초자영이 만족스럽다는 듯 웃더니 두 손으로 머리를 털어냈다. 농담은 아니었던지 그 순간 자잘한 벌레들이 떨어져 바닥에 쌓였다.

"어라? 이 녀석들이 아직도 노부를 기다리고 있었군. 아, 내가 기다리고 있으라고 했던가? 우하하하! 그래, 내가 그렇게 말했던 것 같군. 그나저나 네놈들도 노부를 귀찮게 하려고 온 것이냐?"

"꼭 그렇다고는 할 수 없소. 관부에서 선생을 잡아달라고 부탁을 한 건 사실이오. 산 채로도 좋고 죽여도 상관없다고 하더이다. 하지만 우리 천검궁에선 특별히 선생과 원한을 산 일이 없으니 굳이 그 부탁을 들어줄 필요가 없소이다. 다만 본궁에서 선생에 대해 호기심을 가지고 있으니 나로선 선생의 내력을 알아갈 의무가 있소."

"이 녀석. 좀 짧게 말해라. 너무 길게 말하는 바람에 앞에 했던 말을 다 까먹어 버렸다. 뭐가 어쨌다고?"

초자영이 머리를 벅벅 긁으며 백이상의 얼굴을 빤히 쳐다보았다.

"선생의 내력을 알아야겠다고 말했소이다."

"그런 건 알아서 뭐 하게?"

"그건 내가 알 바가 아니오. 난 그저 명령을 따르는 것뿐이니."

"음, 어쩔 수 없군. 오늘은 특별히 쉬기로 한 날이니 쓸데없이 싸울 필요는 없겠지. 노부의 정체는… 곰이다아아— 우하하하하!"

"어쩔 수 없군. 결례를 용서하시오. 선생을 천검궁으로 모셔야겠소이다. 자, 일식대검진(日蝕大劍陣)을 펼쳐라!"

백이상이 단호한 음성으로 말했다.

명령이 떨어지자 백이상 뒤편에 서 있던 검수들이 빠르게 신형을 교자하며 반원을 이루었다.

스스스슷.

환한 대낮이었음에도 그들의 움직임은 쉽사리 육안에 잡히지 않았다. 여섯 명에 불과한 검수의 진치고는 황홀할 만큼 표홀하고 신묘했다.

"운류잠행(雲流潛行)!"

어느새 진 밖으로 사라진 백이상이 지시를 내렸다.

검수들은 이 보 전진 일 보 후퇴의 형식에 맞추어 좌우로 빠르게 교차했다. 그 움직임 자체가 하나의 초식인 듯 그들은 물결처럼 흐르는가 하면 일순 정지했다가 온몸을 쭉 펴 검을 뻗는 등 화려한 검무를 펼쳤다. 언제 어디서 검을 찔러 들어올지 모르는 상황이다.

"일월합궁(日月合宮)!"

그 위치가 노출되지 않은 채 들려오는 백이상의 음성. 검수들이 최상승의 경신법을 펼치며 일제히 초자영을 향해 검을 뻗었다. 마치 궁신탄영(弓身彈影)을 보는 듯한 착각이 일 정도로 빠르고 현란한 공격이다.

챙, 채채채챙—

여섯 방향에서 동시에 맹렬하게 쏘아져 들어갔던 검들이 무형의 막에 튕겨 나갔다. 초자영이 방패형의 호신강기(護身剛氣)를 펼쳐 검을 쳐낸 것이다. 하지만 호신강기가 걷히는 한 순간, 검수들의 그림자에 숨어 있던 인영 하나가 쏜살같이 일장을 쏘았다. 이제껏 모습을 드러내지 않았던 백이상이다.

펑!

백이상의 우수에서 격출된 강기는 정확히 초자영의 가슴에 적중하며 폭사했다.

"허업!"

초자영이 신음성을 토해냈다.

뜻밖의 일격에 그는 뒤로 일 장여 밀려 나가 꽃잎처럼 생긴 바위에 부딪쳤다.

"우하하하! 제법이구나. 하지만 너 정도의 상대를 만나기 위해 두 계절을 기다린 것은 아니야. 오늘은 곱게 돌려보낼 테니 더 강한 놈들을 데려오너라."

초자영이 쌍수를 등 뒤로 뻗으며 냉랭하게 말했다.

콰콰콰콰콰쾅!

초자영을 지탱해 주던 바위가 굉음을 내며 무너졌다. 바위는 자잘한 돌 부스러기로 변해 절벽 아래로 떨어지기 시작했다.

'이럴 수가… 내 일장에 적중하고도 멀쩡하다?'

백이상의 안색이 얼마간 굳어졌다.

결코 호락호락하지 않은 상대라는 것은 짐작하고 있었다. 하지만 생각했던 것보다 훨씬 강하다. 문제는 초자영의 몸에 갈무리된 기가 지나치게 정순해 도저히 그 정도가 측정되지 않는다는 데 있었다.

"다시 한 번 정중하게 부탁하겠소. 선생의 존성대명과 내력을 들려주시오. 나는 부탁을 드리고 있으나 차후 천검궁에서 직접 나선다면 그때는 결코 부탁 따위를 하지는 않을 것이외다."

"쯧쯧, 아까 바위를 쓰러뜨려 무엇을 할 거냐고 물었지? 우하하하! 노부는 지금 절반쯤 미쳐 있다. 내 머리 속에 아주 고약한 벌레가 들어와 있단 말이야. 그놈이 요동을 할 때마다 난 미쳐 버려. 그래서 어쩔 수 없이 바위에 머리를 찧는 것이지. 지금은 정상으로 돌아왔지만 네 녀석이 자꾸 귀찮게 한다면 이놈의 벌레가 또 발작해 무슨 짓을 저지를지 몰라. 그러니 어서 돌아가거라. 난 속세를 떠난 사람이니 천검궁이든 뭐든 관심이 없어!"

초자영이 쓸쓸한 음성으로 말했다.

그의 말은 사실이었다. 하루에도 몇 번씩 정신이 오락가락하는 통에 자기가 언제 무슨 짓을 벌일지 알 수 없었다. 멀쩡할 때라면 적당히 참기도 하고 귀찮은 일들은 피해 버리겠지만 고약하게 미쳐 있을 때는 도저히 스스로를 통제할 자신이 없었다.

하지만 백이상이 그 사실을 알 리 없다.

"어쩔 수 없구려. 나는 명령을 받고 왔소. 도저히 그냥 돌아갈 순 없소이다. 이왕 이렇게 되었으니 한 수 가르침을 부탁드리는 바요."

백이상은 주먹을 움켜쥔 채 지그시 눈을 감고 공력을 끌어모았다. 수하들과는 달리 그는 권법과 장법에만 의존한다. 한때 검술을 익히기는 했으나 어느 순간, 검이 자신을 지배하고 있다는 더러운 느낌에 사로잡혀 검을 놓게 되었다.

"고약한 놈! 결국 이놈의 벌레들이 발작을 하게 만드는군."

초자영의 눈빛에 푸르스름한 광기가 어리기 시작했다.

그의 몸에 갈무리되었던 정순한 기가 서서히 마기로 변하며 온몸을 휘돌기 시작했다. 길게 늘어졌던 백발이 거꾸로 치솟으며 뻣뻣하게 굳은 것도 그 순간이다.

'헛! 상상을 초월하는 내공고수?'

이제껏 철저하게 정체를 숨긴 채 갈무리되었던 기가 마기로 변하며 이글거리듯 타오르는 것을 보고서야 백이상은 지금의 상황이 최악임을 깨닫게 되었다.

"육합쇄검(六合鎖劍)!"

"분부하십시오, 부분타주님."

여섯 명의 검수들이 일제히 부복하며 명령을 기다렸다.

[결코 너희들의 상대가 아니다. 즉시 산을 내려가 분타주께 본궁의 인물들을 파견해 줄 것을 부탁드려라. 방금 전 너희가 상대한 이는 최

소 삼 갑자 이상의 내공고수로 도가의 인물이다. 이제껏 내공이 측정되지 않은 것 역시 저 사람의 바탕이 무위(無爲)에 있기 때문이었다. 그 사실 또한 보고하도록… 이 정도의 고수는 정리되어져야 한다. 그것이 지난 수십 년간 지속되어 온 규율이다.]

전음으로 명령을 전달한 백이상은 잠시 호흡을 가다듬었다.

고수 사냥!

천검궁은 강호를 일통한 후 쉬지 않고 사냥을 해왔다. 천검궁에 복종하지 않는 모든 고수를 상대로.

[하지만 부분타주님의 안위가…….]

[언제부터 내 말에 토를 달았지. 지금 명령을 거스르겠다는 것인가?]

백이상이 매서운 눈으로 흑의무사를 쏘아보았다.

[아닙니다. 어찌…….]

[살아남고자 한다면 최대한의 경공으로 산을 내려가라. 뒤도 돌아보지 말고. 우리는 지금 호랑이 굴로 들어오고 만 것이야. 그리고 이미 코털을 뽑았다. 이 늙은이가 살기를 띠기 시작했단 말이지.]

"……."

[바로 지금이다, 가랏!]

쌍수에 공력을 모으고 있던 백이상이 좌수와 우수를 위아래로 내뻗으며 초자영에게 직격해 들어갔다.

"존명!"

육합쇄검으로 불린 검수들은 일제히 답한 후 날 듯이 산 아래로 미끄러져 내려갔다.

일단 상관의 명령이 떨어진 이상 그들은 그 명령을 이행해야 했다. 도대체 초자영이 얼마나 고수이기에 한때 천검궁의 서열 오십위 안에 들었던 백이상이 이렇게까지 두려워하는 것인지는 알 수 없지만 어렴풋이나마 자신들의 목숨이 경각에 달렸음을 깨닫게 되었다. 죽는 것도 두려웠으나 그보다 더 두려운 것은 명령을 이행하지 못하는 것이다. 육합쇄검은 그렇게 길들여져 왔으므로.

화르르륵—

백이상의 쌍수가 허공을 가를 때마다 이글거리는 횃불이 휘둘러지는 것처럼 파공성이 여운을 남겼다.

비록 초자영에게 두려움을 느끼고 있다 해도 백이상 역시 상당한 경지에 다다른 고수다. 천검궁의 서열 오십위란 곧 강호 서열 오십위를 의미하기도 했다. 천검궁이 곧 강호였으므로.

"우하하하하!"

상대가 좁혀 들어오기를 기다렸다는 듯 초자영이 좌수로 원을 그리며 꼭 움켜쥔 우수를 원 안으로 뻗어 일권을 내질렀다.

타앙—

철판을 두드린 듯한 굉음과 함께 묵직한 강기가 백이상에게 밀려들어 왔다.

방금 전 초자영은 좌수로 강기의 막을 형성한 후 격산타우(隔山打牛)의 수법으로 주먹을 내지른 것이다. 그로 인해 막을 이루었던 강기가 백이상의 쌍장에서 뻗어 나오는 기를 막는 동시에 공격의 효과를 배가했다. 즉, 초자영은 공격과 수비를 연결해 하나의 완벽한 초식을 만들어낸 셈이다.

"화류은하(花流銀河)!"

백이상은 다급히 쌍장을 겹쳐 뻗는 것으로 초자영의 권풍을 막아내려 했다. 하지만 기량의 차이를 극복할 수는 없었다.

"크헙—"

그는 한 모금의 선혈을 토해내며 무려 사 장가량이나 뒤로 밀려났다.

분명히 호신강기를 펼쳤건만 충격은 조금도 줄어들지 않았다. 놀라운 것은 자신이 펼쳤던 호신강기가 조금도 파괴되지 않았다는 점이다.

'미친 늙은이치고는 머리 회전이 상당히 빠르군. 내가 호신강기를 펼칠 줄 알고 선수를 쳐 격산타우의 수법을 썼단 말이지? 그나저나 참 알 수 없는 늙은이군. 그렇게 정순하던 기도가 어떻게 저런 흉포한 살기로 변할 수 있단 말인가.'

백이상은 맞은편에서 눈빛을 이글거리고 있는 초자영을 보며 섬뜩한 한기를 느껴야 했다.

'순(純)과 탁(濁), 정(正)과 사(邪)의 뿌리는 하나란 말인가? 하긴, 그럴 수도 있겠군. 그렇다면 중요한 것은 오로지 강(强)이 아니겠는가. 정(正)이 되었든 사(邪)가 되었든 이기는 것이 중요하다. 하지만, 내가 저자를 이길 수 있을까?

흩어진 내력을 쌍수에 집중시키며 백이상은 많은 것들을 생각했다.

한편으론 고지식하게만 살아온 자신이 바보처럼 느껴지기도 했다. 평생을 사욕(私慾)에 얽매이지 않고 살아왔으나, 어쩌면 그것이 스스로의 성장을 가로막는 걸림돌이었을지도 모른다는 생각.

'너무 강한 상대다. 그래서 이기고 싶다!'

백이상의 눈빛에서 투지가 불타올랐다. 그의 쌍장이 도도하게 뻗어나가며 강기를 격출한 것도 그 순간이다.

쇄애액—

묵직한 파공음과 함께 섬광이 뻗어 나갔다. 두 줄기의 섬광은 초자영 앞에 이르러 큰 각도로 휘어지며 허공으로 치솟았고 정점에 다다른 순간 빠르게 회전하며 초자영의 정수리를 향해 꽂혀 들어갔다. 백이상이 가장 공을 들여 익힌 장법 쌍룡투주(雙龍鬪珠)의 백미다.

초자영으로서도 두 마리의 용이 뿜어내는 위용에 순간적으로 위축될 수밖에 없었다. 그도 그럴 것이 쌍룡투주는 이미 절정에 달해 있었고, 무엇보다 백이상이 그 한 수에 모든 것을 걸었기 때문이다.

"현묘한 수법이로고……."

쌍룡투주의 초식이 지극히 아름답게 느껴진 것일까? 미쳐 있던 초자영의 눈빛이 잠시 맑아졌다.

하지만 생사를 다투는 싸움에서 그 찰나간의 감동은 곧바로 투지를 이끌어내게 마련. 초자영은 곧장 공처럼 몸을 웅크리며 강력한 반탄지기를 이끌어냈다.

촤아아아—

두 마리의 용이 초자영을 때리는 순간 눈부신 황금빛이 폭사하며 넓게 퍼지기 시작했다. 그 빛은 백이상까지 감싼 채 사방 십여 장을 물들였다. 황금 물결은 시간이 지나며 점차 오색(五色)으로 분산되었고, 섬광에 휘감겼던 풀과 나무들에 불길이 옮겨붙었다.

화르르륵.

초자영을 중심으로 형성된 반경 십여 장 내의 광장이 순식간에 거대한 불길에 휩싸였으나, 그 불길이 사라진 것 역시 순식간이었다.

'하하, 참 묘하군. 무림인의 죽음으로는 행복한 것이라고 해야 하는가?'

백이상은 폐허가 되어버린 원형의 광장 위에서 가볍게 미소 지었다.

놀랍게도 그의 몸은 오색 강기에 휩싸여 있었다. 하지만 미소가 걷히는 순간 백이상의 몸이 강렬한 불길에 휩싸였고, 숯처럼 시커멓게 탄 채 쓰러져 내렸다.

"현묘한 죽음이로고……."

가랑이 사이로 고개를 집어넣은 채 여전히 공처럼 몸을 말고 있던 초자영이 낮게 중얼거리며 몸을 풀었다.

만약 방금 전 그가 백이상의 강기를 정면으로 맞받아 쳤다면 상황은 달라졌을지도 모른다. 백이상의 쌍룡투주는 초자영의 내공을 감지해 낸 상태에서 발출된 것이다. 즉, 초자영이 형성할 반탄지기를 뚫을 자신이 있었다는 얘기다.

두 마리의 용으로 형상화된 강기는 반탄지기의 중앙을 꿰뚫기 위해 빠르게 뒤엉켜 회전했고, 그로써 몇 배의 파괴력을 얻어낼 수 있었다. 게다가 전신공력을 모은 최후의 일초식이었다.

하지만 문제는 초자영이 너구리보다 교활한 싸움꾼이었다는 점이다. 아니, 독학으로 지금의 경지에 올랐으니 천재적인 싸움꾼이라고 해야 할 것이다. 초자영은 몸을 공처럼 만 후 몸 전체에서 기를 발산해 탄탄한 호신지기를 형성했다. 그로써 회전해 들어오는 쌍룡의 힘을 미끄러뜨려 분산시킨 것이다.

혹시라도 초자영이 예전에 굉우소가 그랬던 것처럼 지상 위로 반원형의 강기막을 형성했다면 설령 강기막이 찢어지지 않았다 헤도 입사해서 죽었을는지도 모른다.

어쨌든 백이상은 자신이 할 수 있는 최선의 공격을 펼쳤다. 그리고 행복하게도 자신이 쏘아낸 강기에 휘말려 죽음을 맞았다. 백이상을 쓰러뜨린 것도 백이상이며, 백이상에게 쓰러진 것 또한 백이상이었다.

하지만 승자는 역시 초자영이었다. 그가 더 강했으니 당연한 귀결이다.

2

예로부터 대륙의 절경 중 하나로 손꼽혀 온 장강삼협(長江三峽)은 구당협(瞿塘峽), 무협(巫峽), 서릉협(西陵峽) 세 개의 협곡으로 이루어져 있다. 강을 끼고 늘어선 숱한 명승고적도 일품이지만 삼협 자체가 지니는 험준하고 웅장한 풍경과 고요함은 선경(仙境)을 연상시키기도 한다.

호북성(湖北省) 의창(宜昌) 남진관(南津關). 서쪽 사천성 봉절현의 백제성에서 시작되는 장강삼협의 대구간이 끝나는 곳이다.

하지만 수십 년 전부터 이곳에선 장강삼협의 풍치를 즐기러 온 풍류객들만큼이나 무림인들의 모습이 많이 눈에 띄었다. 대부분 흑색 무복에 검 한 자루의 문양이 새겨진 두건을 두르고 있는 그들은 이러저러한 물자들을 배로 싣고 나르는 일들로 항상 바빴다. 처음엔 어땠는지 모르겠으나, 이제는 그것이 남진관의 또 다른 풍경으로 자리 잡고 있을 정도로 흔한 장면이 되었다.

남진관에서 오십 리쯤 아래에 자리 잡은 계곡. 장강삼협과는 무관하지만 그에 못지않게 험준하고 고요한 그곳에 제법 넓은 평지가 자리 잡았다. 평지 위에는 오십여 채의 전각으로 이루어진 장원이 세워져 있다. 언뜻 보기에도 만여 명 정도의 인원을 수용할 수 있는 건물로,

어느 왕부가 아닌가 싶을 만큼 거대한 규모지만 크기에 비해 상당히 소박한 건축 양식을 보인다.

천검궁(天劍宮)!

장원의 대문 위에 걸린 현판이다. 장강삼협을 휘도는 물결처럼 웅장하게 휘갈겨진 필체에선 그 글자를 새긴 이의 기상과 힘이 전해진다. 당연한 일이다. 현판의 글씨를 직접 쓴 이는 강호를 일통한 천검궁의 전대 궁주 역유경(易流境)이었으니.

현판 아래의 대문으로 들어선 후 연무장과 본채를 지나면 연못을 중심에 둔 후원이 펼쳐진다. 후원에서 가장 눈에 띄는 것은 푸른 잎사귀들이 바람에 날리고 있는 죽림. 족히 십여 장이 넘는 크기로 자라난 푸른 대나무 사이로 구불구불하게 이어진 좁다란 길이 있다. 여느 전각과 마찬가지로 곳곳에 호위 무사들이 배치되었으나 그들이 내뿜는 기도만큼은 누구와도 비교되지 않는다. 죽림 사이로 난 길을 따라가다 보면 밖에서는 보이지 않던 아담한 전각 하나가 모습을 드러낸다.

수룡각(垂龍閣)!

결코 화려하지 않으나 웅혼한 기상이 엿보이는 목조 건물이다. 탁 트인 대청과 연꽃 문양의 들보, 용의 머리로 조각된 처마 위의 기와가 잘 어울리는데다 마당에 세워진 관음상과 사신상은 꽤나 품격이 느껴진다. 대부분 송대(宋代)의 조각 양식인 것으로 보아 어렵게 구한 골동품들이 분명하다.

열린 창문으로 죽림의 산뜻한 아침 공기가 새어 들어왔다. 대나무 잎들에 갈라진 햇빛들이 문풍지를 적시고 있으며, 차가 담긴 주전자에선 모락모락 김이 피어올랐다.

하지만 방 안을 채우고 있는 것은 다향(茶香)만이 아니다. 늘 켜져 있는 향불과 서탁 한편에 놓인 먹의 묵향이 잘 어우러져 적요하면서도 다감한 향기를 피워내고 있다.

"음, 백이상이 당했단 말인가? 결코 쉽게 당할 인물이 아닌데."

칠 척 거구의 노인이 잔에 담긴 차를 음미하며 낮은 음성으로 중얼 거렸다.

그는 흰옷을 입었으며, 백발을 자연스럽게 묶어 관(冠)에 갈무리해 둔 모습이 꽤나 인상적이다. 주름의 골이 깊었으나 표정은 지극히 담 담하고 선하게 느껴졌고, 찻잔을 쥔 손도 길고 가늘어 학자로 늙어온 듯한 인상을 풍긴다.

하지만 이십여 년 전만 해도 그는 지금과는 전혀 다른 모습이었다. 머리카락은 늘 사자의 갈기처럼 풀어헤쳐져 있었으며, 차 대신 화주(火 酒)를, 익힌 음식 대신 선혈이 낭자한 고기만을 즐겼다. 결코 관(冠)을 쓰지 않았으며 몸에선 늘 피비린내가 풍겼다. 노인의 정체는 바로 천 검궁주 역천휘였던 것이다.

역천휘 외에도 방 안에는 아홉 명의 노인이 더 앉아 있었다. 바닥에 서로 빙 둘러앉은 만큼 딱히 상석이라고 할 만한 자리는 없었다. 아홉 노인 역시 하나같이 부드러운 인상을 지니고 있었으며 조용히 차를 음 미할 뿐, 말을 아끼는 편이었다. 이들은 개세구로(蓋世九老). 역천휘를 보필하는 천검궁의 구대호법이었다.

"뭐 그렇게 놀랄 만한 일은 아닙니다. 백이상은 비록 궁내 서열 오십 위에 들었던 인물이지만 워낙 고지식해서 상대가 암수를 쓴다면 쉽게 당할 수도 있지요. 그런 약점 때문에 중용할 수 없는 인물이었구요."

개세구로의 제일좌 여추(呂騶)가 토를 달았다.

"아니, 백이상은 내가 잘 알아. 그를 산서성 분타로 보낸 사람 역시 나였고. 하지만 나는 백이상을 중용하지 않은 게 아니야. 오히려 그를 아꼈지. 본궁에 남아 있다가는 자칫 세력 싸움으로 희생이 될지도 모른다는 생각에 좌천시킨 것뿐이야. 백이상은 무학에만 전념한다면 큰 인물이 될 수도 있었어. 그런데 결국 그곳에서 죽고 말았군."

"궁주, 이번 일을 어떻게 처리할 생각이십니까? 민감한 시기에 이런 일이 벌어지고 말았으니……."

또 다른 노인이 입을 열었다.

"어차피 항산의 기인에 대한 궁금증 때문에 벌어진 일 아닌가. 끝은 보아야지. 하하, 천검궁의 천하가 된 지 이십여 년이 되었거늘 아직도 그 정도의 고수가 살아 있단 말인가."

"하지만 이미 그 괴물에 대해선 얼마간의 정보가 들어와 있습니다. 우려했던 것과는 달리 류추영이나 굉우소와는 상관이 없는 인물이 분명합니다. 정파연합이나 그 외 사파의 무리와도 무관하고 그저 혼자 은거해 온 도인인 듯합니다. 현공사의 주지 말로는 백여 년 넘게 그곳에 살던 도사로, 무슨 일 때문인지 심하게 미쳐 버렸답니다. 진작에 그런 정보가 들어왔다면 그가 아무리 고수라도 저희는 관여치 않았을 겁니다. 비록 이번 일로 천검궁의 위신이 얼마간 깎였지만 이쯤에서 덮어버리시는 것이……."

"그것도 괜찮겠지. 늙은 도사 하나쯤이야 있든 없든 상관없으니… 그래도 이왕 벌어진 싸움인데 이렇게 흐지부지하면 재미가 없지 않을까? 끝을 보아야지."

"그거야 그렇지만 지금 본 궁의 사정이……."

여추가 말끝을 흐리며 역천휘를 바라보았다.

"하하, 호법도 이제 나이가 든 모양이군. 하지만 걱정할 것 없어. 살아가다 보면 이런저런 풍파가 있게 마련이지. 그런 것들 때문에 재미있는 일을 그만둘 순 없지 않은가. 생각 같아선 내가 직접 항산에 가서 그 괴물의 모습을 보고 싶지만 차마 그럴 순 없지. 아, 부궁주의 아이들 중에 왜나라에서 온 고수들이 있다지?"

"예. 왜국의 관리를 맡은 후 부궁주가 그쪽 인자들을 대거 영입하고 있습니다. 그 규모가 너무 커서… 어쨌든 그들 중 최근에 영입된 흑월수검(黑月蒐劍)이란 자들의 실력이 백미(白眉)라 합니다."

"좋아, 그들을 보내게."

"존명!"

"성검아."

"예, 도사님."

"어제는 내가 무슨 일을 저질렀느냐?"

"비교적 큰 사고 없이 넘어갔습니다. 아침엔 그저 평소처럼 현공사에 들러 전각 한 채를 불태운 후, 그 불길에 멧돼지를 구워 싫다는 스님들과 억지로 나눠 드셨고, 바위 몇 개를 박살 냈고, 멋모르고 산에 오른 땅꾼들을 잡아 도덕경을 강의하셨지요. 오후엔 다시 현공사에 들러 목탁으로 스님들 머리를 한 대씩 쥐어박은 후 도덕경을 강의하셨고, 역시 멋모르고 불공을 드리러 온 대갓집 마님 머리를 박박 미셨습니다. 왜 그러셨는지는 아무도 모르지요. 해 저물 녘엔 오기 싫은데도 억지로 올 수밖에 없었던 불쌍한 관졸들 오십여 명을 단 반 각 만에 묻어버리셨고, 잠깐 정신이 돌아와 저랑 담소를 나누다 또 헤까닥 하시는 바람에 한참 지랄을 떠셨지요. 그러다 갑자기 졸리셨는지 호랑이 굴에 들어가 호랑이를 껴안고 주무시다 지금 기어나오신 겁니다. 참고로 그 호랑이는 지난번에 도사님이 다리를 모두 부러뜨려 움직이지 못하는 가여운 놈이었지요."

성검이 차분한 음성으로 대답했다.

그는 초자영으로부터 오 장가량 떨어진 곳에 조심스럽게 서 있었다. 지금은 정신이 돌아와 두런두런 얘기를 나누고 있지만 언제 미쳐 버릴지 알 수 없는 상황. 발꿈치를 살짝 들고 이런저런 경공을 머리 속으로 정리하며 즉시 달아날 수 있도록 채비했다.

"성검아."

"예, 도사님."

"내가 어쩌다 이렇게 되었을까?"

"제가 알기로 도가 사상의 핵심은 무위(無爲)에 있습니다. 그런데 도사님은 우화등선에 지나치게 집착하신 나머지 머리 속에 벌레를 키우게 된 것이지요. 지난번에 말씀하신 그 벌레 말입니다."

"무위(無爲)라… 그럴 수도 있겠지. 어쨌든 아쉽구나. 내 명이 이제 그리 길지 않거늘 입선(入仙)은 아득히 먼 곳에 있으니."

초자영이 멍하니 하늘을 올려다보며 길게 한숨을 내쉬었다.

'쯧쯧, 불쌍한 사람이야. 자신에 대한 집착이 저렇게 커서야 우화등선할 수 있겠는가. 하긴, 나야 원래부터 우화등선 따윈 믿지도 않았지만, 정신이라도 온전하면 나를 정식 제자로 거두어달라고 부탁이라도 할 텐데. 그러면 최소한 이 세상에 뿌리 하나는 남기는 셈이 아닌가.'

성검은 여전히 긴장을 늦추지 않은 채 안쓰러운 눈빛을 보냈다.

지난번 천검궁 백이상과의 일전을 숨어서 본 이후, 성검은 초자영에 대한 존경심을 감출 수 없었다. 마음속의 영웅이 꾕우소에서 초자영으로 바뀐 것도 그날부터다. 확실히 백이상을 상대하는 초자영은 자신을 상대할 때와는 다른 모습이었다. 정신이 온전치 못한 상황에서도 상대방의 움직임을 미리 읽고 있었다. 터럭 하나까지도 촉수처럼 움직이며 싸울 준비를 한 것이다.

하지만 성검을 놀라게 한 것은 초자영뿐만이 아니었다.

천검궁!

자신이 직접 겨룬 공손추사도 만만치 않은 상대였다. 그런데 일개 분타의 부분타주인 백이상이 펼친 무위는 가히 절정고수의 수준이었다. 도대체 천검궁이 얼마나 강한 집단이기에 그런 고수들이 즐비한 것인지 성검으로선 좀체 짐작이 가지 않았다.

한 가지 이상한 것은 백이상이 이곳에서 불타 죽은 지 한 달이 다 되어가는데도 어쩐 일인지 복수를 하러 오는 이가 없다는 점이다. 미련한 관졸들은 열흘에 한 번씩이라도 꼬박꼬박 찾아와 바위나 흙에 깔려 죽는 형편인데, 정작 무림인들은 모습을 드러내지 않았다. 천검궁에서 복수를 위해 찾아올 만도 하건만.

"성검아."

"예, 도사님."

"아직도 내게 잡혀 고생하지 않은 걸 보면 제법 진전을 이룬 모양이구나. 그래, 내가 준 무공 서적은 많이 익혔느냐?"

"웬걸요. 도망 다니느라 바빠서 제대로 공부할 시간이 없었습니다. 요즘은 팔부중지수도 거르기가 일쑤예요. 하지만 도사님 덕분에 경공 하나만큼은 제대로 익혔습니다. 거의 도사님 수준은 되었다고 봐야지요."

"음, 괜히 나 때문에 고생이 많구나."

초자영이 씁쓸한 표정으로 성검에게 눈길을 주었다. 그리고 잠시 후, 다시 천천히 입을 열었다.

"성검아."

"예, 도사님."

"어차피 이제 난 네게 그다지 필요한 사람이 아니다. 무작정 이곳에 머무는 것보다는 강호를 주유하는 게 낫지 않을까 싶구나. 나야 도가(道家)에 몸을 담은 사람이지만 넌 강호를 동경하지 않느냐. 동경하는 곳에 몸을 담고 있어야 더 많은 것을 배울 수 있지 않을까? 굉우소가 널 내게 맡길 때도 그 정도는 염두에 두고 있었을 게야."

"……."

갑작스런 이야기에 성검은 잠시 할 말을 잊었다.

그 문제는 성검 또한 심각하게 고민하는 부분이기도 했다. 아직 젊은 나이라 마음이 급했다. 조금이라도 빨리 고수가 되고 싶었고, 강호를 종횡하고 싶은 마음도 컸다. 다만 초자영 같은 고수를 또 어디에서 만날 수 있을까 하는 마음에 이곳에 눌러 있는 것뿐이다.

사실, 미쳐 있다 해도 초자영의 행동 하나하나가 성검에겐 좋은 가르침이 되었다. 세수 따위의 작은 일에서부터 현공사의 전각을 무너뜨리는 큰일까지 초자영은 철저히 기를 운용했다. 손에 물 한 방울 묻히지 않은 채 세수를 했고, 권풍만으로 전각을 무너뜨렸다. 기의 유용은 지극히 자연스럽게 이루어져 어떨 때는 아무것도 느껴지지 않을 정도다. 그것은 기를 무공에 접목하는 데 애를 먹고 있던 성검에겐 더없이 큰 가르침이었다.

하지만 언제까지고 초자영 옆에 있을 수만도 없는 일이다. 어차피

기의 운용법은 초자영이 준 도가의 무공 비급에 기술되어 있고, 서두른 다고 빨리 익힐 수 있는 것도 아니다. 경험을 쌓으며 독학으로 푸는 게 정석이다.

"며칠 더 생각해 보겠습니다."

"음, 그래, 네 일이니 네가 알아서 하거라."

"저, 도사님, 한 가지 청이 있습니다."

성검이 조심스럽게 입을 열었다.

"말해 보거라."

초자영이 고개를 갸우뚱하며 성검을 쳐다보았다.

"아직 한참 부족하다는 것은 알지만 비무를 청해도 되겠습니까? 아무래도 기의 운용법을 알기 위해선 직접 부딪쳐 보는 것이……."

"뭐 어려운 부탁은 아니구나. 단, 비무를 겨루는 중에 내가 발작을 한다면 널 죽일 수도 있다. 그건 각오하고 있겠지?"

"예."

성검은 천천히 손을 뻗어 허리에 차고 있던 연검을 풀었다. 공손추사와 싸울 때 부러졌던 점을 감안해, 보다 비싼 놈으로 골라서 산 연검이다. 제법 탄력도 있고 질감도 좋다.

'이거, 긴장되는군.'

비무라기보다는 가르침을 받는다는 표현이 맞지만, 초자영이 지적했듯 목숨을 담보로 한 싸움이다. 등줄기로 소름이 돋는 것도 그 때문이었다.

"연검이라… 우선 넌 검에 의지할 것인지 기에 의지할 것인지를 먼저 고민해야 할 게다. 나야 이 손이 곧 검이고, 마음도 검이지만 넌 아직 아니거든. 검을 쓰고자 하는데 기의 운용에 문제가 있다면 일단 네

검을 손이나 발처럼 신체의 일부로 만들거라."

"노력하겠습니다."

"그래, 그럼 시작해 볼까? 원래는 내가 몇 초를 양보해야 할 것이나 굳이 예의를 차릴 필요가 없으니 곧장 공격하도록 하마. 자, 이것은 그저 손끝의 기를 털어내는 것뿐이니라. 받아보거라!"

성검이 자세를 갖춘 것을 확인한 초자영은 가볍게 손목을 꺾었다가 툭 털어냈다.

쏴아아아—

가벼운 파공성. 눈에 보이진 않으나 몇 가닥의 강기가 쏘아져 나오는 것이 느껴졌다. 성검은 청각을 극대화하는 동시에 연검을 쥔 손에 얼마간의 공력을 불어넣었다. 실전이었다면 검으로 막기보다는 피하는 쪽을 선택했겠지만 직접 한 번 맞부딪치고 싶었다.

차르르릉—

초자영이 아직 손속에 사정을 두고 있는 것인지 강기는 파형을 이루며 천천히 날아들었고, 성검은 덕분에 연검을 휘둘러 그것들을 쳐낼 수 있었다. 묵직한 통증이 손목을 타고 어깨까지 뻗어왔지만 일단 쳐내는 데는 성공했다.

하지만 모두 쳐낸 것은 아니다.

"헙—"

묵직한 힘이 복부를 가격했다. 초자영이 쏘아낸 무형 무색 무취 무성의 강기다.

"청각에 의지하기보다는 네 몸속의 기에 의지해라. 기를 가장 먼저 느끼는 것은 기야. 강기는 눈에 보일 수도 보이지 않을 수도 있지. 마찬가지로 파공성이 있을 수도 없을 수도 있다. 하지만 네 몸속의 기는 기를 감지할 수 있지. 네가 눈과 귀, 검에 의지한 탓에 내가 쏘아낸 강기를 느끼지 못한 것뿐이다. 자, 이제 좀 센 것으로 해보지. 처음엔 느리게 가주었지만 이번엔 달라. 피하든 쳐내든 능력껏 대처해 보거라."

말을 마친 초자영은 좌수를 뒤로 뺐다가 천천히 앞으로 뻗었다.

'뭐지?'

무엇인가가 자신을 향해 빠르게 다가오고 있다는 느낌. 초자영의 동작이 너무 느려 방심하고 있었지만 분명 강기가 몰려오는 것이 느껴졌다. 그것도 아주 빠르게.

"히얏—"

성검은 빠르게 연검을 휘둘러 검기를 발출했다.

콰콰콰콰쾅—

장력과 검기가 맞부딪치며 폭사하는 순간 거대한 먼지가 피어올랐다. 하지만 그것으로 초자영의 장력을 막아낸 것은 아니다.

너무 가깝다. 초자영이 쏘아낸 강기가 성검에게서 채 이 장도 떨어져 있지 않은 거리에서 폭풍을 만들어내고 있다. 발검이 너무 느렸다. 이런 상황에서라면 최대한의 경공으로 몸을 피해야 한다. 하지만 성검은 본능적으로 초자영을 향해 직격해 들어갔다. 무모하기 그지없는 움직임이었다.

그런데 꼭 그런 것만은 아니었다.

"핫—"

폭사의 여운이 채 가시지도 않았다. 하지만 까마득한 허공에서 성검이 기합성을 내지르며 검을 휘두르고 있다. 초자영으로서도 전혀 예측하지 못한 상황이었다.

"제법이군. 기를 다루는 능력은 뒤지지만 머리는 좋아. 그 정도면 쉽게 죽진 않겠지. 자, 이번엔 어떻게 대처할지 궁금하군?"

　방금 전 검기와 장력이 격돌할 때 성검이 무사할 수 있었던 것은 그가 자신의 검기로 초자영의 장력을 정면으로 받는 대신 신형을 날려 충돌 시의 반탄지기를 이용해 허공으로 떠오른 덕분이었다.

　하지만 지금으로선 똑같은 상황을 만들어내기가 쉽지 않다. 일단 성검이 먼저 검기를 격출하기는 했으나, 초자영은 어머어마한 내공고수다. 어떤 형태로 강기를 발출할지, 두 강기가 부딪쳤을 때 어떤 결과를 가져올지 알 수 없는 상황이었다.

　"회류일천(回流日天)!"

　초자영은 무릎을 살짝 굽히며 오른 손목을 가볍게 꺾더니 몸과 손목을 회전시켜 허공에 일장을 격출했다. 만약 상대가 천검궁의 백이상처럼 지능적이고 강한 상대였다면 초자영은 이번에도 몸을 말아 상대의 강기를 분산시켰을 것이다.

　하지만 성검은 자신에 비해 한참 뒤떨어지는 상대다. 오히려 성검이 강기를 분산하기 위해 노력해야 할 처지다. 비록 공격하는 입장이라고는 해도……

　콰콰콰콰쾅—

　또 한 번 검기와 장력이 충돌하며 폭사했다. 성검이 쏘아낸 검기는 초자영의 강기에 차단되어 여지없이 흩어졌다. 그뿐만이 아니다. 회오리처럼 휘말려 올라간 강기가 성검의 몸을 감싸 돌기 시작했다.

　'제기랄!'

　성검은 다급히 공처럼 몸을 말아 강기에 그대로 몸을 맡겼다. 강기는 그것에 저항하려는 대상과 마주쳤을 때 폭사한다. 강기에 닿은 성검은 그 찰나의 순간에 그 점을 깨우쳤다. 본능으로.

휘이이이―

성검의 몸은 한줄기 기류에 휘말려 까마득한 허공으로 솟구치다가 그대로 떨어져 내렸다. 비무에서는 패했으나, 기의 성질에 대한 중요한 깨달음 하나를 얻는 순간이었다.

3

가뭄으로 숲은 바짝 타 들어갔다. 계곡의 물은 바닥만 간신히 적시고 있었고, 더위가 기승을 부리며 땡볕을 쏘아냈다. 하루에도 몇 번씩 미쳐 날뛰던 초자영조차 개처럼 혓바닥을 내민 채 그늘을 벗어나려 하지 않았다.

하지만 정오가 지나면서 쏟아지기 시작한 비로 항산의 사람과 짐승들은 모처럼 생기가 넘쳐 나고 있었다.

"음회회회, 어제 현공사 중들이 기우제를 지내더니 곧장 효험이 나타나는군. 현공사의 부처님은 참 영험하단 말이야."

성검은 동굴 입구에 누워 시원하게 쏟아지는 빗줄기를 보며 배시시 웃었다.

그는 어제 우연히 현공사에 들렀다가 스님들이 기우제 올리는 모습을 보았는데 참 묘한 광경이었다. 높다랗게 쌓아 올린 장작에 불을 붙인 스님들은 목탁을 두드리며 불 주위를 맴돌았다. 기우제가 아니라 장례를 지내는 게 아닐까 싶은 장면이었지만 사찰마다 나름의 방식이 있겠거니 생각했다. 그런데 정작 웃긴 것은 스님들이 염불 외는 중간

중간에 항산의 꼬마곰을 들먹였다는 점이다.

"염병할, 이건 항산 꼬마곰의 저주야."

"맞아, 그놈의 우라질 늙은이가 툭하면 절간에 와서 행패를 부리니 부처님이라고 속이 좋으시겠어?"

"불법을 바로 세우기 위해서라도 그 꼬마곰이 벼락 맞아 죽어야 할 텐데."

쿠르릉 쾅!

현공사 스님들의 법력이 높은 것인지, 날이 저물 무렵부터는 번개가 치며 빗줄기가 점점 굵어졌다. 성검은 은근히 초자영의 안부가 궁금했지만 거센 빗줄기를 뚫고 그를 찾아 나설 엄두가 나지 않았다.

"음회회회, 설마 이렇게 억수같이 비가 쏟아지는 날 나돌아다니지는 않으시겠지. 미치지 않은 이상… 젠장, 미친 영감 맞지."

성검은 긴 한숨을 내쉰 후 동굴 안으로 들어가 이것저것 행장을 꾸리기 시작했다.

미친 초자영을 두고 떠나는 게 마음에 걸리긴 했지만 이미 결심이 굳었다. 강호지존이 되기 위해 무불사를 떠난 지 사 년. 이곳에서 너무 오래 지체했다는 생각이 들었다.

물론 배운 것도 많다. 얼마 전 초자영의 강기에 휘말린 이후 성검은 기의 본질을 깨닫게 되었고 덕분에 기의 운용이 얼마간 자연스러워졌다. 거기에 내공 역시 빠른 속도로 증강하고 있었다 나이에 비해 상당한 진전을 이루었으며 무학의 폭도 넓어졌다. 비록 정식으로 사제 관계를 맺지는 않았으나 초자영으로부터 많은 것들을 배웠다. 운이 좋았던 셈이다.

쿠르릉 쾅—

항산을 두 쪽 낼 것처럼 내리치는 번개. 시야를 가리는 거센 빗줄기. 어둠이 짙어가는 가운데 두 명의 복면인이 빠르게 숲을 가로질렀다.

스스스슷—

빗줄기를 뚫고 모습을 드러낸 허름한 움막. 잠시 멈춰 섰던 복면인들은 천천히 걸음을 옮겨 그곳으로 다가갔다 움막 안에서는 초자영이 꾸부정하게 가부좌를 튼 채 '참동계(參同契)'를 읊조리고 있었다.

'참동계' 란 도교의 연단(煉丹) 경전 가운데 하나다. 후한(後漢) 시대의 인물 위백양(魏伯陽)이 지은 것으로 알려져 있다. 주역과 연단, 신선 사상 세 가지를 축으로 했으나 그 내용이 워낙 심오해 이치를 제대로 깨우치는 이가 드물다.

초자영은 참동계를 뗀 지 수십 년이 되었으나 근래 들어 다시 그 경전을 읽고 있다. 예전에 깨우쳤다고 여겼던 것이 다시 벽이 되어 길을 막고 있었으므로 정신이 돌아올 때마다 틈틈이 읽게 된 것이다.

도가 계열 무공의 뿌리 대부분이 참동계에 있다. 음양의 이치를 바탕으로 내단을 조제해 기력을 북돋는 것은 물론 단전에 내공을 쌓고 그 기를 자유자재로 운용하기 위해 수련한다. 후에 수련 방식이 내단과 외단으로 나뉘어 파가 갈리기도 했으나 그 근원은 여전히 참동계에 있다.

송대의 '도장(道藏)' 도 묵상이나 연단술, 천기(天機)에 대한 철학적 탐구에 관심을 두고 있는데 그 총서 역시 참동계를 근간으로 하고 있다.

이 외에 초자영이 즐기는 경전 하나가 '태상감응편(太上感應篇)' 이다. 이 경전은 하류층을 위한 것으로 얼마간 통속적이며 문장이 쉬운 장점이 있다. 그런 이유에서인지 고급 도사들은 내용이 깊지 못하다는 이유로 좀체 관심을 두지 않았다. 그저 하류도사들이 민심을 현혹시키기 위해 떠들고 다니는 것 정도로 치부했다.

하지만 태상감응편엔 도가 사상의 핵심을 찌르는 구절이 많이 있다. 게다가 유가(儒家)의 세계에서처럼 도덕적 가치관도 확립되었다.

선행을 권하는 방식도 재미있다. 가령 사과지신(司過之神)의 이야기만 해도 그렇다. 사과지신이란 하늘 세계에 존재하는 정탐꾼으로, 지상에 사는 이들의 말과 행동을 일일이 감시하고 기록한다. 그 기록을 바탕으로 수명을 결정하고 수명을 다한 후 옥황상제 앞에 섰을 때 재판의 자료가 되는 것이다.

어쨌거나, 비 맞은 중놈처럼 주절주절 참동계를 읊조리는 초자영 앞에 두 명의 복면인이 모습을 드러냈다. 비에 흠뻑 젖어 있긴 했으나 그들이 갈무리한 기도는 예사롭지 않았다.

"네놈들은 또 누구지?"

"……"

"나를 잡으러 온 게냐? 우하하하! 백이상이란 놈 이후엔 잔챙이만 보이더니 오늘은 제법 쓸 만한 놈들이 왔군. 그래, 네놈들의 명호가 어찌 되느냐?"

"……"

"가만, 가만… 복면을 쓴 걸 보니 명호를 밝힐 놈들은 아니로군. 그러고 보니 등에 걸린 검도 대륙의 것이 아니야. 음, 아무래도 쪽발이들인 모양이군. 우리말도 못하는 모양이지? 쯧쯧, 사정이 딱하게 되었구나. 이곳의 풍토를 익히기도 전에 개죽음을 하게 생겼으니 말이야. 귀신이 되고 나서도 한동안은 외롭게 생겼어."

초자영은 물끄러미 두 사내를 보며 중얼거렸다.

복면인들은 등에 비스듬하게 검을 꽂은 채 팔짱을 끼고 서 있었다. 둘 모두 오 척가량의 단신으로 깡마른 몸집과 위로 치켜진 눈매까지도 쌍둥이처럼 닮아 보였다.

차르릉—

한동안 초자영을 매섭게 노려보던 복면인들이 동시에 검을 뽑았다. 지극히 느린 동작이었지만 위압감을 줄 만큼 냉정하고 정교한 움직임 이었다. 게다가 동작까지도 완벽하게 일치해 마치 둘 중 하나가 분신 이 아닐까 싶을 정도였다.

"그래, 검을 다루는 솜씨가 제법이겠어."

초자영은 이채로운 표정으로 복면인들의 검에 어린 푸르스름한 예 기를 살폈다. 무엇이든 양단할 듯한 예기였다.

"좋아, 시작해 볼까? 크아아앙—"

초자영이 산을 울릴 듯한 사자후를 터뜨리며 천천히 움막을 벗어났 다.

복면인들은 초자영의 사자후에 한순간 두 눈을 움찔했지만 자세는 조금도 흐트러지지 않았다. 상당한 공력을 지니고 있다는 증거다. 그 도 아니라면 별도의 능력 혹은, 상당한 인내력을 지니고 있거나.

하긴, 살수라는 직업에도 불구하고 암습을 가하지 않고 직접 모습을 드러냈을 땐 그만큼 실력에 자신이 있었을 것이다.

복면인들과 초자영의 거리는 오 장가량. 초자영은 먼저 공격해 보라 는 듯 양손을 떨군 채 담담한 표정으로 복면인들을 쳐다보았다.

거센 빗줄기가 초자영의 몸을 적시기 시작했다. 어둠은 더욱 짙어져 복면인들의 모습을 조금씩 집어삼켰고, 불어난 계곡의 물소리가 빗소리를 비집고 들려왔다.

쿠르릉 쾅—

숲 속을 대낮처럼 밝히며 번개가 치는 순간 이제껏 미동도 없던 복면인들이 초자영에게 빠르게 직격해 들어왔다. 번개를 머금은 것처럼 푸르스름한 기운이 검을 감돌았다. 찰나간의 일이었지만 초자영은 예리한 검기가 자신을 베어오는 것을 느꼈다.

"크하앗!"

커다란 기합성과 함께 초자영의 온몸이 파르르 진동을 일으켰다. 그 순간 그의 몸을 적시고 있던 빗방울들이 서서히 비산하다가 빠르게 복면인들에게 쏘아져 나갔다.

파파파파팟!

"흡!"

"커흡—"

직격해 들어오던 복면인들이 초자영의 이 장여 앞에서 그대로 멈춰 섰다.

쿠르릉 쾅—

또다시 내리친 번개에 복면인들의 모습이 적나라하게 드러났다.

그들의 눈빛엔 심한 불신감이 자리 잡고 있었다. 비스듬하게 쥐었던 검은 어느새 수직으로 고쳐 잡고, 좌수를 검등에 십자형으로 밀착시킨 채 힘겹게 균형을 유지했다. 하지만 옷 여기저기엔 이미 숭숭 구멍이 뚫려 있다.

초자영은 지극히 담담한 모습이었다. 이제껏 그를 적시던 빗방울들이 호신강기에 부딪쳐 튕겨 나갔다.

"우하하하하!"

한차례 광소를 터뜨린 초자영이 호신강기를 거두었고, 비는 다시 그의 긴 백발과 주름진 얼굴, 누추한 옷을 적셨다.

"제법이긴 하다만 그 정도 실력을 믿고 바다를 건넜단 말이더냐? 쯧쯧, 섬나라의 원숭이들아, 다시 한 번 덤벼보거라."

초자영이 안광을 폭사하며 복면인들을 노려보았다.

쿠르릉 콰콰쾅—

천둥 소리가 들릴 즈음 움막 주위에 서 있던 상수리나무가 벼락을 맞아 쩌억 갈라지며 불타올랐다. 그리고 우지끈 소리를 내며 초자영과 복면인들을 향해 쓰러졌다.

쾅— 화르르륵.

초자영은 눈앞에 떨어져 불타오르는 상수리나무를 보며 잠시 안색을 굳혔다.

"젠장, 이놈의 벌레가 또 요동하기 시작하는군."

두 손으로 머리를 움켜쥔 채 고통스런 표정을 짓던 초자영이 안광을 폭사하며 전방을 노려보았다. 하지만 복면인들의 모습은 이미 사라진 후다.

"크하아아앙— 이 족제비 같은 놈들! 지금 나랑 숨바꼭질이라도 하자는 것이냐? 크아아아앙— 그래, 어디 한번 재미있게 놀아보자!"

초자영은 비에 젖은 백발을 흙탕물 위로 질질 끌며 네 발 짐승처럼 빠르게 움막 주변을 휘젓기 시작했다. 번개와 천둥 소리 때문이었을까, 평소보다 훨씬 난폭하고 위험하게 미친 듯했다.

아무리 오감을 극대화해도 좀체 복면인들의 위치를 파악할 수 없었다. 숨소리는 물론이거니와 조금의 기척도 느껴지지 않는다.

"크하아아앙—"

초자영은 항산이 쩌렁쩌렁 울릴 만큼 공력을 최대한 이끌어 사자후를 터뜨렸다. 그리고 그 여운이 가시기도 전에 재빨리 주위를 기울였다. 복면인들의 기도가 얼마간 흐트러졌을 수도 있기 때문이다.

하지만 이번에도 헛수고였다. 사방으로 기를 발산해 보아도 복면인들의 기는 감지되지 않았다.

"크크크, 두 놈 모두 도망이라도 친 겐가? 으으, 이놈의 벌레들이 오늘따라 아주 극성이군. 머리통을 깨뜨려서라도 철저하게 짓뭉개 버려야겠어."

한참을 찾아다녀도 복면인들의 기척이 느껴지지 않자 초자영은 그들의 일을 까맣게 잊은 채 봉우리 정상을 향해 내달리기 시작했다. 머리가 깨질 것처럼 아프고 근질거려 도저히 참을 수 없었다.

침범처럼 빠르게 길도 나지 않은 산비탈로 뛰쳐 올라가 정상에 다다른 초자영은 제일 큰 바위 앞에 멈춰 선 후 누런 이를 드러내며 만족스런 웃음을 흘렸다.

"이놈의 벌거지들. 오늘은 기어코 뿌리를 뽑아버리마. 우선 정수리를 깨뜨려 구멍을 낸 후에 한꺼번에 움켜쥐어 땅바닥에 패대기를 칠게다. 그리고 물크덩한 네놈들을 질근질근 밟아서 처참하게 짓이겨 놓을 게야. *크크크크.*"

초자영은 광소를 터뜨리며 그대로 바위에 머리를 쿵쿵 찧기 시작했다.

정말 정수리에 구멍이라도 내겠다는 것일까, 몇 번 들이받지도 않았는데 바위에 금이 갔다. 초자영은 신나는지 계속 머리를 들이받았고 드디어는 그 집채만한 바위가 쩌억 갈라지며 그대로 밀려나 봉우리 아래로 구르기 시작했다.

"젠장, 그래도 이놈들이 지랄을 하는군."

아직도 분이 안 풀리는지 초자영은 칠 장가량 떨어진 곳에 위치한 바위를 씩씩거리며 쳐다보다가 그대로 직격해 들어가 정수리로 들이받았다.

쩌억—

얼마나 세게 들이받은 것인지, 바위는 단 일 격에 갈라졌다. 하지만 밑동에 비스듬히 금이 갔을 뿐, 몸체는 여전히 갈라진 밑동 위에 위태롭게 세워져 있었다.

"크크크, 드디어 내 대가리가 깨진 게야?"

초자영은 얼굴을 적시며 흘러내리는 피를 두 손으로 쓸어 내리며 광소를 터뜨렸다.

기가 흩어지며 호신강기의 일부가 깨진 것이다. 아니, 정수리를 깨뜨리기 위해 고의적으로 기를 흩어버렸다. 그의 정수리에선 콸콸 피가 쏟아지며 빗물과 뒤섞여 얼굴을 적시기 시작했다.

"우하하하! 정말 시원하군. 이놈의 벌레들이 이제야 얌전해졌어. 하지만 오늘은 뿌리를 뽑고 말 게야."

몇 차례 머리를 휘젓던 초자영이 자신의 좌수를 깨진 정수리로 옮겼다.

"젠장, 내가 지금 무슨 짓을 하고 있는 거지?"

정수리에 손을 쑤셔 넣던 초자영이 고통스런 표정을 지으며 잠시 동작을 멈췄다.

쿠르릉 쾅—

하늘을 찢고 땅을 박살 내기라도 하겠다는 듯 연이어 벼락이 떨어지고 천둥이 쳤다. 항산의 모든 나무와 풀들이 바르르 떨며 빗줄기에 휘어졌다.

"우하하하하! 그래, 계속 찢고 쪼개고 박살 내라. 크하아아앙—"

초자영의 입에서 천둥 같은 사자후가 터져 나왔다. 그 순간 비스듬히 금이 가 있던 바위가 진동하다가 이내 벼랑 아래로 굴러 떨어졌다.

쿠르릉 쾅—

또 한 번 천둥과 번개가 내리쳤다.

이제껏 어둠에 묻혀 있던 곳이 대낮처럼 환하게 밝혀지는 순간, 초자영 뒤편에 나란히 서 있는 두 인영이 모습을 드러냈다.

쇄애애—

기합성도 없이 빠르게 휘둘러진 두 자루의 검이 초자영의 양쪽 어깨에 박혀들었다.

"으아아악—"

초자영의 입에서 비명이 터질 즈음 봉우리의 정상은 다시 어둠에 묻혀 버렸다. 그리고 어둠보다 무거운 정적이 그들 세 사람을 감쌌다.

…….

얼마의 시간이 지났을까. 미동도 않던 세 사람이 동시에 움직였다.

촤앙— 챙—

두 자루의 검이 한꺼번에 부러져 나갔고, 초자영과 복면인들은 서로에게서 이 장가량 물러났다. 가끔씩 먼 곳에서 번개가 치며 그들의 모습을 비추었으나 일단 떨어져 나간 세 사람은 좀체 움직이지 않은 채 서로를 노려볼 뿐이다.

하지만 복면인들의 손엔 어느 순간부턴가 부러져 나간 검 대신 구촌 길이의 비수가 들려 있었다.

"흐흐흐흐."

초자영은 오른쪽 팔을 힘겹게 움직여, 거의 잘려 나간 채 덜렁거리고 있는 왼쪽 팔을 찢어냈다. 기습을 가한 복면인들의 검이 어깨를 파고드는 순간 초자영은 본능적으로 호신강기를 펼쳤지만 검이 워낙 예리하고 튼튼해 뒤늦게 펼친 호신강기만으론 자신을 보호할 수 없었다.

결국 두 자루의 검 중 하나가 어깨뼈를 가르며 왼팔 깊숙이 박혀들었다. 하지만 정작 당혹스러워한 것은 복면인들이었다. 초자영의 어깨에 박힌 검이 꿈쩍도 하지 않았기 때문이다. 복면인들은 어쩔 수 없이 초자영의 기가 조금이라도 흐트러지기를 기다렸다. 그런데 허무하게도 검이 부러져 나가는 것으로 결말이 났고, 초자영이 쏘아낸 강기의 충격에 놀라 다급히 뒤로 물러섰다. 그렇게 해서 지금과 같은 대치 상황이 만들어진 것이다.

"흐흐흐, 놀라운 은형술(隱形術)이군. 왜나라의 인자(忍者)들이 뛰어나단 이야기는 들었지만 기대 이상인걸? 자, 노부는 이제 팔이 한쪽밖에 없어. 그나마도 덜렁거리고 있지. 그러니 어디 한번 덤벼보렴."

초자영이 기분 나쁜 웃음을 흘리며 복면인들에게 다가섰다.

쇄애액—

복면인 하나가 그대로 신형을 솟구치며 비수를 든 손을 힘껏 휘둘렀다. 그 순간, 또 한 명의 복면인이 좌수를 털어냈고, 거기에서 예닐곱 개의 암기가 쏘아졌다. 초자영의 시선을 현혹시키며 가한 암습이다.

하지만 빠르게 쏘아진 암기들은 초자영 앞에 다다랐을 때 갑자기 속도를 늦추며 물 위에 뜬 꽃잎처럼 느리게 공중에서 흘렀다. 초자영이 내뿜고 있는 호신강기의 기류에 휘말린 것이다.

초자영은 자신에게 비수를 휘둘러 오는 복면인을 향해 안광을 폭사했다. 그 순간 복면인 역시 그대로 허공에 멈춰 섰다. 마치 초자영 주위에 진공(眞空)의 공간이 형성되어 있는 느낌이었다.

"크하하하하!"

귀청을 찢어놓을 듯한 웃음소리에 이어 피에 젖은 초자영의 우수가 가볍게 휘돌았다. 그러자 방향을 잃은 채 느리게 흐르던 암기들과 허공 중의 복면인이 기의 회오리에 휘말려 맴돌기 시작했다.

복면인들은 원래 왜나라에서 천검궁에 영입된 인자들로 흑월수검(黑月鬼劍)이라 불리는 자들이다. 인자술에 있어선 타의 추종을 불허했으며 검술에도 상당히 능해 간혹 정면 승부를 펼치기도 한다. 이번에 맡은 일처럼 정체를 드러내도 무방한 상황에선 자신들의 검술에 대한 자부심 때문에라도 직접 승부를 거는 것이다.

그런 흑월수검에게도 나름대로 약점이 있었다. 그들은 철저하게 인자술이나 검과 검의 실전 무예만을 익힌 탓에 초자영처럼 기를 응용해 싸우는 이들에겐 속수무책이었다. 물론 얼마간의 내공을 검에 실어 공격의 강도를 높일 수는 있지만 초자영의 방식과는 근본적으로 달랐다.

흑월수검으로선 아직 대륙의 여러 무공을 접하지 못한 상태에서 이번 일을 맡은 것이 실수였다.

하지만 왜나라의 일급 살수라는 명성이 그냥 얻어진 것은 아니다. 초자영이 빈틈을 보인다고 판단한 순간 암기를 던졌던 복면인이 비수에 전신공력을 실어 그대로 직격해 들어왔다.

찌이익—

마치 가죽을 찢는 듯한 섬뜩한 소리와 함께 복면인의 비수가 초자영의 발치에 닿았다. 복면인은 초자영 주위로 감도는 호신강기가 허공으로 회전해 오르고 있다는 점을 간파한 후 바닥으로 낮게 깔려 들어간 것이다.

몸이 튕겨 나갈 듯한 강력한 반탄지기의 저항이 있긴 했으나 공력이 실린 예리한 비수가 끝내 강기의 막을 찢고 초자영에게 닿았다.

초자영은 호신강기가 뚫렸다는 사실에 당혹스러워하면서도 어떻게 손을 쓸 방법이 없었다. 잠시나마 기가 흐트러져 신형을 비틀거리기까지 했으니.

그런 절호의 기회를 놓칠 흑월수검이 아니었다.

"히얏—"

날카로운 기합성과 함께 바닥에 누워 있던 복면인의 비수가 초자영의 종골건(踵骨腱:아킬레스건)을 찢었다.

"크허—"

초자영의 신형이 한순간 무너지며 바닥으로 쓰러졌다.

허공에 떠 있던 또 한 명의 복면인이 호신강기가 흩어지는 틈을 타 양손으로 비수를 감싸 쥔 채 초자영의 심장을 노리고 내리꽂혔다.

"허업—"

초자영의 입에서 허탈한 비명성이 터져 나왔다.

그는 비수를 피하기 위해 상체를 틀었지만 겨드랑이를 뚫은 비수가 살을 찢으며 복부까지 길게 내려그어졌다.

"허으으."

신음을 토해내며 한차례 심하게 몸을 떨던 초자영이 눈을 부릅뜬 채 상체를 벌떡 일으켜 세웠다. 하지만 그 순간 흑월수검의 비수가 등과 심장에 동시에 박혀들었다.

　…….

　잠시 침묵이 감돌았고 초자영의 허망한 눈빛이 심장을 찌른 복면인과 마주쳤다.

　쿠르릉 콰콰쾅—

　멀지 않은 곳에 벼락이 떨어지더니 바위 하나를 산산조각 냈다. 초자영의 처참한 모습이 눈부신 불빛에 적나라하게 드러났다.

　온통 피에 물든 작은 체구의 백발노인 초자영. 항산 꼬마곰의 전설이 종반부로 치닫고 있는 순간이다.

　울부짖는 듯한 성검의 목소리가 들려온 것도 그 즈음이다.

　"도사님!"

　초자영의 사자후를 듣고 동굴을 뛰쳐나온 성검. 하지만 그는 너무 늦었다. 그를 기다린 것은 지금의 처참한 광경뿐이었다.

　"크흐흐, 성검아, 다가오지 말거라."

　얼마간 정신이 맑아진 것인지 초자영이 힘겹게 말했다.

　흑월수검은 비수를 움켜쥔 그 상태로 성검을 견제했다. 비록 초자영의 몸에 비수를 박는 데는 성공했지만, 두 사람 모두 호신강기에 부딪치며 심각한 내상을 입고 있었다.

　"일전에 네가, 크흡! 삼매진화에 대해 말한 적이 있었지?"

　"흐흑, 예, 도사님."

　"하하, 지금 문득 깨닫게 된 것인데 삼매진화야말로 크흡, 도의 끝이 아닐까 하는 생각이 드는구나. 오히려 우화등선보다 정순하고… 높은 단계가 아닌가 하는……."

　"흐흑, 도사님."

"성검아, 제대로 된 삼매진화를 보여주마."

"……"

번개 불빛에 드러난 초자영의 미소를 보며 성검은 비로소 그의 뜻을 알아챘다.

"다음에 굉우소를 만나거든 부디……"

"도사님께서 우화등선하셨다 전하겠습니다. 흐흐흑!"

성검이 털썩 무릎을 꿇으며 말했다.

"하하, 그것도 좋지. 고맙구나."

말을 마친 초자영은 조용히 두 눈을 감았다.

불길한 느낌을 감지한 것일까? 초자영의 몸에 비수를 박고 있던 흑월수검이 빠르게 눈빛을 교환하며 초자영에게서 물러서려 했다. 하지만 그들은 너무 늦었다.

화르르륵―

초자영을 중심으로 반경 이 장여가 순식간에 불길에 뒤덮였다. 초자영은 자신의 전신공력을 일시에 모아 단전으로부터 불을 지핀 것이다. 만약 상처로 공력이 흩어지지 않았다면 그 불길은 아마도 봉우리 전체를 휘어 감았을지도 모를 일이다.

끄아아아아―

점차 푸르스름하게 변하며 절정에 달했던 불길이 비명성 같은 소리를 내질렀다. 그리고 처음 피어오를 때 그랬던 것처럼 순식간에 사그라들었다.

잠시 후, 새까만 재로 변한 세 사람의 육신은 바람에 날리지도 못한 채 빗물에 녹아들며 땅으로 스며들기 시작했다.

쿠르릉 콰콰쾅―

가까운 곳에서 천둥과 번개가 치며 오체투지한 채 흐느껴 우는 성검의 모습을 비추었고, 빗줄기는 그칠 줄 모르고 쏟아져 내렸다. 그해의 우기(雨期)는 그렇게 시작되었고 아주 지겹고 끈덕지게 이어졌다.

제6장

내 몸은 자주 근질거린다

녹림(綠林). 흔히 산도적 놈들을 싸잡아 부르는 호칭이다. 물론 처음부터 그랬던 건 아니다. 원래 그 말의 유래는 '후한서(後漢書)' '유현전(劉玄傳)'에 처음 등장한다. 당시만 해도 녹림은 왕망(王莽)이 세운 신(新)나라의 부패 정권을 견디지 못한 농민 반란군을 가리켰다. 그들이 무리 지어 주둔해 있던 곳이 호북성(湖北省)의 녹림산(綠林山)이었기에 녹림호객(綠林豪客)이라 칭해지기 시작했는데 여기서 바로 녹림이란 말이 생겨났다.

녹림호객들은 후에 광무제(光武帝)가 후한(後漢)을 복구하는 데 큰 역할을 하기도 했다. 그런데 집권 후 광무제는 그들 녹림호객을 탄압했다. 시간이 지나며 녹림의 의미는 퇴색했고, 기어코는 산도적 놈 전체를 칭하는 호칭이 되고 말았다. 역사에서 힘없는 백성들의 업적이 또 한 번 묵살된 경우라 할 수 있다.

백성의 힘으로 권력을 쥐었음에도 관리들은 여전히 백성을 핍박했을 것이고, 이리저리 채이던 백성은 또다시 산으로 숨어들어 가 녹림이 되고, 역사가 우울할 수밖에 없는 이유가 거기에 있다. 물론 유래야 어찌 되었든 대부분의 녹림은 순수한 산적에 가깝다. 쟁기를 가는 것보다는 나쁜 짓 일삼기를 좋아하는…….

하지만 성검이 숭산에서 만난 산적 놈들은 예외였다.

하남성 숭산(嵩山). 강호인이라면 귀 따갑게 들었을 태산북두 소림사가 위치한 산이다. 오악의 하나로 대륙 종교와 문화의 중심지. 총 칠십이 개의 봉우리로 이루어져 있는데 그중 소림사가 자리 잡은 곳은 서쪽 소실봉(少室峰)이다.

그런데 그놈들이 성검의 길을 막아선 게 바로 그 소실봉 초입이었다.

"젠장, 사흘 만에 나타난 놈치고는 정말 돈 없게 생긴 놈이군."

뚱땅한 체격의 구레나룻 난 산적 놈이 제일 먼저 내뱉은 말이었다.

그놈 뒤에는 얼추 이십여 명의 산적들이 잡다한 무기들을 들고 성검을 멀뚱멀뚱 쳐다보고 있었다. 생긴 것들부터가 산적질하게 생겨먹은 놈들이었다.

"긴말하기 싫다. 있는 대로 내놓고 가거라."

"음회회회, 뭘 말이오?"

성검은 모처럼 몸 풀 기회가 찾아온 게 마냥 행복했다.

하지만 처음부터 무지막지하게 두들길 수도 없는 일이고 해서 상대를 조금 더 자극해 보기로 했다.

"이런 젠장할! 결국 긴말하게 하는군. 이미 말한 것처럼 네가 사흘 만에 나타난 놈이야. 그래서 우리는 지금 무척 배고파. 참고로 말하자면 우리 식구가 스물일곱 명이야. 그런데 하나같이 엄청 먹어대는 놈들이라 웬만한 애들 오십 명 거느리고 있는 것보다 더 힘들어."

구레나룻 산적 놈은 생긴 것과는 달리 제법 친절하게 대꾸했다. 하지만 그런 친절이 아무한테나 통할 리 없다.

"음회회회, 진작 배고프다고 했으면 쉽잖소. 솔잎 좀 나눠 줄 테니 드시겠소?"

"뭐, 솔잎? 정말 미치겠군. 하필이면 오늘같이 더운 날 이런 게 걸릴 게 뭐야. 좋아, 얘기가 아주아주 길어질 거 같으니까 일단 그늘로 들어가서 얘기하도록 하지. 애들아, 너희들도 그늘로 들어가서 쉬고 있어라."

구레나룻 산적 놈은 부하들을 챙기는 마음도 각별한 듯했다.

하지만 싸가지없는 부하 놈들은 처음부터 아예 그늘 밖으로 나오지도 않고 있었다. 두목 놈이 분명한 구레나룻만이 혼자 땡볕에 나와 설쳐 댄 것이다. 품위도 없이…….

"염병할, 확실히 더운 날이군. 자, 그래도 그늘은 한결 낫지? 그럼 이제 본격적으로 얘기해 볼까?"

성검을 그늘로 안내한 구레나룻이 목청을 가다듬고 다시 말을 이어 갔다.

"모든 놈들이 처음엔 너처럼 몇 푼 안 되는 돈에 목숨을 걸지. 하지만 뒤지면 다 나와. 그 다음엔 어떻게 되는지 아니? 엽전 한 닢에 한 대씩 쥐어 터지는 거야. 그러니까 말로 할 때 순순하게 토해내."

구레나룻이 손바람으로 더위를 식히며 말했다.

'젠장, 정말 착한 산적 놈이군. 점점 마음 약해지게 하네? 이렇게 친절하고 착한 놈 때리고 나면 늘 찜찜하던데…….'

성검은 길게 한숨을 내쉬다가 그래도 아직 포기할 때가 아니라는 듯 다시 배시시 웃음을 머금었다.

"음회회회, 정말 돈 없소. 그러니까 그냥 가겠소."

"우라질. 정말 가난한 놈인가 보군. 애들아, 일단 뒤져라."

구레나룻 산적 놈은 짜증난다는 듯 대충 말한 후 팔베개를 한 채 풀밭에 누워버렸다.

사실 구레나룻은 착해서라기보다는 성검의 몰골이 너무 형편없어서 처음부터 큰 기대를 하지 않았다. 군이 명령을 내린 것도 그저 직업이 직업이다 보니 나름대로 직무에 충실하려고 한 것이다.

"잠깐! 난 성질이 더러워서 내 몸에 누가 손대는 걸 무척 싫어하오."

성검은 두 손을 내뻗어 산적 놈들을 저지하며 한 걸음 뒤로 물러났다. 물론 약 올리기 위해서다.

"두목, 손대는 걸 싫어한다는데요?"

얼굴이 누렇게 뜬 깡마른 사내가 맹한 얼굴로 구레나룻을 보며 말했다.

'정말 웃기는군. 유명한 절간 근처에 사는 산적 놈들이라 그런가? 경추봉 산적 놈들은 싸가지가 없어서 쥐어 패기 딱이었는데. 음회회, 살다 보니 별 산적 놈들을 다 만나보는군. 하지만 이거 영 재미가 없어서… 불문곡직하고 두들겨 패? 어차피 산적 놈들인데.'

상대가 제대로 시비 걸어오길 기다리던 성검은 슬슬 짜증이 나기 시작했다. 잠시 놀다 갈 생각이었는데 산적 놈들이 영 협조를 안 하는 것이다.

"쩝! 성가시다. 우리보다 불쌍한 놈 같은데 그냥 놔주거라. 사실 저런 놈 뒤져서 엽전이라도 한 닢 나오면 기분 더럽지 않겠냐. 뺏기도 그렇고 안 뺏기도 그렇고⋯⋯."

'어쭈, 저거 산적 맞아?'

성검은 잠시 고개를 젓다가 소림사를 향해 천천히 걸어가기 시작했다. 그러면서 깨달은 것 하나는 착한 놈들은 대책이 없다는 것.

소림사.

천축의 발타 선사가 창건한 절로, 훗날 달마 대사로 인해 이름을 떨치게 되었으며 그 법통을 이은 혜가에 이르러선 찬연한 불교 문화를 꽃피우게 된다. 선종 불교의 싹이 소림에서 틔워졌으며 불교 무술 역시 그곳에서 빛을 발했다. 역근경과 세수경에서 시작된 소림의 무학은 숱한 원시 무술을 뛰어넘어 본격적인 상승 무공을 탄생시켰고 대륙 무학의 보고로까지 이름을 떨치게 되었다.

태산북두(泰山北斗)! 원래는 '당서(唐書)' '한유전(韓愈傳)'에 처음 등장한 말로, 이때는 당나라의 사대 시인 중 한 명인 한유(韓愈)를 비유하기 위해 쓰였다. 즉, 그의 학문과 문학, 사상이 태산과 북두칠성처럼 높게 우러러진다는 의미다.

하지만 강호에선 점차 태산북두가 소림사를 지칭하는 말로 변했다. 소림사의 위명이 그만큼 대륙에 자자했기 때문이다. 다만 한 가지 역설적인 부분이 있다면 처음 태산북두로 칭해졌던 한유는 골수 유학자로 도교나 불교를 배척하는 인물이었다는 점이다. 그런데 그런 인물을 상징했던 태산북두가 불교 문화의 핵심이 된 소림사를 지칭하게 되었으니.

어쨌거나 항산을 떠난 성검이 제일 먼저 목적지로 삼은 곳이 바로 소림사다.

무불사 시절부터 독학으로 무학을 연구해 온 성검은 소림사를 막연히 동경했다. 도대체 소림의 무공이 얼마나 위대하기에 강호사(江湖史)를 기록한 모든 책이 찬사를 보내고 있는 것인지 궁금했던 것이다.

하지만 소림의 명성은 어디까지나 과거에 묻혀 있었다. 무불사의 주지 심공이나 굉우소가 말했듯 현 강호는 천검궁의 것이다. 소림은 마지막 자존심까지 내팽개친 채 천검궁에 굴복했고, 이제는 그저 그 명맥만을 힘겹게 이어가고 있을 뿐이다. 소림사가 자리 잡고 있는 숭산에, 그것도 소실봉에 산적 무리가 날뛰고 있는 것만 보아도 알 수 있다. 과거 소림의 명성이 하늘을 찌를 때라면 결코 상상도 할 수 없는 일이다.

성검이 그 사실을 깨닫기까지는 결코 오랜 시간이 걸리지 않았다.

"젠장, 정말 쫀쫀하게 구는군. 며칠 절밥 좀 얻어먹자는 데 이거 너무 야박한 거 아니오?"

"염병, 가뜩이나 시주도 끊겨 죽을 맛인데 어디서 이런 가난하게 생긴 놈이 나타나서 행패야. 절밥은 아무나 먹는 줄 알아? 그것도 시주할 돈이 있어야 먹는 거야."

소림사 산문. 낙엽을 쓸던 몇 명의 사미승들이 빗자루로 성검의 앞을 가로막았다. 더벅머리에 구질구질한 봇짐을 멘 그가 만만해 보였던 것이다.

"음회회회, 이건 첫인사가 산적 놈들하고 똑같군. 내가 그렇게 가난하게 생겼나? 어쨌든 난 안으로 좀 들어가야겠는걸?"

착한 산적들 때문에 가뜩이나 몸이 근질거리던 성검이 배시시 웃었다.

"이 녀석이 간이 부었군. 쯧쯧, 행패를 부리려면 제대로 알고 와야지. 여긴 달마 선사 이래 한가락 하는 스님들만 사는 곳이야. 소림사

스님들은 불패의 역사를 지니고 있지. 한 번도 맞아본 적이 없단 얘기야. 왜냐, 밥 먹고 하는 게 무공 연마거든. 물론 책벌레처럼 불경만 뒤지는 학승들도 있지만……."

"음회회회, 이젠 거짓말까지 하네? 내가 제일 처음 만난 소림사 스님이 내 눈앞에서 맞아 죽었어."

"뭐? 이런 미친놈. 이거 정말 절간에서 살인나게 생겼네. 그런 말도 안 되는……."

"그분 법명이 아마 담송이었지?"

"……."

길을 막아섰던 사미승의 얼굴이 차갑게 굳어졌다.

몇 년 전 담송의 죽음은 소림사에 큰 충격을 안겨줬다. 상대가 굉우소였다는 점도 그렇지만, 담송은 차기 방주로 내정된 인물이었다. 그의 죽음으로 인해 한동안 소림사에선 권력 분쟁이 일어났고 그 혼돈은 아직까지도 이어지고 있다.

"이놈! 정체를 밝히거라."

주위의 사미승들까지 가세해 성검에게 빗자루를 겨누었다.

"내가 말해도 너흰 몰라. 하지만 청현이나 묵현 스님 정도면 날 기억할 수도 있겠군. 어떻게 하겠니. 내가 너희들을 깔아뭉갠 후 들어갈까, 아니면 그 스님들에게 연락을 취해줄래?"

"염병! 말하는 본새를 보니 영 뒤가 구린 놈이군. 좋아, 소림사엔 무슨 일로 온 거지?"

"글쎄, 아까 말하지 않았나? 며칠 절밥 좀 얻어먹으러 왔다고. 물론 그게 다는 아니지. 소림 무학을 구경하고 싶기도 해. 뭐 가능하다면 좀 배워도 봐야겠지."

"헤헤, 한 가지만 더 묻자. 청현 스님이나 묵현 스님과는 어떤 사이냐?"

"음회회회, 그저 먼발치에서 한 번 본 사이지. 솔직히 그 스님들도 나를 기억할지 못할지 잘 모르겠어. 그러니 우선 인사나 드리고 며칠 묵었다 가겠다고 청해볼 생각이야. 설마 대자대비한 스님들이 그런 청 하나 안 들어주시겠어? 솔직히 나도 예전엔 작은 절간에서 중 노릇 한 적이 있었거든. 원래 절간 인심이 이렇게 무작정 빗자루를 겨누거나 하는 게 아니잖아?"

성검은 능글맞은 웃음을 흘리며 사미승을 바짝 약 올렸다. 나중 일이야 어찌 되었든 신나게 푸닥거리나 한판하고 들어갈 생각이었다.

"푸헤헤헤헤! 이럴 줄 알았다. 너 같은 놈이 청현 스님이나 묵현 스님 같은 고승을 알 리 없지. 어디서 그분들 위명을 듣고 인정이나 구해볼까 하고 온 거겠지? 게다가 한때 사미승이었다고? 헤헤, 행색을 보아하니 절간에서 쫓겨난 모양이군. 이런 멍청한 놈. 우리 소림사가 그렇게 호락호락해 보이더냐? 얘들아, 오늘 이놈 소원대로 소림 무학의 진수를 보여주자."

길을 막아섰던 사미승이 동료들을 쳐다보며 만족스럽게 웃었다.

"그래, 이런 재미라도 있어야 절간 생활을 하지."

"오늘 아침에 배운 학권연정(鶴拳練精)이나 연습해 볼까?"

"이런 놈에게 그런 고차원적인 무공까지 필요하겠어? 하긴, 그냥 통나무다 생각하고 연습하는 것도 재미있겠다."

고만고만한 사미승들이 성검을 에워싸며 득의에 찬 웃음을 흘렸다. 어느 모로 보나 멋모르고 찾아온 풋내기로 보였던 것이다.

사실이 그랬다. 성검은 무불사에서도 그렇고 항산에서도 그렇고 이렇다 할 세상 물정을 모른 채 살아왔다. 그러니 소림사같이 철저한 위계 질서와 예절을 요구하는 곳에서 어떻게 밥을 얻어먹어야 하는지도 알 수 없었다.

"음회회회, 소림오권(少林五拳)이라면 나도 좀 알지. 너희가 학권연정으로 덤비겠다면 난 용권연신(龍拳練神)으로 상대해 줄까? 원래 꿩 잡는 게 매고, 학 잡는 게 용이거든. 자, 덤벼봐!"

성검은 방어 자세를 취할 생각도 없이 두 손을 늘어뜨린 채 사미승들을 둘러보았다.

"이런 미친놈! 입은 살아가지고… 너 같은 놈이 소림의 무학을 어떻게 알 수 있겠냐? 어쩌다 소림사의 무공이 이런 놈들 입에서까지 들먹거려지게 된 거지? 좋아, 오늘 확실하게 본때를 보여주지. 간다, 백학량시(白鶴亮翅)!"

제일 깐죽거리던 사미승이 우아하게 두 팔을 펼쳐 들더니 곧장 성검을 향해 일권을 날려왔다. 기수식 따위는 안중에도 없다는 듯 그 일권은 정확히 성검의 목덜미를 파고들었다. 나름대로 자세를 잡으려고는 노력했지만 너무 조잡하다.

"쯧쯧, 이건 학이 아니라 까마귀군."

성검은 자세를 낮추어 공격을 피하는 척하다가 반 바퀴쯤 휘돌아 오르며 쌍수를 뻗었다. 좌수는 사미승의 일권을 막고 있었으며 우수는 그대로 사미승의 복부에 꽂혔다.

"헉—"

사미승은 쭉 뻗어오르는 좌수에 현혹된 나머지 변변한 방어도 펼치지 못한 채 그대로 복부를 감싸며 바닥을 나뒹굴었다.

"이게 바로 용권연신의 백미 백룡회수(白龍回首)란 거야. 이름은 들어보았겠지?"

성검은 나머지 사미승들을 둘러보며 흡족한 음성으로 말했다.

사미승들은 어정쩡하게 학권연정의 자세를 취하고 있었지만 방금 전 성검이 펼친 무위에 당혹스러워하는 눈치였다.

사실, 성검은 자신이 펼친 초식이 백룡회수가 맞는지 장담할 수 없었다. 워낙 많은 무공 비급들을 봐온 데다 소림 무공은 다 거기에서 거기인 듯해 그 초식들을 일일이 기억하지 못했다. 그저 초식의 이름을 기억하는 것만도 용하다 싶었다.

"이, 이놈! 감히 소림의 무학을 도둑질하다니. 네 정체가 뭐냐?"

"염병할! 도둑질이라니. 전직 스님에게 너무 모독적인 말이군. 소림 오권이야 개나 소나 다 아는 거 아냐? 쯧쯧, 이제야 소림오권을 배우고 있다니 너희는 평생 사미승으로 썩을 게다. 이 한심한 땡초들아."

성검은 더 생각할 것도 없다는 듯 현란한 방위를 밟으며 사미승들을 쓰러뜨리기 시작했다.

"용권연신(龍拳練神)! 용권연신은 인체 중심인 단전의 기(氣)를 끌어올려 승천하는 용처럼 거침없이 뻗어 나가는 것이 중요하지. 이렇게 말이야. 쌍룡도미(雙龍掉尾), 금룡헌조(金龍獻爪), 백룡회수(白龍回首)……."

픽, 퍼퍼퍼픽!

"끄아아아—"

"다음은 호권연골(虎拳練骨)! 허리와 겨드랑이 팔 등 상체의 힘에 의존하는 경향이 있지. 그다지 영양가는 없지만 상대를 위축시키는 덴 이만한 것도 없어. 자, 보라구. 흑호시조(黑虎試爪), 호장파풍(虎掌爬風), 아호심양(餓虎尋羊)! 어때, 겁나지? 이런이런, 완전히 얼어버렸군.

한심한 놈. 맹호신요(猛虎伸腰)!"

"으하아악—"

"어딜 도망가니? 다음은 표권연력(豹拳練力)이야. 호권연골과는 달리 하체에도 얼마간 신경을 쓰고 있지. 자세를 낮추되 언제든 도약할 수 있게 힘을 전신에 분산시키는 게 중요해. 적어도 쌍권의 위력에 있어선 소림오권 중 제일이라 할 수 있지."

휘리리릭—

성검은 빠르게 신형을 날려 달아나는 사미승의 길을 막아섰다. 그리고 곧장 몸을 튕기듯 떠오르며 주먹을 내리꽂았다.

퍽!

"커헙—"

"아직 멀었어. 금표정신(金豹定身), 지분사절(地盆斯折), 표자천애(豹子穿崖)!"

"헙— 흐흑, 왜 나만 집중적으로 때리는 거예요?"

"홍! 니가 아주 기분 나쁘게 생겼기 때문이지. 예전에 꿈을 꿨는데 내가 장가를 가지 않았겠어? 그런데 어떤 놈팽이가 자꾸 내 마누라에게 치근거리는 거야. 물론 내 마누라는 그놈을 끔찍이 싫어했지. 꿈속에서도 나만큼 괜찮은 남자는 찾지 못했을 테니 말이야. 어쨌거나 그놈이 너처럼 생겼었어. 이제 얻어터지는 이유를 알겠지?"

"우라질, 그런 말도 안 되는……."

퍽, 퍽퍽퍽!

"으아아악—"

불쌍한 사미승의 곡소리가 소림사 산문을 휘돌고 있었다.

만약 소실봉 아래에서 만난 산적 놈들이 성검의 심기를 조금이라도 건드렸다면 사미승들이 이 정도로 곤욕을 치르지는 않았을 것이다. 산적 놈들을 깔아뭉개는 것으로 얼마간 나른하던 몸이 풀렸을 테니까.

"그쯤 하시게!"

바닥을 나뒹구는 사미승들을 자근자근 밟고 있을 때 산문의 섬돌 위에서 누군가의 근엄한 음성이 들려왔다.

"……."

성검은 목소리의 주인을 향해 조용히 고개를 돌렸다.

2

여초(麗草). 사십 세를 갓 넘긴 소림사 학승(學僧)으로 장경각(藏經閣)의 경전을 정리하는 일을 맡고 있다.

소림 장경각에는 불교 경전뿐 아니라 숱한 무공 비급들이 보관되어 있지만 여초는 애초에 무공과는 담을 쌓고 지내는 학승이라 경전만을 담당해 왔다. 그러다 보니 소림사처럼 무식한 승려들이 판치고 있는 곳에서 제대로 된 대접을 받지 못하는 형편이었다.

하지만 여초가 지닌 학문의 깊이는 대륙에서도 손꼽히고 있었다. 선종 불교의 싹을 틔운 소림사의 자존심은 그나마 여초 같은 이들에 의해 힘겹게나마 유지되고 있는 셈이다.

소실봉의 한 계곡 널찍한 바위 위. 여초는 한눈에 보기에도 범상치 않은 젊은이를 앞에 앉혀둔 채 담백한 미소를 내비치며 차를 달였다.

"후훗, 자네가 심공 스님의 후학이란 말이지?"

"음회회회, 큰스님을 알고 계시다니 참 놀라운 일입니다. 전 우리 큰스님을 아는 스님을 만날 거라곤 상상도 못했습니다. 큰스님 노시던 물이 절간과는 비교적 거리가 있어서… 음회회, 기루 드나들던 파락호나 바람기 많은 계집이라면 모를까."

"홋― 사람들은 흔히 하나만 보려 하지. 자네도 크게 다르지 않군. 내가 아는 심공 스님은 적어도 색(色)과 공(空)을 함께 즐기는 분이라네. 그분의 이름은 자네 말처럼 홍등가에서 회자되기도 하지만 심산의 도교 사원이나 절간, 선비들의 사랑방에서도 적지 않게 거론되네. 유불선 삼교를 총체적으로 이해하는 능력이나 황하보다 도도한 붓의 흐름, 천의무봉의 시구 등 그분을 흠모할 수밖에 없는 많은 이유들이 있지."

"음회회회, 혹시 스님의 노모께서 돌아가시면서 '네 아버지는 심공 스님이다' 하고 유언을 남기시거나… 음회회, 농담입니다."

"에, 이미 말했듯 사람들은 흔히 하나만 보려 하지. 하지만 난 자네의 그 싸가지없는 언사 뒤엔 그분에 대한 얼마간의 존경심과 질투와 모종의 애증이 뒤섞여 있다는 것을 아네. 그러니……."

"음회회회, 그리고 보니 정말 우리 큰스님이랑 닮은 곳이 많습니다. 말코도 그렇고 눈썹 숱이 적은 것도 그렇고 뻐드렁니까지……."

"……."

여초는 성검의 노골적인 시비에 얼굴이 벌겋게 달아올랐다. 하지만 곧 온화한 미소를 머금은 채 성검을 빤히 쳐다보았다.

"오호라, 그리고 보니 자네야말로 심공 스님을 빼닮았군 그래. 연달아 얘기하지만 사람들은 흔히 하나만 보려 하지. 하지만 나 여초에겐 사물의 본질을 꿰뚫는 직관이 있지. 심공 스님에 대한 거부감이나 나에 대한 음해 뒤에는 말 못한 출생의 비밀이 관계되어져 있는지도 모르겠어."

"……."

성검은 잠시 아무 말도 못한 채 여초를 노려보았다.

굉우소에게도 말한 바 있지만, 성검은 어쩌면 자신의 친부가 심공일지도 모른다고 생각하고 있었다.

"아니, 자네 표정이 왜 그런가?"

"예? 아, 아닙니다. 그냥 갑자기 농담이 재미없어져서……."

"후훗, 나 역시 그렇다네. 자, 마침 차도 다 우려졌으니 본론으로 들어갈까? 그래, 소림의 무학을 공부하기 위해 왔단 말이지. 하지만 산문에서부터 그렇게 행패를 부렸으니 일이 퍽 어렵게 되었는걸."

"그거야 그놈들 버릇을 가르치지 못한 소림에 책임이 있지요."

성검이 뚱한 음성으로 대답했다.

"그건 자네 생각이고… 후훗, 사실 요즘 소림사 사정이 좋지 않아서 스님들이 그다지 관대하지 않다네. 시주가 눈에 띄게 줄었거든. 자네 같은 객이 환영받을 처지가 아니란 말일세. 게다가 많이 타락했지. 나 역시 소림사에 몸담고 있지만 요즘은 영 절간이 절간 같지 않아."

"예? 하지만 태산북두 소림이……."

"모두 과거의 이야기지. 소림이 천검궁의 개로 전락한 다음부터는 그야말로 개판이 되었다네. 지객당(知客堂)에 모인 방문객들도 하나같이 개 같은 놈들이고, 주방에 가도 개, 소위 장로란 자들이 모인 장생전(長生殿)에도 개, 불법을 수도한답시고 모인 계지원(戒持院) 양심당(養心堂)의 중놈들도 다 개야. 그나마 진짜 중놈 냄새를 풍기는 곳은 위의 놈들에게 찍혀 참회동(懺悔洞)에 갇힌 놈들뿐이지."

여초가 길게 한숨을 내쉬며 말했다. 장경각에 묻혀 책이나 파는 그로서도 소림의 돌아가는 꼬락서니가 영 아니꼬웠던 것이다.

"음회회회, 스님도 제법 입이 거신 편입니다."

"아니, 개보고 개라 하고 중놈보고 중놈이라 하는 것이 뭐 이상한가."

"……"

성검은 말없이 여초의 두 눈을 빤히 들여다보았다. 혜지와 자비가 담긴 눈이다. 아무리 생각해도 여초를 만난 것은 다행스러운 일이었다.

약 일각 전, 산문의 사미승들을 두들기고 있는데 그가 나타나 소림사 아래편에 자리 잡은 이곳 계곡으로 이끌었다. 만약 그러지 않았다면 지금은 소림사의 중들 전체를 상대하고 있었을지도 모를 일이다.

"자네, 개가 왜 욕을 먹는지 아는가?"

"예?"

"우헤헤, 똥을 두고 다투기 때문일세. 지금의 소림이 그래. 자네 말대로 한때 태산북두로 일컬어지던 소림이 지금은 어떻게 하면 천검궁으로부터 더 많은 떡고물을 얻을 수 있을까 고민하고 있지. 아마 목탁을 두드리면서도 그 생각만 할 거야."

"음회회회, 설마요."

"자네, 의외로 스님들에 대한 믿음이 돈독하구."

"그게 아니라, 가끔 계집들 생각도 하지 않을까 해서 드린 말씀입니다."

성검이 배시시 웃으며 대답했다. 색승 심공을 모신 사미승 출신답게.

그런데 그때 멀지 않은 곳에서 한 떼의 사람들이 웅성거리며 떠드는 소리가 들려왔다. 얼추 수십 명은 됨 직한 무리다.

'젠장, 이건 또 뭐야!'

성검은 잠시 청력을 돋우어 소리가 들려오는 쪽에 주위를 기울였다.

"계곡 쪽으로 간 게 분명하더냐?"

"흐흑, 맞습니다요. 그 몹쓸 놈의 자식이 여초 스님을 납치해서 저쪽으로 사라지는 걸 분명히 보았습니다."

"도대체 어떤 녀석이 감히 우리 소림을……."

"말도 마십시오. 인간 백정이 따로 없습니다. 마치 야차를 보는 듯했습니다. 다짜고짜 주먹질을 해대는데……."

거리는 대략 삼십여 장. 희미하게 들려오긴 했으나 그중 한 명은 산문 앞에서 깐죽거리다 얻어터진 사미승이 분명했다.

"이크, 저것 보게. 몰려다니는 것도 순전히 개 떼 같지 않은가. 후훗, 어쨌든 소림 무학은 더 이상 소림에 존재하지 않네. 그러니 굳이 그 냄새나는 절간에 들어갈 필요가 없지. 대신 내가 괜찮은 스님 한 분을 소개하겠네. 여기에서 동쪽으로 한 오 리쯤 가다 보면 소실봉과 비슷하게 생긴 봉우리 하나가 나오네. 흔히 항마봉(降魔峰)이라 불리는 봉우리인데 거기에 고지기(高池器)라는 고승이 살고 있네. 파계를 하긴 했으나 소림 무학의 진수를 아는 분이지. 잘만 보인다면 밥도 얻어먹을 수 있을걸세. 부디 자네의 건승을 기원하는 바이네."

여초가 얼마간 초조한 표정으로 소리가 들려오는 쪽을 쳐다보며 말했다.

"감사합니다, 스님. 그런데 함께 가보실 생각은 없습니까?"

"우라질! 내가 지금 그럴 처지가 아닐세. 방장 부탁으로 찻잎 좀 따러 나왔다가 이렇게 시간을 지체하게 되었군. 혹시 잡히더라도 내 얘기는 하지 말게. 특히 내가 했던 말들은 그저 사건에 불과하니 절대 문제 삼거나 소문 내지 말게. 아니, 아니지. 잡히는 순간 여초란 법명 자체를 잊어버려 주게나. 그럼 이쯤에서 헤어지세. 다행히 아까 그 사미승 녀석들도 찔리는 데가 있어서 내가 자네를 도와줬다는 얘기는 하지 않을 거야. 나도 대충 둘러댈 테니 큰 문제는 없겠지. 어쨌거나 난 빨리 찻잎을 따러 가야 하니까 그만 헤어지세나. 부디 자네 무학이 진전을 이루길 바라네. 아미타불!"

여초는 황망히 다구(茶具)를 챙기며 주저리주저리 지껄이다가 대충 짐이 정리되자 쏜살같이 숲 속으로 달아나기 시작했다.

"쩝! 하나만 봐선 모른다고 한 이유가 있군. 무척 용감한 줄 알았더니 입만 살아 있는 스님이었어. 그나저나, 이제 어쩐다? 저분 말씀대로 소림 무학의 진수를 배우기 위해선 고지기란 스님을 찾아가는 게 훨씬 빠를 것 같다는 생각이 드는군. 그런데 싸우자고 덤벼드는 놈들을 두고 가는 건 아무래도 내 방식이 아니지? 음회회회, 그래, 마저 몸을 푼 다음에 여길 뜨는 게 좋겠군. 내 몸이 아직 근질거리고 있거든."

낮게 중얼거리던 성검의 입가에 야릇한 미소가 어렸다.

"썩을! 여초 스님 말이 빈말이 아니었군. 이건 완전히 허수아비들이잖아? 소림사십팔동인이니 뭐니 하는 것들은 다 어디 간 거야?"

쇄애액—

퍽, 퍼퍼퍼퍽—

"끄아아이아—"

권풍과 지풍, 장풍 따위가 오고 가는 사이 나무들은 진하게 단풍 든 잎사귀를 떨구며 나목(裸木)으로 변해갔고, 소림사 중들은 여기저기가 부러진 채 바닥을 나뒹굴었다.

"나한진(羅漢陣)을 펼쳐라!"

황색 법복을 걸친 오십 대의 승려 하나가 분노에 찬 표정으로 명령을 내렸다. 그러자 아직 쓰러지지 않은 아홉 명의 승려들이 빠르게 진을 형성하며 봉을 겨누었다.

"염병! 그래, 한꺼번에 박살을 내주지."

성검은 허리에 두르고 있던 연검을 풀었다. 검이 부드럽게 휘어지며 화려한 기수식이 펼쳐졌다.

"이놈, 도대체 소림사에 찾아와 이렇듯 행패를 부리는 이유가 무엇이냐?"

황색 법복의 승려는 방금 전 성검이 펼친 검식에 얼마간 당혹스런 표정을 지으며 물었다.

그는 초급 무공을 가르치는 소림사의 무술 사범으로, 십팔나한에는 끼지 못했지만 나름대로 실력을 인정받고 있는 각설(覺舌)이란 승려였다. 교육이 없는 오후엔 간혹 번을 돌기도 하는데 오늘이 바로 그런 날이었다.

재수가 없었다. 단풍을 감상하며 유유히 걸음을 옮기고 있는데 산문을 지키던 사미승 하나가 헐레벌떡 쫓아와 과장되게 성검의 일을 이야기했다. 성질 급한 그는 이십여 명의 제자들을 이끌고 계곡까지 성검을 쫓아왔다. 그런데 상황이 영 좋지 않았다. 벌써 열한 명의 제자들이 쓰러져 고작 아홉 명만 남게 되었다.

진작 열여덟 명으로 구성된 소나한진을 펼쳤다면 체면이라도 조금 세웠을 텐데 무턱대고 덤볐다가 삽시간에 박살이 났다. 뒤늦게 나한진을 펼치긴 했지만 아홉 명만으로 나한진의 위력을 이끌어내기는 힘든 상황이었다.

"흥! 행패? 이 중놈들이 정말 수행이 덜 되었군. 이젠 아예 뒤집어씌우기까지 하니 말이야. 굶주린 중생이 절밥 좀 얻어먹자는 데 그게 행패야? 그럼 바랑 짊어지고 다니면서 시주하는 건 공갈 협박이냐?"

성검이 각설을 매섭게 노려보며 으르렁거렸다.

"저, 절밥? 뭔가 흉악한 음모를 가지고 온 게 분명하다. 어디서 거짓말을……."

'이거 괜히 자극하는 거 아냐? 결코 만만치 않은 놈인데. 그냥 밥상이나 좀 차려다 주면 순순히 돌아가려니?'

"놀고 있군. 그렇게 중생을 못 믿어서야 어디 성불(成佛)하겠어? 부처님이 버릇을 제대로 가르치지 못한 것 같으니 내가 가르치는 수밖에……."

"이놈이! 아무래도 시골에서 무술 좀 배워 나온 강호초출인 모양인데 상대를 잘못 골랐다. 여긴 네가 살던 시골하곤 달라. 지금 펼친 우리 소림나한진은 과거 숱한 무림고수들을 무릎 꿇게 한 전설적인 진법이다. 한번 걸렸다 하면……."

"정말 말 많네. 그냥 염불이나 외우셔! 간다—"

성검은 승려들을 향해 곧장 연검을 뻗어가기 시작했다.

작정한 싸움인만큼 최대한 화끈하게 놀아볼 생각이었다. 적어도 싸움에 관한 한 두려움을 모르는 성격이니까.

승려들은 다급히 진형의 모양을 지(之) 자에서 을(乙) 자로 바꾸며 수비식으로 전환했고, 이어 구(九) 자로 변환하며 현란하게 봉을 휘둘렀다. 공격과 수비를 수시로 교차하며 허점을 노린 것이다.

하지만 그들은 기량이 달리는 데다 숫자도 적어 나한진의 묘미를 제대로 살리지 못했다.

"이거야 원! 오리 새끼들이 진을 짜도 이것보단 낫겠다."

성검은 빠르게 승려들을 베어 나갔다.

하지만 차마 절간 근처에서 피를 볼 수는 없었다. 어쩔 수 없이 연검의 면으로 진형의 꼬리부터 와해시키기 시작했다. 일 초 일 초에 한두 명씩 바닥을 굴렸고 채 육초식을 펼치기도 전에 싸움은 끝이 났다. 이제 나한진은 대(大)로 변해 있었는데, 진을 이루던 승려들 하나하나가 모두 대(大) 자로 뻗어 있었다. 즉 아홉 명의 승려가 대(大) 자로 뻗어 대(大) 자의 진형을 이루게 된 셈이다.

그러나 그것으로 싸움이 끝난 것은 아니다. 아직 각설이 남아 있었다.

"아미타불! 결국 나 각설이 발톱을 세우게 되었군."

한쪽으로 물러나 싸움을 지켜보던 각설이 침통한 음성으로 말했다.

급한 김에 초급 단계를 간신히 넘어선 제자들을 불러온 것이 실수였다. 괜히 망신만 당하고 말았으니.

"젠장, 이건 뭐 소림 무술을 보러왔다가 눈만 버리게 되었군!"

성검이 흐트러진 머리를 쓸어 넘기며 각설을 빤히 쳐다보았다.

"흐흐, 어쩔 수 없이 직접 나서게 되었지만 나 각설의 체면이 있으니 삼 초를 양보하겠다. 네놈의 그 하찮은 검술을 펼쳐 보거라!"

각설이 손가락에 지그시 힘을 주어 응조수(鷹爪手)를 준비했다.

"환장하겠군. 꼴에 삼 초를 양보하겠다고… 혹시 동정심이라도 유발하려는 거 아냐? 그냥 하던 대로 해!"

성검은 연검을 허리에 갈무리하며 씨익, 웃었다.

"간다!"

벼락같은 외침과 동시에 성검의 신형이 허공으로 솟구쳤다.

허공의 정점에서 그의 손이 매 발톱 형상을 이루더니 강맹한 기운을 내뿜으며 각설을 향해 뻗어갔다.

한편 쌍수를 오른쪽 허리 부위에 모으고 있던 각설은 뒤로 이 장가량 빠르게 물러섰다.

"곳곳에 허점이 보이는군."

각설은 성검이 착지할 위치를 계산해 좌측으로 빙그르르 돌며 좌수와 우수를 교묘하게 교차했다. 지극히 부드러운 움직임이었으나 소매가 파르르 떨릴 만큼 강한 강기가 갈무리된 출수였다.

파파파팟!

두 사람의 손이 찰나간에 칠팔 합을 교환했다. 그사이 성검은 비교적 유연하게 착지해 무릎을 굽힌 상태로 각설의 하체를 공략했고, 각설은 다리를 뻗어 성검의 응조수를 견제하며 두 팔을 활짝 펼친 채 복호장(伏虎掌)으로 정수리를 찍어내려 왔다.

"헛—"

성검은 의외로 빠른 각설의 변초에 당혹성을 내지르며 궁신탄영(弓身彈影)의 수법으로 삼 장가량 물러섰다. 그리고 곧장 휘어져 들어가며 각설에게 다시 일권을 내질렀다.

"어딜!"

불영선하보(佛影仙霞步)의 신법으로 가볍게 일권을 피해낸 각설이 회심의 미소를 지으며 오른 다리를 쭉 뻗어 성검의 왼무릎을 가격했다. 관음십팔족(觀音十八足)의 수법으로, 불영선하보의 신법과 병행할 수 있는 적절한 공격이었다.

하지만 각설의 입에서 미소가 걷힌 것도 그 순간이다. 빈틈으로 보여졌던 왼무릎이 어느새 허공으로 치솟아오르더니 곧장 턱을 가격해온 것이다.

"크흡!"

귀신같은 동작에 놀랄 겨를도 없이 각설의 아래턱이 휙 돌아갔다. 그게 다가 아니다. 허공에 떠올랐던 성검의 우각이 크게 휘돌려지며 머리와 어깨 사이로 비스듬히 내리꽂혔다.

"헙!"

각설은 짧은 신음을 내지르며 그대로 바닥에 나동그라졌다. 몇 번인가 허리를 뒤척였으나 결국 그대로 정신을 잃고 말았다.

"음회회회! 결국 실전을 통해 소림 무공을 익히게 되었군. 어차피 한동안 숭산에 머무를 생각이니까 재주껏 날 쫓아다녀 보라구."

성검은 바닥에 뻗어 있는 승려들이 들을 수 있도록 큰 소리로 말한 후 곧장 항마봉을 향해 신형을 날렸다. 성검이 사라진 자리로 몇 장의 낙엽을 떨구며 소슬바람이 불어왔다.

3

항마봉(降魔峰)의 괴승 고지기.

성검은 어렵지 않게 그를 찾을 수 있었다. 아니, 성검이 그를 찾았다기보다 고지기가 성검을 찾았다는 말이 맞다. 시장기가 돌아 꿩 한 마리를 잡아 굽고 있는데 그 냄새를 맡고 고지기가 나타난 것이다.

"이놈! 웬 놈인데 감히 고지기의 봉우리에서 고지기의 가축을 잡아 고지기의 허락도 없이 굽고 있느냐?"

어둠 속에서 수풀을 헤치며 모습을 드러낸 고지기가 버럭 소리를 내 질렀다.

성검은 깜짝 놀라 하마터면 모닥불 위로 처박힐 뻔했다. 갑작스레 들려온 목소리 때문이 아니라 고지기의 행색 때문이었다. 눈썹 끝은 볼까지 길게 늘어졌고, 얼굴은 온통 주름투성인데 그나마도 검버섯으로 뒤덮였다.

그쯤이야 나이 들면 그럴 수도 있겠다 생각하고 넘어갈 수 있지만 백태가 낀 한쪽 눈동자나 귀밑까지 길게 찢어진 입, 문둥이처럼 뭉개진 코는 어느 모로 보나 사람의 몰골이 아니었다. 하지만 덩치는 육 척가량의 장신으로, 나이에 비해 떡 벌어진 어깨가 힘깨나 쓰게 생겨먹었다.

'맙소사, 여초 스님이 건승을 빌어준 데는 다 이유가 있었군.'

성검은 고지기를 빤히 쳐다보며 잠시 마음을 진정시켰다.

"푸헤헤, 그나저나 지금 굽고 있는 게 무엇이냐? 이거야 원, 눈이 침 침해진 다음부터는 똥인지 된장인지 도통 구분을 할 수가 없으니……."

"예, 스님. 지금 꿩을 굽고 있습니다. 마침 한 마리가 더 있으니 지금 구워진 놈은 스님이 드십시오. 뭐, 원래 다른 봉우리에서 잡은 꿩이긴 하지만 스님 봉우리에서 굽고 있으니 자릿세라고 생각하시면 됩니다."

"푸헤헤! 모처럼 마음에 드는 놈이 내 봉우리에 기어들어 왔군. 그나저나 네놈 정체가 무엇이냐, 설마 소림사 중놈은 아니겠지?"

"음회회회, 저, 먼저 한 가지 여쭈어보고 싶은 게 있습니다. 우연히 여초란 스님을 만나 노스님에 대한 이야기를 들었습니다. 한때 소림사의 중놈, 이런, 음회회회, 죄송합니다. 소림사의 승려셨다구요. 혹시 아직도 소림사와 원만한 관계를 유지하고 계시는지…….”

성검은 오늘 소림사의 승려들을 두들긴 일이 마음에 걸려 은근한 음성으로 물었다.

“퉤, 퉤, 퉤이— 이놈, 나는 소림사란 말만 들어도 이가 갈리고 심화(心火)가 치솟는다. 그런 증상이 벌써 이십 년째 이어지고 있지.”

“하지만 소림사 출신이니 언제든 기회만 닿는다면 돌아가실 수도…….”

“이놈! 차라리 당나귀랑 오입을 하겠다. 어디 절간이 없어서 개 같은 소림사 땡중들이랑 한솥밥을 먹을까! 가만, 생각해 보니 기분이 언짢아지는군. 네놈은 예의도 모르더냐? 늙은이가 묻는데 대답은 하지 않고 되물어? 이걸 당장…….”

“어이쿠, 벌써 다 익은 모양입니다. 고놈 참 노릇노릇하게 잘 구워졌군.”

성검은 잽싸게 말을 끊으며 꿩 구이를 고지기 앞에 내밀었다.

“푸헤헤, 그렇게 잘 구워졌냐? 흐흠, 냄새가 제법 구수하구나. 가만, 방금 전에 내가 어디까지 말했었지?”

“음회회, 제 정체가 뭐냐고 물으셨습니다.”

“그런가? 그래, 도대체 네놈 정체가 무엇인데 고지기의 봉우리에서 고지기의 허락도 없이 고지기의 꿩을 굽고 있었느냐?”

고지기가 꿩을 통째로 물어뜯으며 물었다.

‘음, 역시 정상이 아니군. 첫눈에 알아봤지. 소림사에서 쫓겨났을 땐 그만한 이유가 있었던 게야.’

성검이 회심의 미소를 지었다. 심공은 그렇다 쳐도 항산에서 초자영을 상대하는 동안 미친 위인들을 어떻게 요리해야 하는지 철저하게 꿰뚫게 된 그다. 잘만 구슬리고 어른다면 소림 무학을 전수받을 수도 있겠다는 생각이 들었다.

"예, 이 말학의 이름은 성검이고 성은 류 가입니다. 부모가 누군지도 모른 채 경추봉 무불사의 심공 스님 아래에서 불학을 공부하던 중 뜻하지 않게 속세에 인연이 닿아……."

성검은 남은 꿩 한 마리를 작대기에 꽂아 불 위에 구우며 느긋하게 이제까지 살아온 이야기를 주저리주저리 늘어놓기 시작했다.

어차피 친해지는 게 목적인만큼 밤을 새워 얘기를 나누는 게 중요하다. 고지기 같은 상늙은이들은 밤잠도 없는 데다 정에 굶주린 탓에 재미없는 이야기도 재미있게 들어주게 마련. 성검은 자신의 과거를 윤색하고 과장하고 비극적인 요소를 가미하며 요소요소에 가슴 찡한 사연들을 곁들였다. 고지기에게 동정을 얻어 최대한 인간적인 친밀감을 이끌어내기 위해서였다.

색승 심공에게 익힌 많은 기술 중엔 사람의 환심을 사는 절학들이 있었고, 그것은 남녀와 노소의 경계를 허무는, 인간 심리 공통에 관계된 분야였다.

"쯧쯧, 가엾은 것."

고지기는 간혹 눈물까지 내비치며 성검의 이야기에 빠져 들어갔고, 항마봉의 밤은 여느 밤보다 끈적끈적한 달빛 아래로 흘러갔다.

성검이 고지기의 명성을 확인하는 데는 그리 오랜 시간이 걸리지 않았다.

고지기와의 동거가 시작된 지 닷새째 되는 날, 족히 삼십 명은 됨 직한 승려 무리가 동굴 앞에 모습을 드러냈다.

"사숙조님께 문안 여쭙습니다."

무리 앞에서 허리를 숙이며 인사를 건네는 인물은 몇 년 전 송림에서 광우소와 담송이 비무를 겨룰 때 참관했던 묵현이었다.

"사숙조? 네놈이 누구더냐?"

성검을 옆에 앉힌 채 동굴 입구에 앉아 있던 고지기가 심드렁하게 물었다.

첫날밤, 성검의 말발에 현혹된 고지기는 이후 성검에게 이러저러한 소림 무학을 전수하며 소일하고 있었다.

그는 애초에 소림의 무학을 성검에게 전수하는 데 별다른 거부감을 가지지 않았다.

그도 그럴 것이 고지기는 오늘날 소림사 쇠락의 원인을 지나친 폐쇄성에서 찾고 있었다. 무학 역시 시간이 흐름에 따라 진보와 발전을 거듭해야 하건만 소림사는 과거 선조들의 유산에 안주한 나머지 새로운 무공을 창안하는 데 게을리 했고, 그 결과 스스로 태산북두의 명성을 좀먹고 있는 실정이었다. 고지기로선 그 점을 간과할 수 없었다.

"이 말학은 유혜(遺慧) 사부에게 무공을 사사한 묵현이라 합니다. 과거 몇 차례 사숙조님을 뵌 적이 있습니다만……."

"묵현? 에히잉, 난 기억이 없느니라. 가만, 하지만 유혜라면 일주(逸宙) 사형의 제자였지 않느냐."

"맞습니다. 한때 소림의 장로를 지내신 바 있지요."

"그런데? 네놈이 여긴 웬 일이냐?"

고지기는 얼마간 떨떠름한 표정을 지으며 물었다.

'그 이유는 제가 대충 짐작하고 있습니다. 음회회회.'

성검은 고지기의 등 뒤로 가 어깨를 주무르기 시작했다. 언뜻 보아도 이번에 나타난 소림 승려들은 산문을 지키던 사미승들과는 비교가 되지 않았다. 고지기가 방패막이를 하지 않는다면 자칫 큰 화를 당할 수도 있는 상황이다.

"예, 닷새 전 소림사에 불미스런 일이 있었습니다. 불한당 하나가 나타나 수행 중인 저희 제자들에게 폭력을 휘두르고 달아났지요. 그런데 그 불한당의 흔적을 쫓아 당도한 곳이 여깁니다. 바로……."

묵현은 고지기 등 뒤에 찰싹 붙어 앉은 성검을 노려보며 말끝을 흐렸다.

"그 불한당이 이 아이란 말이지?"

"불미스럽게도 그렇습니다. 혹, 저자가 사숙조님과 관계가 있는지요?"

"푸헤헤, 그렇다. 내 제자지. 늘그막에 요 녀석을 가르치는 재미를 얻었는데 설마 네 녀석이 내 재미를 망치겠다는 말은 하지 않겠지?"

고지기는 그 커다란 입을 헤벌쭉이 벌리며 고개를 돌려 성검을 바라보았다. 백태 낀 눈동자를 뒤룩뒤룩 굴리면서.

'음회회회! 잘하고 계십니다. 하룻밤이면 만리장성을 쌓는다지요. 거기에 비하면 닷새를 함께 보낸 스님과 저는 그야말로 막역한 사이입니다.'

성검이 화사한 미소를 지었다.

"사숙조님, 그것이, 우리 소림사의 명예가 걸린 문제라……."

"별 개똥 같은 소리를 다 듣겠군. 소림사에 아직도 명예란 게 있더란 말이냐?"

"말씀이 지나치십니다. 비록 소림과 등을 돌리셨다지만 불가의 인연은 결코 가볍지 않습니다. 부디 저희를 난처하게 하지 마십시오."

정중한 부탁이었으나, 묵현의 말속엔 일전도 불사하겠다는 의지가 담겼다.

하지만 그것은 어디까지나 말이었고 실제로 묵현은 조금씩 몸을 떨고 있었다. 그가 알기로도 고지기는 근 이백 년 이래 소림이 배출한 인물 중 가장 고강한 고수였다.

"흠, 불가의 인연이 결코 가볍지 않다? 그래서 파계를 범한 나를 아직 사숙조라 부르는 것이더냐?"

"하하, 그렇지요. 인연으로만 따진다면 어찌 우리 소림과 저 불한당 같은 자를 저울질할 수 있겠습니까. 사숙조께선 부디 이 말학의 입장을 난처하게 하지 마십시오."

묵현은 고지기의 태도에서 일말의 희망을 엿본 듯 얼굴을 폈다.

"음, 네 말도 일리가 있다. 한번 맺은 인연이 파한다고 파해지는 것은 아니지. 네가 나를 사숙조로 부르는 것도 그래서고… 하지만 그런 식으로 따진다면 이 아이는 내 제자니 네 사숙이 되겠구나?"

"……."

고지기의 한마디에 묵현은 다시 똥 씹은 표정을 지을 수밖에 없었다.

'어이쿠, 노스님! 현묘하십니다. 음회회회!'

성검은 느글거리는 미소를 흘리며 묵현을 빤히 쳐다보았다. 고지기와 함께 있는 동안엔 안심할 수 있겠다는 생각과 함께…….

"푸헤헤! 썩 물러가거라, 이놈들. 감히 고지기의 봉우리에 고지기의 허락도 없이 떼를 지어 쳐들어오다니!"

고지기가 두 눈을 부릅뜨며 노호성을 터뜨렸다.

"사숙조님!"

묵현은 매섭게 고지기를 노려보았으나 어찌해야 할지 갈피를 잡지 못했다.

고지기!

소림 역사상 보기 드문 괴인이다. 그의 나이 올해로 백십구 세. 백수(白壽:구십구 세)에 이르러 소림의 계율 다섯 가지를 한꺼번에 깨뜨리고 스스로 대문을 걸어나왔다. 고지기는 나이 열여섯이라는 늦은 나이에 소림에 입문, 불혹(不惑)의 나이까지 이렇다 할 식책도 없이 사미승이나 다름없이 지내왔다. 같은 항렬의 승려들 중에선 유독 눈에 띄지 않는 인물이었으나 하나의 사건을 계기로 두각을 나타내기 시작했다.

지금으로부터 대략 팔십여 년 전, 정파와 사파 간의 갈등이 거세지자 소림사에서 부득불 비무대회를 개최하게 되었다. 자칫 첨예한 정사 간의 대립이 대혈겁으로 번질 것을 염려해 방안을 마련한 것이다. 즉, 정사를 불문하고 각 파에서 후기지수들을 내세워 겨룸으로써 각 파 무공의 우열을 가늠하자는 제안이었다.

그런데 정작 비무대회가 펼쳐지자 소림은 난처한 입장에 처하게 되었다. 어떻게 된 것이 정파인들은 힘 한번 제대로 쓰지 못한 채 사파 무리에게 번번이 패하고 말았다. 특히 한참 강성한 세력을 일궈가던 천검궁의 무위는 가히 그 상대를 찾기 어려웠다.

비무대회는 장장 한 달에 걸쳐 열렸는데, 맨 마지막 날 사강에 오른 문파가 모두 사파로 분류되는 문파들이었다. 평소 명문을 자처하며 오만에 빠져 있던 정파인들은 하나같이 침통한 표정으로 사강전을 지켜 보았고, 예상대로 우승자는 천검궁에서 나왔다.

하지만 비무대회는 거기에서 끝나지 않았다. 한껏 자만심에 찬 천검 궁 수뇌부가 자기 무덤을 파는 제안을 했다. 예선에서 패한 문파의 제 자들에게 또 한 번의 기회를 준다는 내용이었다.

사실, 비무대회에서 우승한 표소만(標小萬)이라는 삼십 대의 천검궁 고수는 군계일학으로 불릴 만했다. 당시 정파와 사파를 통틀어 그만한 무위를 지닌 후기지수가 없었다. 아니, 표소만은 이미 고수의 반열에 올라 위명을 떨치던 이들조차 내심 두려워할 만한 인물이었다.

실제로 호기를 부리며 도전했던 자들은 차례로 표소만 앞에 무릎을 꿇어야 했고 정파의 위신은 땅바닥으로 떨어졌다.

보다 못한 소림 방장은 소림의 제자 중 누가 되었든 표소만을 꺾는 다면 그에게 장경각의 모든 비급을 개방하겠다는 파격적인 제안을 했 다. 태산북두 소림의 자존심이 무너지는 것을 지켜보며 생각해 낸 고 육지책이었으나, 그 제안을 하면서도 큰 기대는 하지 않았다.

그런데 뜻밖에도 그때 고지기가 비무장 위로 뛰어올라 갔다. 소림사 연무장은 잠시 정적에 잠겼고, 방장을 비롯한 원로들은 애매한 표정으 로 고지기를 지켜볼 수밖에 없었다.

소림사의 원로들 중 고지기에 대해 아는 이들은 손에 꼽을 정도였 다. 그나마 고지기를 아는 이들은 또 나름대로 그가 무슨 생각으로 비 무장에 나간 것인지 이해하지 못했다. 고지기는 정말이지 내세울 게 없는 실력이었으므로…….

어쨌거나 표소만과 고지기는 포권지례한 후 곧장 비무에 들어갔다. 그런데 간단한 기수식 이후 사오 초식을 나누면서부터 구경꾼들의 입에선 연이어 탄성이 터지기 시작했다. 두 사람의 비무는 그야말로 용호상박(龍虎相搏)이었다.

"막상막하(莫上莫下)군."

"음, 저런 기재가 왜 지금에서야 모습을 드러낸 것일까. 그야말로 백중지세(伯仲之勢)야."

"마치 뿔과 뿔의 싸움을 보는 듯하지 않은가. 그러니 호각지세(互角之勢)라는 말이 더 어울리겠군."

"우열난분(優劣難分)은 어떨까?"

"대동소이(大同小異), 오십보백보(五十步百步), 난형난제(難兄難弟) 역시 비슷한 의미지."

"……."

당시 비무를 지켜보던 이들의 반응이었다.

반면 천검궁과 표소만은 당혹스러움을 금치 못했다. 그도 그럴 것이 표소만은 이런 순간을 위해 만들어진 비밀 병기였기 때문이다. 결코 패할 수 없는……

하지만 아무래도 가장 큰 충격에 휩싸인 것은 역시 방장을 비롯한 소림사의 고승들이었다. 고지기는 늘 눈에 띄지 않는 인물이었고, 나이에 비해 그 직책이라는 것이 형편없었다. 그런 그가 펼치는 소림 무술이 하나같이 진수이니 경악할 수밖에.

약 반 시진 동안이나 이어지던 비무는 고지기의 일권이 표소만의 복부에 꽂히는 것으로 끝이 났다.

아라한신권(阿羅漢神拳)!

소림 권법의 하나이긴 하지만 위력이 약하고 서장의 무공을 모방했다는 의혹에 휩싸여 승려들이 꺼리는 권법이었다. 하지만 다른 소림 권법에 비해 그 흐름이 부드럽고 유려하면서도 간결해 변초를 만들기 유리했다. 고지기는 반 시진 동안이나 승부를 내지 못하자 의외의 권법으로 허를 찌른 것이다. 어쨌거나 그 승리로 소림과 정파무림은 무너져 가던 자존심을 되살리게 되었다.

하지만 비무대회의 목적과 달리 정사 간의 첨예한 대립은 이후 보다 격해졌다. 그리고 결국, 비무대회 십 년 후 천검궁이 강호를 일통했다. 고지기의 등장은 소림의 역사에 각인된 하나의 충격적 사건이었지만 강호 정의와 함께 고요한 어둠 속에 묻혀 버리게 되었다.

"일이 묘하게 되었군."

한동안 고지기를 노려보던 묵현이 침음성을 흘리며 하늘을 올려다보았다.

제법 한가락씩 하는 제자들을 이끌고 왔으나 고지기의 상대가 되지 않는다는 것을 잘 알고 있었으므로…….

"사숙조님, 조만간 다시 찾아뵙겠습니다!"

묵현이 싸늘하게 말한 후 뒤돌아섰다. 결국 후일을 기약할 수밖에 없는 상황이었다.

제7장

초지일관 초지를 만나다

"소림 무학의 뿌리는 석가의 제이십팔대 제자 보리달마(菩提達磨)가 남긴 '역근경(易筋經)'과 '세수경(洗髓經)'에 있다. 처음엔 그저 선문(禪門)의 승려들에게 수선(修禪)의 한 방법으로 전수되었지만 점차 발전해 결국 선무(禪武)의 근간을 이루게 되었지."

고지기는 상체를 구부정하게 기울인 자세로 가부좌를 튼 채 반쯤 감은 눈으로 성검을 바라보며 주저리주저리 이야기하고 있었다.

"노스님, 그건 어제도 그저께도 그끄저께도 말씀하신……."

"소림 무술의 핵심을 이야기하라면 몸과 마음과 호흡의 조화다. 동작은 격렬하지 않지만 빠름과 느림, 부드러움과 강함이 하나로 어우러져 있지."

"그 부분도 어제, 그제, 그끄제……."

"얘, 성검아. 내 교육 방식은 원래 반복 학습이니라. 내가 물이나 긷고 비질이나 하면서 나이 마흔이 되도록 바보 취급을 받았던 이유도 거기에 있다. 나는 머리도 나쁘거니와 몸도 둔해서 남들이 한 번 보고 하는 것도 열 번 스무 번은 보아야 할 수 있었다. 그러니 남들 이 년이면 배우는 것을 이십 년 넘게 배운 것이지. 소림 비무대회에서 내가 천검궁의 표소만을 꺾은 이야기 해줬지?"

"예."

성검은 어정쩡하게 대답했다.

적어도 고지기의 무학만큼은 인정할 수밖에 없었다. 여초도 그렇게 말했고, 지난번 묵현의 태도에서도 얼마간 짐작할 수 있는 부분이었다. 뭔가 미심쩍은 부분이 없는 것은 아니었으나⋯⋯.

"그때 내가 주로 사용한 무공이 뭔지 아느냐?"

"무엇이었습니까?"

"물론 결정적 일권은 아라한신권이었지. 하지만 대부분은 네가 산문 앞 사미승들을 상대할 때 썼다는 바로 그 소림오권이었느니라. 몇 가지 기본적인 무공을 뒤섞어 사용한 탓에 무학이 깊지 않은 이들은 미처 깨닫지 못했겠지만 말이다."

"에이, 설마요. 무공엔 분명 질적인 차이가 존재하지 않습니까. 쓸 만한 비급 하나에 강호의 의리가 깨지고 문파 간에 전쟁이 일어나기까지 한다던데⋯ 소림이 태산북두로 떠받들어지던 이유도 비급의 보고라는 이유에서였잖습니까."

"글쎄다. 학문을 예로 들어볼까? 분명 천자문과 소학, 사서오경, 그리고 그 외 심오한 경전들에 이르기까지 나름의 단계와 깊이가 있고, 공부가 오래일수록 점차 뒤의 것들에 탐닉해 가는 것이 정석이겠지. 하지만 내 생각엔 천자문 한 권에 학문은 물론 우주의 이치가 모두 담긴 듯하구나. 결국 모든 학문의 시작이 천자문에서 나왔으니 말이다."

고지기가 버릇처럼 발가락을 만지작거리며 담담하게 말했다.

'내가 순진하다고 사기 치고 있는 건 아닐까?'

성검은 고개를 갸우뚱하며 고지기를 쳐다보았다.

"하지만 노스님은 장경각의 무공 비급을 모두 읽었다고 하지 않으셨습니까."

"물론이다. 비무대회에서 표소만을 꺾자 방장은 약속대로 내게 장경각을 개방하고 내 행동에 일체 간섭하지 않았다. 그로서도 나란 인간에게 얼마간의 흥미를 느낀 게지. 나는 이후 장경각에 기거하며 무공비급만을 읽었다. 밥도 거기에서 먹었고 대소변도 요강에 보았지. 굳이 연공실에 들어갈 것도 없이 서고의 빈 공간에서 무공을 연마했고 잠도 거기에서 잤다. 다른 것은 아무것도 생각하지 않았어. 소림에 들어올 때부터 난 그런 생활을 꿈꿔왔으니까. 그사이 방장이 세 번 바뀌었으나 누구도 나를 방해하지 않았다. 그렇게 난 아흔아홉의 나이가 되었지. 내 발로 장경각을 걸어나온 것도 바로 그 해였느니라. 하지만 만족할 만한 성과를 거두었기 때문은 아니야. 그때까지 깨달은 것이 있다면 고작 '소림 무학의 뿌리는 석가의 제이십팔대 제자 보리달마(菩提達磨)가 남긴 '역근경(易筋經)'과 '세수경(洗髓經)'에 있다'는 단순한 사실뿐이었으니까. 내가 며칠 동안 네게 똑같은 이야기만 한 것도 그래서였느니라."

"참 허탈한 깨달음입니다. 음회회회!"

얼마간 실망스런 음성이 새어 나왔다.

'젠장, 역근경과 세수경은 나이 열셋에 뗐단 말이지. 천자문 떼는 데 한 달 걸린 내가 역근경 세수경 떼는 데는 닷새가 걸렸으니 그걸 어떻

게 무공이라고 할 수 있겠어. 요즘 웬만한 문파에선 아예 쳐주지도 않는다던데.'

성검의 생각이 꼭 틀렸다고는 할 수 없었다.

소림의 명성이 과거의 것이듯 역근경과 세수경은 더 이상 소림의 독문무학이 아니다. 개나 소나, 아니, 개나 소만 빼고는 다 아는 무학이고, 그나마도 지나치게 단순하다는 이유로 외면되기까지 했다. 소림오권이 그렇듯 역근경과 세수경도 원시 무공으로 치부되기 시작한 것이다.

"그렇지, 무학이 지향하는 바가 바로 공(空)이다. 역시 영특한 아이라 깨달음이 빠르구나. 몸 안의 기를 자유자재로 운용하게 된 이후엔 거칠 것이 없지. 마음이 움직이는 대로 기가 흐르니 번잡한 초식에 얽매일 필요도 없고, 더 이상 진보할 필요도 없다. 그저 무학의 뿌리를 잊지 않으면 되니까 역근경과 세수경만으로도 무학의 궁극에 다다를 수 있지."

"……."

뜻하지 않게 영특하단 칭찬을 받게 된 성검은 잠시 멍하니 하늘을 올려다보았다.

고지기의 말에도 일리가 있었다. 과거 항산의 초자영이 했던 말과도 일맥상통한다. 그런데 정작 생각을 이어가다 보니 도대체 자신은 지금 어느 정도 단계에 이르러 있는지가 궁금해졌다.

무불사에선 각종 비급을 통해 무학에 대한 이해를 넓혔고, 굉우소의 비무를 보면서 실전에서 펼쳐지는 초식의 변화가 무엇인지 깨달았다.

하지만 무엇보다 큰 성과는 항산에서 초자영과 보낸 몇 년 동안에 이뤄졌다. 임독양맥이 타통된 것은 물론, 몸 안을 휘도는 기의 흐름을 조금씩 다스리게 되었다. 물론 고지기의 말처럼 기를 자유자재로 운용하는 수준에는 이르지 못했으나 상당한 진전을 이룬 것만은 사실이다.

'난 얼마만큼 강할까?'

성검은 자신도 모르게 침음성을 흘렸다.

"노스님, 무학의 과정에 대해 말씀해 주실 수 있겠습니까? 그러니까 제 말씀은 그 시작과 끝이 어디인가 하는 점입니다."

"푸헤헤, 난들 알겠느냐. 그런 건 나보다 좀 더 지혜로운 사람에게 물어야겠지."

고지기가 고개를 갸우뚱하며 성검을 쳐다보았다. 이제까지와는 달리 성검의 표정이 아주 진지했기 때문이다.

"전 그저 노스님의 견해를 여쭙는 것뿐입니다. 그것을 가려 듣거나 판단하는 것은 순전히 제 몫이니 편하게 얘기해 주십시오."

"헤헤, 맞는 말인 것도 같군. 그래, 한평생을 무학 연구에 바쳐 왔으니 나름대로의 틀을 세우긴 했지. 하지만 큰 기대는 하지 말거라. 나는 불가의 사람이니만큼 무학의 과정 역시 그 테두리 안에서 이해할 수밖에 없었느니라."

"제가 부탁드리는 것도 그 선에서 크게 벗어나지 않습니다."

성검이 마른침을 꼴깍 삼키며 고지기 앞으로 한 걸음 다가섰다.

"무학의 단계를 나누는 방식은 방파나 종단 등 집단마다 다르다. 그러니 그 단계에 있어서도 이러저러한 이름이 붙게 마련이지. 하지만 이름이야 어찌 되었건 만류귀종(萬流歸宗), 결국 그 흐름은 하나로 귀속된다. 흐흠, 하나를 알면 전체를 알 수 있다는 뜻이 되나? 어쨌거나 나는 불가의 사람이니 내 방식대로 단계를 나누어보마. 입문 과정에서 중급 과정까지는 대개 환경의 영향을 받게 마련이다. 각 방파나 종단이 지닌 색깔을 짙게 띠게 되지. 가령 개방에 있는 중급의 인물이 무술을 시전한다면 그에게선 어김없이 개방의 흔적이 남는다. 그 외 대부분의 문파가 그렇지. 하지만 고수가 되면 사정은 다르다. 너의 무학 역시 어느 정도 수준에 다다른 듯하니, 이제부터 내가 말하는 무학의 단계는 고수의 반열에 오른 후부터다."

고지기는 발가락을 꼼지락거리며 잠시 뜸을 들였다. 막상 구분을 짓자니 나름대로 정리할 시간이 필요했던 것이다.

"학문이 되었든 무공이 되었든 그 끝은 바다와 같다. 불가의 예를 들자면 해탈(解脫) 정도가 되겠지. 그러니 해탈의 과정에 맞추어 단계를 나누는 것도 한 방법이다. 자, 들어보거라. 무학(武學)의 끝은 곧 무학(無學:불교에서, 학행이 뛰어나 그 이상 더 수학할 필요가 없는 위치를 말함)에서 비롯된다고도 할 수 있지. '능엄경(楞嚴經)'에 이런 구절이 있느니라."

환망(幻妄) 아닌 것이 환법(幻法)이 되네.
취하지 않으면 환망 아닌 것조차 없으리.
환망이 아닌 것도 생기지 않으니
어찌 환법이 이루어지랴?
이것을 이름하여 '묘연화(妙蓮華)', '금강왕보각(金剛王寶覺)',
'여여불삼매(如如佛三昧)'라 하나니.
손가락 퉁기는 사이에
무학(無學)의 경지를 초월하리라.
이 비유할 수 없는 법은
시방 바가범이 열반(涅槃)에 이르는 문이라네.

"캬하, 금과옥조가 아니냐?"

고지기가 지그시 웃으며 백태 낀 눈알을 굴렸다.

'어째 서론이 긴 게 불안하군.'

성검은 고개를 갸우뚱하면서도 고지기를 빤히 쳐다보았다. 뭔가 나올 듯한 분위기.

"해탈을 위해선 우선 사가행(四加行)과 사선정(四禪定), 멸진정(滅盡定)의 단계를 거쳐야 한다. 아, 다시 한 번 강조하지만 이건 어디까지나 형식적인 구분일 뿐이다. 사람에 따라 여러 단계를 단번에 뛰어넘는 사람이 있는가 하면 일보 전진했다가 이보 후퇴하는 사람도 있기 때문이다."

고지기가 지그시 두 눈을 감은 채 상체를 좌우로 흔들며 말했다.

'점점 불길해지는군. 뭐가 이렇게 길어?'

성검은 살짝 눈살을 찌푸리기 시작했다. 그것을 아는지 모르는지 고지기의 말은 계속 이어졌다.

"어쨌거나 사가행이란 제법 깨우침을 얻기 시작한 이들의 단계다. 그 끝은 명경지수(明鏡止水)의 경지다. 정확히는 무간정(無間定)이라 하지. 이 경지에 다다르면 번뇌에 시달리지 않는다. 그러니 쓸데없는 시비가 생기지 않지. 검에 비유하자면 나의 검로(劍路)와 상대의 검로를 고민하지 않는 단계다. 하지만 무간정에 이른 이가 가장 주의해야 할 것은 자만심이지. 이 단계가 끝이 아니기 때문이다. 어쨌거나 무간정이 진여불성(眞如佛性)에는 닿지 못했다 하더라도 상사각(相似覺)이라 하여 그와 비슷한 깨달음 하나는 얻게 된다."

고지기의 좌우 반동.

'이거 왜 자꾸 눈이 감기지?'

성검의 눈이 점점 몽롱해졌다. 최면술사의 추처럼 왔다 갔다 하는 고지기의 상체 때문이다.

"무간정의 다음 단계는 초선정이다. 욕계(欲界)를 초월한 만큼 이때는 육신이 청정해진다. 원래 속인의 몸은 순수하지 못한 지(地), 수(水), 화(火), 풍(風)의 소조사대(所造四大)다. 하지만 초선정에 다다른 이의 몸은 능조사대(能造四大), 즉 청정한 몸으로 바뀌게 되는 것이다. 이때 경험하게 되는 것이 팔촉(八觸)이다. 흐흠, 혹시 졸고 있느냐?"

느릿하게 말을 이어가던 고지기가 불쑥 말을 내뱉었다. 성검의 눈이 점점 감겨가고 있는 것이 보였기 때문이다.

"음회회회, 아닙니다. 그저 듣는 즉시 머리에 새기다 보니 잠시 자세가 흐트러진 것뿐입니다. 음회회, 게다가 팔촉에 관한 한 제가 확실히 알고 있습지요."

성검이 입가로 흘러내리려던 침을 꿀꺽 삼키며 대답했다.

실제로 무불사의 심공이 초선정을 살짝 경험한 인물이고, 십수년 동안 그것을 우려먹었으니 성검은 모를래야 모를 수 없었다. 게다가 그가 틈틈이 연마하는 팔부중지수의 모태 역시 팔촉이었다.

"흠, 팔촉을 안다? 그러면 십공덕(十功德)이란 것도 아느냐?"

"그, 글쎄요."

"십공덕이란 공(空), 명(明), 정(定), 지(智), 선심(善心), 유연(柔軟), 회(喜), 락(樂), 해탈(解脫), 경계상응(境界相應)을 말한다. 이것들은 선정을 통해 얻어지는 효과인데, 먼저 공을 얻은 이는 몸뚱이가 가벼워 늘 공중에 뜬 느낌이고……."

계속되는 좌우 반동.

'젠장, 이럴 줄 알았어! 내가 원하는 건 핵심 정리였단 말이야, 한 대

여섯 줄의⋯⋯.'

성검은 좌삼삼 우삼삼, 양쪽 눈을 번갈아 꿈틀거리며 수마를 쫓기 위해 기를 썼다.

초선정에 대한 설명이 반 시진, 이선정에 대한 설명이 두 시진, 삼선정에 대한 설명이 세 시진, 사선정에 대한 설명이 한나절, 마지막 멸진정에 대한 설명이 이틀에 걸쳐 이어졌다. 그리고 무박삼일(無泊三日)에 걸친 긴 이야기의 끝은 이렇게 정리되어졌다.

"결국 궁극의 경지는 멸진정(滅盡定)이다. 멸진(滅盡)이 무엇이냐, 모든 번뇌의 종자를 태워 버린다는 의미다. 즉 삼매(三昧)를 말하는 것이지. 그 이후의 단계가 무엇인지는 아무도 알 수 없다. 멸진정을 넘어서는 순간 그는 더 이상 사람이 아니기 때문이다. 그렇다면 내가 닿을 수 있는 경지는 어디까지겠느냐, 아마도 사선정까지일 것이다."

"그건 또 왜 그렇습니까?"

성검은 마른 솔잎을 꺼내 씹으며 벌겋게 충혈된 눈으로 물었다.

꼬박 사흘 동안 잠도 못 자고 고문에 가까운 강의를 듣다 보니 오기가 생겼다. 늙은 고지기랑 젊어 팔팔한 자기랑 누가 더 오래 버틸지 한번 끝까지 가보고 싶었다. 하지만 비틀거리고 있는 성검과는 달리 고지기는 조금의 오차도 없는 좌우 반동에 미소까지 띠고 있었다.

"나는 전생에 쌓아놓은 공덕이 없기 때문이다. 그게 무슨 말인고 하니⋯⋯."

끔찍한 좌우 반동.

'환장하겠군. 혹시 말이 많다고 소림사에서 쫓겨난 건 아닐까?'

성검은 이제 양손의 엄지와 검지로 눈꺼풀을 들어 올리며 버티는 처지에까지 이르렀다.

"본디 사선정은 정도(正道)와 외도(外道)를 함께 닦아야 한다. 그래서 난 불학과 무학을 함께 닦아온 것이다. 하지만 멸진정(滅盡定)의 수행은 다르다. 오직 정도(正道)만을 닦아야 하지. 거기에 기준해서 해석하자면 아마도 무학으로 닿을 수 있는 경지는 사선정까지가 아닐까 싶구나. 아니, 그 정도 경지면 무학도 하나의 정도가 되어 멸진정에 닿을 수 있을지 모르겠군. 어라? 이러면 내 말이 헷갈리는데… 아, 잊을 뻔했구나. 불가에선 인연을 중시한다. 전생에 쌓은 공덕은 사라지지 않은 채 그대로 그 사람의 운명에 축적되어 있다고 믿지. 그런 덕분에 쌓아 온 공덕, 즉 선근(善根)이 많은 이들은 곧바로 무간정(無間定)의 단계를 뛰어넘어 보다 높은 경지에서 수도하게 된다. 그런데 난 쌓아놓은 공덕이 없어서 밑바닥부터, 그것도 아주 느리게 수도해 왔다. 그러니 내가 멸진정에 닿을 수 있는 것은 내생이나 그 다음 생에서나 가능해지겠지. 그러니까 결국 네 말에 대한 대답이 '나는 전생에 쌓아놓은 공덕이 없기 때문이다'라고 나오게 된 거지."

쌓아놓은 공덕에 대한 고지기의 부연 설명은 하등의 감동도 재미도 없었고, 필요도 없는 것이었지만 꼬박 두 시진 동안 더 이어졌다. 괜히 이야기만 길어진 셈이다.

"그렇군요, 노스님. 참 보탬이 되는 말씀이었습니다. 앞으로 금과옥조로 여기고 수행에……."

"이놈, 아직 결론을 이야기하지 않았다."

"예? 음회회, 그, 그렇군요."

성검은 이제 땅을 짚고 몸을 반쯤 뉘인 상태로 말했다.

"내가 보기에 성검이 너는 전생에 쌓은 공덕이 많지 않은가 싶구나. 근골을 살펴보니 천하의 기재로다. 대를 이은 무가(武家)의 출신이거나 이러저러한 기연 덕분에 나이에 비해 도무지 종잡을 수 없을 정도의 내공을 쌓았단 말이지. 나는 어렵겠지만 너라도 부디 멸진정을 보고 삼매하길 기원하겠다. 그나저나 벌써 해가 중천이구나. 오늘은 뭘 하고 놀까?"

"……."

성검의 입이 턱 벌어졌다.

'젠장, 꼬박 사흘 밤을 샜다구… 그런데 또 뭘 하고 놀아? 흐흐흑, 잠자면서 놀자고 할까? 어쨌든 다음부터는 절대 질문 안 할 거야.'

성검이 길게 한숨을 내쉬며 뇌까린 생각이다.

2

해탈의 과정을 간략히 정리하자면 사가행(四加行)과 사선정(四禪定), 멸진정(滅盡定)의 순이다. 이걸 아주 길게 늘여서 그 각각의 단계를 다시 세분하면 사가행이 난법(煖法), 정법(頂法), 인법(忍法), 세제일법(世第一法)으로, 사선정(四禪定)이 초선정(初禪定), 이선정(二禪定), 삼선정(三禪定), 사선정(四禪定)으로 나뉜다. 궁극의 단계인 멸진정(滅盡定)은 오로지 그 하나여서 나뉠 것도 없다. 굳이 늘리고 싶다면 삼매경(三昧境)으로 불리기도 한다는 정도.

"젠장, 정말 말 많은 늙은이야."

꼬박 이틀 동안 잠을 자다 일어난 성검이 제일 먼저 중얼거린 말이다. 얼마나 질렸던지 성검은 잠을 자면서도 고지기가 해탈의 과정을 설명하는 꿈에 시달렸다.

"하지만 난 정말 얼마만큼 강할까? 어느 정도 단계에 와 있는 걸까?"

기지개를 켜며 동굴을 벗어난 성검이 다시 중얼거렸다.

고지기의 설명은 지나치게 추상적이라 성검 자신의 무학 수위를 꿰어 맞추기가 어려웠다. 그리고 어려운 만큼 궁금증은 더 커졌다.

그런데 그때 동굴 옆 바위 위에서 고지기의 음성이 들려왔다.

"얘야, 그런 건 하수들이나 생각하는 거란다."

"에구머니, 음회회회, 거기서 뭐 하십니까, 노스님?"

성검은 화들짝 놀라며 고개를 돌렸다.

"심심하지 않냐?"

"예?"

"푸헤헤, 이 답답한 산중에 처박혀 있기가 심심치 않느냐 말이다."

고지기가 발가락을 만지작거리며 헤벌쭉이 웃었다.

"아닙니다. 전 오로지 무공에만 전념하며……."

"누가 뭐라더냐. 하지만 그렇게 처박혀 있다고 실력이 느는 건 아니지. 요즘 무척 싸우고 싶지? 왜 소림사에서 안 쳐들어오나 기다려지지? 나랑도 한판 붙고 싶지?"

"예? 어찌 그리 잘… 음회회회, 어찌 제가 노스님과……."

성검이 눈빛을 반짝이며 물었다.

사실 성검은 고지기와 한판 붙어보고 싶은 마음이 굴뚝같았다. 굳이 말 많은 늙은이라서가 아니다. 자신보다 강하다고 여겨지면 무작정 덤벼들고 싶었다. 깨지는 만큼 얻는 것도 많을 거라든가 하는 생각 때문이 아니다. 그저 강한 것만 보면 무작정 덤비고 싶을 뿐이다. 본능인지도 모른다.

"아무렴! 네 실력으로 나를 상대하긴 벅찬 감이 있지. 하지만 이 항마봉이 생각보다는 재미있는 곳이란다. 동굴만 해도 서른여섯 개가 있는데, 그 각각의 동굴에 나처럼 미친놈들이 살고 있지. 도사, 영환술사를 비롯해 사파의 무리, 산적 놈들까지 가지각색이다. 대부분 사이비지만 간혹 쓸 만한 물건들도 있지. 내가 하나 소개해 주련?"

"……."

"음, 네놈 취향엔 아무래도 취봉접(取蜂蝶)이 맞겠어."

"취봉접이요?"

"푸헤헤, 그래. 보고 나면 더 구미가 당길지도 몰라."

고지기가 헤벌쭉이 웃었다.

'뭐, 근질거리는 몸을 풀 수 있다면 상대가 누구든 상관없지만 어째 불길한걸? 저 능글맞은 웃음도 그렇고… 이거 참 거시기하군.'

성검은 고지기의 표정을 살피며 잠시 망설였다. 일단 고지기가 추천해 주는 인물이라면 제법 쓸 만하리란 생각이 들었지만, 한편으론 또 고지기가 추천해 주었다는 게 마음에 걸렸다.

하지만 고민도 잠시였다. 궁금한 건 못 참는 게 성검의 성격이었으므로……

'구락만사락(口樂萬事樂).'

입이 즐거우면 만사가 즐겁다? 취봉접의 동굴 입구에 새겨진 문구다.

고지기는 성검을 그곳까지 안내한 후 돌 하나를 집어 냅다 동굴 안으로 집어 던졌다. 그리고 뒤도 안 돌아보고 달아났다.

탁, 타타타탁.

동굴 바닥을 튕기던 돌멩이 소리가 멎을 즈음.

"어떤 개 아들내미가 돌을 던진 게냐?"

쩌렁쩌렁하고 날카로운 노파의 목소리가 들려왔다.

'젠장, 성검아. 성검이가 너한테 불길하다고 했잖아.'

성검은 어정쩡하게 한두 걸음 물러나다가 오른발을 바닥에 쿵 찍었다. 싸우러 온 마당에 상대가 욕을 한다고 달아날 수도 없는 일이었다.

쇄애액—

잠시 후 동굴 안에서 괴이한 바람 소리가 일더니 오 척 단신의 노파하나와 그녀보다 반 뼘가량 큰 소녀가 모습을 드러냈다.

노파는 갈색 덧옷에 빛이 바랜 쪽빛 치마를 입었는데 때가 꼬질꼬질했고, 군데군데 기운 자국이 있었다. 얼굴엔 고지기의 주름이 무색할만큼 골 깊은 주름들이 자리 잡았으며 쥐똥만한 검버섯이 눈 주위에몰려 있었다. 하지만 작은 눈에 박힌 눈동자가 유난히 검고 똘방똘방해서 여전히 총기가 충만해 보였다.

그에 비해 소녀는 동굴 안에만 처박혀 있었는지 살결이 희고 고왔으며 도톰한 입술이 유난히 붉어 눈길을 끌었다.

얼추 열여덟이 되었을까 말까 한 외모인데, 시선을 조금만 아래로 낮춘다면 계산이 달라진다. 몸매가 농익을 대로 농익었다. 붉은색 저고리를 터뜨리기라도 할 것처럼 빵빵하게 솟은 가슴이 혼을 빼놓았고, 평퍼짐한 골반과 잘록한 허리도 환장할 만큼 농염했다.

한 가지 특이한 것은 노파와 소녀 모두 오른쪽 볼에 한 송이 흰 매화가 문신되어져 있다는 점이었다. 매화 가지는 오른쪽 귀 반 치쯤 아래에서부터 턱 선을 따라 늘어져 오른 입술 끝 부분에서 꽃을 틔웠는데, 노파의 것은 좀 시들었고, 소녀의 것은 이슬을 머금은 것처럼 싱싱했다. 똑같은 문신임에도 피부 나이 때문에 그렇게 보였을 뿐이다.

"쿵, 이건 또 뭐야. 방금 전 동굴 안에 돌멩이를 집어 던진 놈이 네놈이냐?"

"당연하지, 할머니. 여기엔 저놈밖에 없잖아. 그런데 너무 잘생겼다."

성검이 잠시 얼떨떨한 표정으로 소녀를 바라보고 있는데 노파와 소녀가 빠르게 지껄이고 재잘댔다.

"음, 하지만 저렇게 생긴 녀석들이 대체로 맹한 구석이 있지."

"할머닌 맹한 애가 좋아, 똑똑한 애가 좋아?"

"그야 부려먹기엔 맹한 게 좋고 말벗 하기엔 똑똑한 놈이 좋지. 초지(招池), 넌 맹한 놈이랑 똑똑한 놈 중 어떤 놈들이 좋으냐?"

"난 그런 거 안 따져. 무조건 잘생긴 놈이 좋아."

"오호호, 데리고 살기엔 그게 좋지."

"아무렴."

지껄이는 노파는 묘한 거부감을 줬지만, 재잘대는 소녀는 귀여웠다.

'음, 잘난 외모로 반은 먹고 들어갔군. 어라? 이게 아니지. 난 몸이 근질거려서 왔으니까 먼저 시비를 걸어야 하지 않을까?'

성검은 잠시 고개를 가우뚱했다.

취봉접이란 이름을 들었을 때만 해도 막연히 색녀를 연상하고 있었는데 노파에게서도 소녀에게서도 그런 기미는 좀체 찾아볼 수 없었다.

"인사 올립니다. 이 말학은 경추봉 무불사 출신의……."

"시끄러워! 누가 너보고 짖으라고 했지?"

"시끄러워! 누가 너보고 짖으라고 했지?"

성검이 포권지례하며 이름을 밝히려고 하는데 노파와 소녀가 눈에 쌍심지를 켜며 냉랭한 음성으로 동시에 말했다.

"난 말 많은 것들은 딱 질색이야."

"나도 그래. 그러니까 넌 꿀 먹은 곰처럼 입을 다물고 있어야 해."

이번엔 노파가 먼저 말했고 소녀가 주석을 달았다.

'이거 이럴 땐 어떡해야 하지? 음, 좀 더 조용히 지켜볼 필요가 있겠군. 그래, 결코 저 할망구랑 계집애가 두려워서 참는 건 아니지.'

성검은 바닥이 파일 만큼 세게 찍었던 오른 발꿈치를 살짝 들었다. 여차하면 달아날 생각 때문은 아니다.

"가만, 그래도 이름은 알아야 하지 않을까?"

"흥! 할머니, 이름 따위는 새로 지으면 돼. 호호, 난 바둑이나 누렁이, 멍멍이 같은 평범한 이름은 질색이니까 멍돌이라고 지으면 좋겠어."

"멍돌이? 오호호, 그 이름은 왠지 촌스럽구나. 아무리 애완용이라지만 좀 더 감각적인 이름이 필요하지 않을까? 가령 낭만 멍멍이나 감자 같은……."

"감자?"

"오호호, 왠지 정감있게 들리지 않느냐? 저렇게 뺀질뺀질하게 생긴 녀석들에겐 그런 소박한 이름이 어울리지."

"호호, 입맛이 도는걸?"

노파와 소녀는 성검을 요모조모 뜯어보며 계속해서 지껄이고 재잘거렸다.

'환장할 노릇이군. 저 푼수 같은 노파와 손녀는 내게서 뭔가를 느끼지 못하는 걸까? 적어도 난 저 노파가 기함할 고수라는 것을 한눈에 알아챘는데… 물론 그래서 이렇게 꿀 먹은 벙어리처럼 입을 다물고 있는 건 아니지만…….'

성검의 귀밑머리에서 땀방울이 또로록 흘러내렸다.

사실, 성검은 첫눈에 고지기가 말한 취봉접이 노파임을 간파했다. 그녀에게 갈무리된 기도는 성검을 긴장시키기에 충분했다.

적어도 성검은 남의 무위를 점치는 덴 탁월한 능력을 가졌다.

마치 박쥐가 미세한 음파로 밤길의 장애물을 식별해 내는 것처럼 성검은 자신이 쏘아 보낸 기가 상대방의 기에 어떻게 반응하느냐로 상대의 내공과 무위를 식별해 낼 수 있었다. 또 하나, 동굴에 돌을 집어 던진 고지기가 뒤도 안 돌아보고 달아난 것도 노파의 무위를 짐작케 하는 부분이었다.

"저……."

"뭐지? 감히 초지일관(初志一貫) 초지의 말을 듬성듬성 듣는 거야? 내가 짖지 말라고 분명히 말했는데 그래도 짖어야겠어?"

기껏 용기를 내서 한마디, 딱 한 마디만 하려고 했을 뿐이다. 그런데 기다렸다는 듯 쏟아져 나오는 소녀의 말에 성검은 또 꿀 먹은 벙어리처럼 눈동자만 굴려야 했다.

하지만 누가 뭐래도 성검은 용의 자식이었다. 결국 할 말은 해야 했다.

"경추봉 무불사 출신의 류성검이 취 여협께 인사 올립니다. 허락도 없이 찾아와 소란을 일으킨 점 너그러이 양해해 주십시오. 일찍이 취 여협의 명성을 듣고 흠모하다가 감히 한 수 가르침을 받고자 실례를 범하게 되었습니다. 참고로, 방금 전 동굴에 돌멩이를 집어 던진 사람은 제가 아니라 같은 봉우리에 터를 잡고 계신 고지기 스님입니다. 혹두 조손께서 평소 고지기 스님과 원한 관계에 있었다 해도 전 아무 상관 없는 사람이니 그 점 간과하지 말아주십시오."

성검은 숨도 제대로 쉬지 않은 채 빠르게 용건을 말했다.

"고지기?"

"흥! 그 늙은이 저번에 부러진 다리가 다 나았나 보네? 또 우리 할머니에게 치근거리는 걸 보면 말이야. 이번엔 아예 거시기도 부러뜨려 놓아야겠어. 호호, 그럼 한동안 잠잠해지겠지. 하지만 그것보단 멍청한 네 녀석 거시기부터 뭉개놔야겠군. 애완용으로 키우려면 말이야. 안 그래요, 할머니?"

초지라는 이름을 가진 소녀가 성검의 양물을 유심히 살피며 배시시 웃었다.

'이거 참으려고 했는데 안 되겠군. 뭘 뭉개놔? 우리 심공 스님 들었으면 까무러치셨겠는걸? 어린 계집애가… 음회회, 하지만 가슴은 정말 빵빵하군. 이런, 지금 내가 무슨 생각을 하고 있는 거지? 어쨌든 여기에서 더 참으면 안 되지.'

성검이 매섭게 초지를 노려보며 빠드득 이를 갈았다.

"어쭈, 네가 지금 이를 갈았냐?"

"음회회, 꼬마야, 네겐 볼일없어. 잠시 동굴에 들어가서 마늘이나 먹지 그러니? 네 할머니와 비무를 겨루게 될 것 같은데 괜히 다치는 수가 있거든."

"뭐, 꼬마? 마늘을 먹으라고?"

갑작스레 바뀐 성검의 태도에 초지가 화들짝 놀라며 되물었다.

"마늘이 싫으면 쑥을 먹던가. 어쨌든 나는 네 할머니에게 한 수 가르침을 받을 생각이니까 그만 들어가 있어."

성검은 단호하게 말한 후 노파에게 다시 포권했다.

"부디 이 말학의 청을 거절하지 말아주십시오."

"오호호, 이젠 별 애송이가 다 나타나서 나를 즐겁게 하는군. 그나저나 네가 일찍이 내 명성을 듣고 나를 흠모해 왔다 했더냐?"

"예? 음회회, 예, 워낙 고명한 외호인지라……."

"참 이상하구나? 강호에 나를 기억하는 이가 적고, 그나마 취봉접이라는 외호는 근래에 나 스스로 지은 것이라 아는 이가 거의 없는데… 오호, 고지기라는 그놈의 땡중은 알고 있었지? 그럼 취봉접이라는 외호도 분명 그 땡중 놈에게 들은 거겠구나? 일찍이 내 명성을 들어왔다는 것은 거짓말이겠고……."

"예에? 그것이 저… 헤헤."

'젠장할! 약발이 잘 안 듣는군.'

성검은 말끝을 흐리며 어색하게 웃었다.

"오호호, 어쨌거나 내게 비무를 청하다니 그 용기는 참 가상하구나. 그래, 잘되었다. 어차피 애완 동물을 키울 땐 제일 먼저 매로 다스려야 하니까. 하지만 너 같은 젖비린내 나는 녀석과 겨룬다면 취봉접의 체면이 깎이겠지?"

취봉접이 주름 잡힌 얼굴을 활짝 펴며 웃었다.

"뭐 솔직히 난 취봉접이란 외호는 처음입니다. 그러니 체면이 깎일지 어떨지는 알 수 없는 일이지요."

"오호호, 모르면 용감해지는 법이지. 안 그러냐, 이 문둥이 같은 늙은이야?"

취봉접이 갑자기 웃음을 거두며 버럭 소리를 내질렀다.

"푸헤헤, 내가 숨어 있는 것을 알았더냐?"

약 삼 장가량 떨어진 바위 뒤에서 고지기가 고개를 쏙 내밀며 말했다. 일단 달아났다가 은밀하게 돌아온 것이다.

"노스님!"

"애야, 겁먹을 것 없느니라. 뭐, 굳이 단계를 나누자면 저 늙은 여우는 사선정의 삼선정에 준하는 실력이고, 초지란 계집은 초지일관 하수이니라. 그러니 초지를 꺾는다면 네 실력은 세제일법(世第一法)의 단계를 넘어섰다고 보아야겠지. 즉, 사가행의 끝인 무간정에 이르렀거나 초선정 즈음에 달했다 할 것이야. 거기에 취봉접을 꺾으면 현 강호에서 열 손가락 안에 드는 고수라 할 수 있다. 그러니 한번 붙어보거라. 넌 네 실력에 대해 끊임없이 궁금증을 가져왔지 않느냐. 푸헤헤헤."

고지기는 여전히 바위 뒤에 숨어서 실실 웃기만 했다.

"그래, 아무래도 이놈이 네 제자인 모양인데, 오늘 네놈 제자가 어떻게 으깨지는지 보게 해주마. 오호호호!"

취봉접이 안광을 폭사시키며 성검을 노려보았다. 이제까지와는 달리 살기가 그녀의 온몸을 휘돌고 있었다.

3

"죽어랏!"

취봉접이 쏜살같이 성검을 향해 쏟아져 들어왔다. 일단 마음이 정해지자 조금의 거리낌도 없이 살수를 펼치기 시작한 것이다.

"할멈, 조금 더 대화를 나누는 것이… 헙!"

미처 말을 끝맺을 여유도 없었다.

성검은 빠르게 허리를 휘돌려 좌측으로 회전하며 허리에 감긴 연검을 풀었다.

쇄애액―

취봉접의 좌수와 성검의 연검이 섬뜩한 파공성을 일으키며 아슬아슬하게 빗겨갔다.

'젠장, 마음만 독하게 먹었어도 벨 수 있었는데… 그나저나 별것 아니군. 속도도 그렇고 초식도 그렇고… 어엇!'

성검은 취봉접이 상처를 입을 것 같아 연검을 거두었던 것인데, 그것을 아는지 모르는지 취봉접의 우수가 다시 복부를 노리며 빠르게 파고들고 있었다.

'이 할멈이 정말!'

다급히 이삼 장 물러서던 성검은 가볍게 연검을 회전시켜 취봉접의 공격을 막으려 했다. 하지만 취봉접의 쌍수가 교묘히 교차하며 어느새 가슴에 꽂히고 있었다.

'젠장, 어쩔 수 없군!'

성검은 허리를 뒤로 눕힌 채 아래에서 위로 대각선을 그으며 연검을 휘둘렀다. 취봉접이 피하지 않는다면 검상을 입을 수밖에 없는 상황이다. 그런데 뜻밖의 일이 벌어졌다.

"헛―"

현란하게 솟구치던 연검이 무엇인가에 차단된 느낌.

퍽!

취봉접의 좌수가 정확히 성검의 가슴을 가격했다. 그 충격에 성검은 연검을 놓치며 이 장가량 나가떨어졌다. 그나마도 가슴을 가격당하는 순간 두 발로 바닥을 팅기며 몸을 뒤로 눕힌 덕분에 충격을 최소화할 수 있었다.

"크허업—"

바닥에 나동그라졌던 성검이 가슴을 어루만지며 상체를 일으켜 세웠다.

놀랍게도 연검은 취봉접의 오른 검지와 중지 사이에 끼워져 있었다. 그녀가 단 두 손가락으로 연검을 낚아챈 것이다. 기함할 일이었다.

"쯧쯧, 이 한심한 녀석아. 전력을 다해 상대해도 저 할망구를 당할까 말까 한 상황인데 손속에 사정을 두고 있느냐? 취봉접의 원래 외호가 뭐였는지 아느냐? 흡혈소란(吸血笑蘭)이었느니라. 아무리 문외한이라도 그 악명은 들어보았겠지?"

"……."

성검의 눈빛이 흔들렸다. 그 역시 흡혈소란에 대해 익히 들어 알고 있었다.

흡혈소란.

전전대 기인으로 마교에 소속된 인물이라는 풍문도 있지만, 정확히는 소속된 문파 없이 독행강호하던 여걸이다. 천검궁이 강호를 일통한 이후에도 십여 년간 더 활동하며 기행을 일삼았지만 육십 년 전쯤 홀연히 자취를 감춘 것으로 알려졌다.

그녀에 대한 일화 중 유명한 것은 곤륜파와의 건곤일척(乾坤一擲)!

그러니까 구십 년 전, 나이 서른을 갓 넘긴 시절에 그녀는 곤륜파의 장문인 일절천하(一切天下) 구룡휘(具龍輝)에게 첫눈에 반해 버렸다. 그런데 아무리 추파를 던져도 구룡휘는 냉담하게 반응했을 뿐이다.

그는 의협심이 강한 데다 여색에 관심을 두지 않았던 영웅. 어느 모로 보나 흡혈소란과는 어울리지 않는 이였다. 하지만 그것은 어디까지나 구룡휘의 입장이고 흡혈소란은 달랐다. 그녀는 무엇이든 마음먹은 것은 하고야 마는 성격이었다. 구룡휘의 계속되는 냉대에 지친 소란은 결국 힘으로 구룡휘를 굴복시키기로 하고 도전장을 냈다.

그런데 구룡휘는 그녀의 도전조차 무시한 채 약속 장소에 나가지 않았다. 화가 난 흡혈소란은 단신으로 곤륜도장에 쳐들어가 문지기부터 하나하나 거꾸러뜨리기 시작했다. 곤륜 제자들은 대부분 어디 한 군데가 부러진 채 바닥을 나뒹굴었고, 그렇게 소란이 일어나고 난 후에야 결국 구룡휘가 모습을 드러냈다.

당시만 해도 구룡휘의 명성은 강호 전체를 울렸다. 곤륜파의 절기인 태허도룡검(太虛屠龍劍)을 십성까지 달성한 것은 물론, 곤륜파가 배출한 역대 인물 중 제일인자로 꼽혔다. 또한 정파무림의 백미(白眉)로 칭송받고 있었다.

그런 그가 일개 여인을 상대로 검을 뽑는다는 것 자체가 체면을 구기는 일이었으나 상대가 워낙 막무가내로 나오니 어쩔 수 없었다. 검을 드는 수밖에.

구룡휘는 제자들을 물린 채 흡혈소란을 데리고 곤륜산 정상으로 올라가 그녀와 비무를 겨루기 시작했다. 처음엔 그저 계집에게 검을 겨누었다는 소문이 퍼져 나가는 것이 두려워 조용한 장소를 택한 것이었으나 시간이 지나며 사정이 바뀌었다. 흡혈소란의 실력이 예상보다 훨씬 뛰어났기 때문이다.

두 사람의 팽팽한 비무는 하루가 지나고, 이틀이 가도록 이어졌다. 결국 비무는 사흘째 되던 날 끝이 났는데 그 결과에 대해선 아직 밝혀진 바가 없다.

다만, 곤륜도장으로 돌아온 구룡휘는 이후 연공실에 틀어박혀 두문불출했고 평생 여색을 멀리했다. 아니, 여자 이야기만 들어도 치를 떨었다.

한편, 비무가 끝나던 날 자취를 감춘 흡혈소란은 근 오 년 동안 강호에 모습을 드러내지 않았다. 그러자 곤륜 제자들은 자신들이 보지도 못한 곤륜산의 비무를 건곤일척에 비유하며 결국 구룡휘가 이긴 것이라 소문을 내고 다녔다. 흡혈소란이 비무에서 큰 부상을 입어 강호를 떠났다고 믿었기 때문이다.

그런데 오 년쯤 시간이 흐른 뒤부턴 그 말이 쏙 들어갔다. 흡혈소란이 강호에 다시 모습을 드러냈기 때문이다. 그것도 다섯 살쯤 된 계집아이와 함께……. 문제는 그 아이가 아무리 뜯어보아도 곤륜파의 장문인 구룡휘를 빼다 박았다는 소문이 강호에 나돌기 시작했다는 점이다.

'젠장, 진작 흡혈소란이라고 얘기를 했어야지.'

성검은 온몸에서 힘이 쭉 빠져나가는 느낌이었다.

흡혈소란이라면 전전대 강호의 구룡이봉(九龍二鳳) 중 하나로 손꼽히는 인물이었고, 그것은 곧 절정고수를 의미했다. 더욱이 그녀의 손속은 잔혹하기로 정평이 나 있었다. 오죽하면 란(蘭)이란 별호 앞에 흡혈소(吸血笑)라는 끔찍한 수식어가 붙었을까.

실제로 흡혈소란은 사람의 피를 빨아 먹는다던가 하지는 않았다. 다만 피 보기를 즐겼고, 그를 상대한 사람들이 모두 불구가 되거나 처절하게 죽은 까닭에 그런 외호가 붙었을 뿐이다.

"오호호호! 아가야, 떨 것 없다. 이 늙은이가 너 같은 애송이를 죽여서 무엇에 쓰겠느냐? 다만, 애완용으로 키우자면 달아나지 못하게 발목을 잘라 버릴 필요는 있겠지? 어차피 우리는 시건방지게 두 발로 걷는 것들보다는 네 발 짐승을 더 좋아하니까. 오호호호!"

"……."

성검의 상의가 축축하게 땀에 젖어들고 있었다.

"노스님, 제 실력으론 무리인 듯합니다. 아무래도 저는 삼선정의 단계까지는 다다르지 못한 것 같군요. 이제 초지라는 저 하수를 상대로 무간정에는 닿았는지 확인할 테니까 흡혈 노선배는 노스님이 상대해 주시지요."

성검이 어정쩡하게 한두 걸음 물러서며 고지기에게 애절한 눈빛을 보냈다.

"푸헤헤, 싫다. 나는 남은 인생 조용히 수도에 전념하며 살 생각이니라. 네 녀석이 원한 일이니 스스로 책임져야지. 그게 사내들이 사는 방식 아니더냐?"

고지기는 바위 뒤에서 꼼짝도 하지 않은 채 대답했다.

'미치겠군. 하지만 사내들이 사는 방식이라… 일리는 있군. 그래, 죽기 아니면 까무러치기 아니겠어? 한번 붙어봐?'

성검은 단전으로부터 공력을 끌어올렸다.

그의 짙은 두 눈썹이 역팔자(易八字)를 그렸고 입술은 굳게 다물어졌다. 어차피 강(强)이라는 하나의 욕구를 충족시키기 위해 무불사를 뛰쳐나왔다. 어찌 보면 지금과 같은 상황이야말로 그 자신을 단련시킬 수 있는 좋은 기회다.

두두두둑!

온몸을 휘도는 기와는 별도로, 성검의 우람한 근육이 이완되어 있던 뼈마디를 조이며 꿈틀거리기 시작했다. 실력으로 안 된다면 팔팔한 청춘과 오기로 승부하는 수밖에 없다. 성검은 그렇게 생각하며 일권을 내지를 채비를 했다.

하지만 뜻하지 않은 일이 벌어졌다.

"뭐야? 흥! 너 지금 뭐라고 했지? 내가 하수라고?"

이제껏 생글생글 웃으며 싸움을 지켜보던 초지가 취봉접을 지나쳐 성검 앞으로 나서며 앙칼지게 소리쳤다.

'이건 또 뭐야. 이렇게 되면 내가 너무 고맙지.'

단호하게 굳어졌던 성검의 눈 주위 근육이 풀렸다.

'그래, 하수들은 원래 물불을 안 가리게 마련이지. 조금만 더 자극하면 옷까지 홀랑 벗고 덤비겠는걸?'

성검의 입가에 살짝 미소가 걸렸다.

"어쭈, 웃어? 네가 지금 초지일관 초지를 물로 보는 거야?"

"음회회회, 꼬마야. 난 네 할머니를 상대해야 하니까 넌 저기 구석에 가서 서 있어. 튕겨 나간 강기에 맞기라도 하면 통구이가 될지도 모르거든?"

성검은 초지를 자극하기 위해 일부러 그녀를 깔아뭉갰다. 그리고 그 의도는 적중했다.

"으아아악! 정말 미치겠네? 할머니, 아무래도 저 곰 같은 녀석은 초지가 손을 봐야겠어. 할머닌 구경만 해."

초지가 저고리 고름을 풀어헤치며 냉랭하게 말했다.

'음회회, 저럴 줄 알았다니까. 원래 가슴 큰 계집애들은 성질이 더럽지. 옷까지 벗을 건 없는데 말이야. 물론 고맙긴……'

말아 올려지던 성검의 입꼬리가 잠시 굳어졌다. 저고리를 벗은 초지의 속옷 위에 몇 겹으로 휘감겨진 쇠사슬이 모습을 드러냈기 때문이다. 쇠사슬은 그녀의 가슴 위에 집중적으로 둘둘 말아져 있었다.

'저 계집애 변태 아냐?'

성검은 이마를 찡그리며 떨떠름한 표정을 지었다. 뭔가 심상치 않은 일이 벌어질 것 같은 예감.

"넌 정말 제대로 걸렸어."

초지가 빠도독, 이를 갈며 쏘아붙인 후 쇠사슬의 한끝을 잡고 빠르게 몸을 회전시켰다.

휘리리릭―

"……."

"흥! 뭘 그렇게 넋을 잃고 보지?"

"쩝! 속을 뻔했군."

성검은 적나라하게 드러난 초지의 빈약한 가슴을 보며 한편으론 섭섭한 마음이 일었다. 이왕이면 빵빵한 게 좋은데.

"눈 깔아! 그런 느끼한 시선 기분 나빠!"

"음회회, 아미타불! 나는 전직 불제자였으니까 그런 소리 하지 마. 지금은 그저 색즉시공(色卽是空)이란 말씀을 새삼 되새기고 있을 뿐이야. 그나저나 넌 무척 빈약하구나. 일반적인 여자들 가슴이 보름달이라면 넌 그믐달이지. 누가 그믐달을 느끼한 시선으로 보겠니. 안됐어. 쩝!"

"……."

초지의 쇠사슬이 바르르 떨렸다.

"죽어라, 나쁜 놈!"

촤아악―

오뉴월 서릿발보다 냉랭한 파공성과 함께 일곱 자 길이의 쇠사슬이 성검을 향해 휘둘러졌다.

"어딜!"

성검은 금리도천파(金鯉倒千波)의 수법으로 가볍게 쇠사슬을 피하며 곧장 초지의 측면으로 파고들어 갔다. 단 일 격으로 끝내도 될 만큼 허술한 상대다.

하지만 성검의 주먹이 초지의 옆구리로 쏘아지기 직전, 일직선으로 뻗어 나갔던 쇠사슬이 물결처럼 휘어지며 성검의 목을 휘감아왔다.

"헛—"

성검은 다급히 좌각으로 바닥을 찍으며 급정지한 후 허리를 휘돌려 쇠사슬을 피했다. 그리고 그 반동을 이용해 곧장 허공으로 비상했다.

쇄애액—

이 장여 높이에서 성검이 연달아 주먹을 내질렀다. 예리한 파공성을 내며 권풍이 쏘아져 나갔고 그것은 정확히 초지의 왼쪽 어깨에 적중했다.

퍼퍼퍽!

"흐아앗—"

초지는 날카로운 비명성을 토해내며 서너 걸음 뒤로 밀려가다가 결국 바닥에 나자빠졌다. 탈골이라도 된 것인지, 부어오른 어깨가 등 쪽으로 꺾여 있었다.

"음회회회! 네 쇠사슬은 저 용문협의 물살처럼 거칠고 도도했어. 하지만 내가 펼친 금리도천파는 가히 파도라도 가를 만큼 멋진 위용을 지녔지. 거기에 사성 공력을 실은 용화권(龍華拳)까지 가세했으니 그야말로 불패의 무위였다고 할 수 있지. 용문의 전설에, 그 물살을 거스른

잉어는 용이 된다지? 음회회, 바로 나 같은 사람을 비유한 게 아닌가 싶군."

초지 앞에 내려선 성검이 흐트러진 머리칼을 쓸어 올리며 한 자 한 자 힘주어 말했다.

특히 '금리도천파'와 '사성 공력'이라는 부분은 독특한 억양으로 처리해 강조점을 찍었다. 금리도천파란 엄청난 파도를 거슬러 오르는 금잉어의 몸놀림을 형상화한 경신법으로, 몸을 뒤틀어 그 탄력을 이용함으로써 빠르게 이동하는 것을 특징으로 삼는다. 자연히 등용문(登龍門)의 어원이 되는 용문협의 전설을 떠올리게 한다. 또한 사성 공력을 강조한 이유는 자신이 손속에 사정을 두었다는 점을 자랑하기 위해서였다.

성검은 원래 잘난 척하는 것을 좋아하지 않는 성격이지만, 예쁜 여자 앞에서라면 사정이 달라진다. 굳이 색승 심공의 영향을 받았다기보다는 타고난 천성이었다.

"이런 말도 안 되는… 어, 이게 뭐야? 으, 으아아앙—"

성검을 노려보며 으르렁거리던 초지가 갑자기 울음을 터뜨렸다. 뭔가 말하려던 순간 또로록 쌍코피가 터져 버렸기 때문이다.

"초지야! 이, 이, 이런!"

얼빠진 표정으로 성검과 초지를 번갈아 쳐다보던 취봉접의 표정이 차갑게 굳어지더니 이내 두 눈에서 뚝뚝 살기를 떨구기 시작했다.

'젠장, 너무 설쳤나? 가슴만 빈약한 줄 알았더니 체력도 형편없는 계집애군. 그깟 공격에 쌍코피까지 터뜨릴 건 뭐야.'

성검은 어정쩡한 자세로 취봉접과 고지기를 번갈아 쳐다보았다. 취봉접과는 이미 한차례 손을 섞어본 만큼 자신의 상대가 아니란 것을 절감하고 있었다. 그런데 뜻하지 않게 그녀의 화를 돋우어놓았으니 상황이 오히려 악화된 것이다. 고지기가 도와주지 않는다면 목숨을 부지하기 힘든 상황이었다.

"이놈! 아무래도 발목만으론 안 되겠구나. 우선 그 잘난 혀를 뽑아버린 후, 배를 가르고 내장을 하나하나 꺼내 씹으며 고통에 몸부림치는 모습을 지켜보마. 그리고 천천히 찢어발겨 육시(戮屍)를 해주지. 오호호호! 고지기, 다음은 네놈 차례니 즐겁게 구경하고 있거라. 감히 우리 초지를 건드려?"

취봉접이 긴 손가락을 늘어뜨린 채 쌍수에 공력을 끌어모으며 씹어뱉듯 말했다.

"젠장. 성검아, 달아나거라. 멸마열천장(滅魔裂天掌)이다!"

이제껏 바위 뒤에 숨어 느긋하게 싸움을 지켜보던 고지기가 큰 소리로 외치며 달아나기 시작했다.

"네 이놈, 고지기!"

취봉접이 노호성을 터뜨리며 달아나는 고지기를 향해 손바람을 내뿜었다.

콰콰콰콰쾅!

부풀어 오른 취봉접의 소맷자락에서 강한 장력이 쏘아져 나갔고, 그것에 정통으로 격타당한 바위와 땅이 굉음을 내며 폭사해 사방으로 비산했다.

하지만 고지기는 가끔씩 뒤를 돌아보며 쏜살같이 봉우리 아래로 신형을 날리고 있을 뿐이다.

콰콰콰쾅—

고지기는 이미 사라져 버렸으나 노할 대로 노한 취봉접은 한동안 더 장력을 쏘아댔다. 아름드리 나무가 뿌리째 뽑혀 나갔고 바위란 바위가 모두 깨져 비탈로 쏟아져 내렸다. 그리고 잠시 후.

"아니, 이 쥐새끼 같은 녀석이 어느새 사라진 것이지?"

취봉접이 두 눈을 휘둥그렇게 뜬 채 주위를 둘러보았다.

방금 전 성검이 서 있던 자리엔 이제 그녀의 손속에 바르르 떨고 있는 들꽃 몇 송이만이 남았을 뿐이다.

"으으으으! 두고 보자, 이놈들. 내 기필코 네놈들을 처절하게 찢어발겨 주마!"

취봉접의 두 눈에서 불똥이 뚝뚝 떨어져 내렸다.

제8장

고지기의 인생을 바꾼 한 권의 책

"푸헤헤, 다른 건 몰라도 경공술 하나는 정말 일품이구나. 어떻게 나보다 더 빨리 여기까지 도망쳐 올 수 있었던 게냐? 푸헤헤."

민망한 표정을 짓고 있던 고지기가 두 손으로 얼굴을 쓸어 내리며 얼버무렸다.

"음회회회, 노스님, 궁금한 게 몇 가지 있습니다."

성검이 고지기에게 담담한 시선을 보냈다. 지난 일 따위는 묻어두자는 듯한 표정.

"흐흠, 역시 통이 큰 녀석이군. 그래, 무엇이 궁금하냐?"

"우선, 어쩌다 소림사에서 쫓겨나신 건지 궁금합니다. 사실 오래전부터 궁금했습니다. 여초 스님에게 듣기론 파계를 하셨다던데……."

"푸헤헤, 파계를 하기는 했으나 쫓겨난 것은 아니다. 당시 내 나이 아흔아홉이었으니 정확히 이십 년 전이 되는구나. 장경각에서 소림 무학의 바닥까지 박박 훑어낸 나는 이제 강호에 나가 소림사의 위명을 진동시킬 생각이었다. 그런데 막상 장경각을 나와보니 이미 강호는 천검궁의 천하가 되어 있더구나. 더욱이 참을 수 없는 것은 소림사가 천검궁의 개로 전락했다는 점이었다. 환장할 일이었지. 내 인생의 목표가 사라진 기분이었으니까. 화가 난 나는 당장 소림 방장 혜죽(慧竹)을 만나 천검궁과 일전을 벌이자고 윽박질렀다. 하지만 소용없는 일이었다. 소림사는 이미 정파무림을 배신한 채 천검궁이 주는 콩고물이나 얻어먹자고 덤벼들고 있었거든. 돌아가기엔 너무 늦었던 게지. 결국 화가 난 나는 혜죽을 한 주먹에 때려눕혔다. 그리고도 성이 덜 풀려 소림사 본당에서 일주문(一柱門)을 나설 때까지 눈에 띄는 모든 동종과 사천왕상 따위의 기물들을 때려부쉈지."

고지기는 당시의 화가 아직까지 풀리지 않았다는 듯 주먹을 불끈 쥐고 침을 튀겨가며 말했다.

"하지만 방장을 때리고 기물 좀 부쉈기로서니 원로라 할 수 있는 노스님을 내쳤단 말입니까. 그냥 참회동에 가두고 밥이나 굶기면 될 것을……."

"쩝! 그놈 참, 쫓겨난 게 아니라 내 발로 걸어나왔다는데도 자꾸 그러는구나. 뭐 물론 그게 다는 아니다. 나는 너무 화가 나서 숭산 초입에 있는 객잔에서 술이란 걸 마시고 말았다."

"으음, 술 좀 마신 걸 가지고……."

"푸헤헤, 좀 더 들어보려무나. 술이 뭔지도 모른 채 살아오다 난생처음 술을 마셨으니 어땠겠느냐. 머리가 빙빙 돌았지. 하지만 자꾸 마시다 보니 기분은 좋아지더구나. 푸헤헤, 사람이 술을 마시면 실수를 하게 된다는 걸 난 그때까지도 알지 못했지. 그래서 결국, 계집까지 품고 말았다. 아 글쎄, 술까지 취한 상태에서 벌거벗다시피 한 계집이 무작정 덤벼드는데 뭐 별수있었겠느냐."

"아니, 객잔에서 어떤 미친 여자가 술 취한 늙은 중에게 벌거벗고 덤벼든단 말씀입니까?"

성검이 얼마간 의심스러운 눈길을 보냈다.

"푸헤헤, 글쎄 그것이, 난 객잔인 줄 알고 들어갔는데 나중에 보니 그게 기루라는 곳이더구나. 한평생 절간에만 묻혀 살다 보니 세상 물정에 어두워서……."

"음, 폭행에 기물 파손, 음주에 계집질까지… 확실히 파계를 하셨군요. 그렇다고는 해도 노스님 같은 인재를 그대로 방치하다니……."

"저, 그게 다가 아니었느니라."

고지기가 머리를 긁적거리며 배시시 웃었다.

"예? 아직도 남았습니까."

"푸헤헤, 아 글쎄, 실컷 즐기다… 아니, 계집에게 당하다 보니 아차 싶더구나. 홧김에 뛰쳐나오긴 했지만 내가 소림사 말고 갈 곳이 어디 있겠느냐. 그래서 비틀거리는 몸을 추슬러 기루를 빠져나오는데 웬 강도 녀석이 나타나 대뜸 돈을 내놓으라지 않느냐. 가뜩이나 기분도 꿀꿀하던 차에 놈의 버릇을 고쳐 주려고 일권을 내질렀는데 그 허약한 놈이 즉사하고 말았다. 쩝! 일이 꼬이려니 그렇게 꼬이더구나."

"어련하시겠습니까. 팔십 년 가까이 무공만 여마하신 노스님 주먹이었는데… 혹시 아예 죽이려 작정을 하고 주먹을 날리신 게 아니었습니까?"

"아, 아니다, 이놈. 정말 강도인 줄 알고……."

"예? 강도인 줄 알았다니요. 그럼 강도가 아니었단 말입니까?"

성검은 대충 짐작이 간다는 듯 고개를 저으며 고지기를 빤히 쳐다보았다.

"푸헤헤, 절간 생활만 하다 보니… 술도 취했고……."

"계집도 품었으니 정신이 없으셨겠지요. 그래, 나중에 알고 보니 돈 달라고 떼쓴 놈이 기루 주인이었지요?"

"어떻게 알았느냐? 그놈 참 신통방통하구나."

"음회회회, 관부에 잡혀가 감옥에 갇히거나 참수당하셨어야 할 분이 용케 이곳에 숨어 지내셨군요. 그나마 소림사 중놈들이 의리가 있어서 스님을 숨겨준 것이구요."

"푸헤헤, 뭐 의리라기보다는 선배에 대한 예우로서……."

고지기는 어느새 평소의 자세로 돌아가 가부좌를 튼 채 발가락을 만지작거리고 있었다. 자신의 정체를 까발리고 난 후 얼마간 마음이 편해진 것 같기도 했다.

"노스님, 또 하나 여쭙겠습니다. 원래는 먼저 여쭙고 싶은 게 있지만 워낙 민감한 문제라 나중으로 미루도록 하지요."

"에, 뭐 이 나이가 되면 모든 게 덤덤해지는데 굳이 미룰 것까지야… 그래, 어쨌거나 두 번째 질문은 무엇이냐?"

"예. 도대체 취봉접과는 어떤 사이십니까? 노스님께 상당히 안 좋은 감정을 가지고 있는 듯하던데요."

"에히히, 그거야 뭐 한 봉우리에 살다 보니 친하게 된 거고, 친하게 지내다 보니 격의없이 행동하는 것뿐이지. 서로 늙어가는 처지에 사이가 안 좋을 게 뭐 있겠느냐. 다만……."

"그럴 줄 알았습니다. 다만 뭡니까?"

고지기의 어정쩡한 태도에 성검이 끌끌 혀를 차며 물었다.

"취봉접이 한때 사모했던 곤륜파의 장문인 구룡휘가 죽은 지 어언 육십 년이 지났다. 육십 년 동안 수절하자면 얼마나 외로웠겠느냐, 그렇지?"

"그럴 수도 있겠지요. 하지만 노스님이 신경 쓸 문제는 아닌 듯합니다."

"푸헤헤, 그거야 사람에 따라 다르지. 한평생 불법을 공부한 나는 어여쁜 중생들의 번뇌를 그냥 보아 넘기지 못하는 성격이다. 그래서 그런 짓을… 아니, 그런 사소한 실수를 하고 말았지. 쩝!"

"덮치셨습니까?"

성검은 이번에도 대충 이해가 간다는 듯 혀를 차며 짧게 물었다.

"그놈 참 점쟁이 산통(算筒)을 삶아 먹었나, 어쩌면 그렇게 용하냐?"

"정말 대단하십니다. 노스님이 이 봉우리로 숨어든 나이가 아흔아홉이었지요?"

"뭐 살인을… 아니, 실수를 하고 곧장 이리로 달아났으니 그쯤 되겠지. 헤헤, 네놈은 굳이 무공을 연마하지 않아도 굶어 죽지는 않겠구나. 산통 하나 들고 길거리에 나앉아 점이나 치면 될 테니 말이다."

"말씀 돌리지 마십시오. 그나저나, 음회회, 그 연세에도 마음이 동하시던가요?"

진지하던 얼굴에 짓궂은 미소가 어렸다.

"푸헤헤, 그놈 늙은 것도 서러운데 너무 그러지 말거라. 취봉접과 하룻밤 회포만 풀 수 있다면 죽어도 좋아."

"음, 어쨌든 실패하셨다는 말씀이군요. 취 노선배의 저항이 강했나봅니다?"

"쩝! 그랬느니라. 쭈글탱이 할망구가 비싸게 놀더구나. 하마터면 사내 구실 못할 뻔했느니라. 어쩌나 드세던지."

고지기가 긴 한숨을 내쉬며 다시 발가락을 만지작거렸다.

"음, 자연스럽게 다음 질문으로 이어지게 되었군요. 아까 말씀드렸던 민감한 사안이 바로 지금 드리려는 질문입니다. 괜찮겠습니까?"

"푸헤헤, 그놈 신경 쓰지 말라니까 그러는구나. 나이 육십이면 귀가 순해진다는데 지금 내 나이는 거의 육십의 두 곱이니라. 그러니 네놈이 설령 내 욕을 한다고 해도 아마 아무런 분노도 치밀어 오르지 않을 것이다. 부담 갖지 말고 말해 보거라."

"예, 그럼."

성검은 잠시 말끝을 흐리다가 이내 침착한 음성으로 입을 열었다.

"공자께서 자하에게 이르길, 여위군자유(女爲君子儒) 무위소인유(無爲小人儒), 즉 '너는 소인배가 되지 말고, 대장부의 기개를 지닌 군자가 되라'고 하셨습니다. 다르게는, '너는 소인배를 기르는 스승이 되지 말고 군자를 키워내는 참스승이 되라'고 해석하는 사람들도 있지요."

"끄응, 좋은 말이구나. 그런데 그게 어쨌다는 게냐?"

고지기가 머리를 갸우뚱하며 물었다.

"전 노스님을 뵙는 순간 노스님이야말로 저에게 제대로 된 가르침을 주실 참스승이 되리라 믿었습니다. 하지만 한동안 함께 생활하는 사이 왠지 제가 소인배가 되어가고 있다는 생각을 떨칠 수가 없습니다. 더욱 의심스러운 것은 노스님의 무공 수위가 결코 여초 스님에게 들은 만큼 고강할 것 같지 않다는 점입니다."

"……."

고지기의 주름 잡힌 이마에 조금씩 땀이 고이기 시작했다.

"경공술도 그렇고 은근히 감지되는 기도도 그렇고 초절정의 고수인 듯하지만, 좀 더 주위 깊게 살펴보면 어딘가 냄새가 납니다. 빈틈이 너무 많이 보인다고나 할까?"

"그, 그것은……."

"결정적으로 방금 전 취 노선배와 겨루다가 제가 도움을 청했을 때, 전 미세하게 떨리고 있는 노스님의 눈빛을 보았습니다. 전형적인 약자의 눈빛이었지요. 무척 당혹스런 순간이었습니다."

"그, 그러니까 그게……."

"물론 연로하시니 기력이 쇠해지신 것일 수도 있겠지요. 하지만 노스님처럼 절정고수의 반열에 올랐던 분이 그깟 연세 좀 드셨다고 갑자기 힘이 떨어지는 것은 있을 수 없는 일입니다."

성검은 고지기에게 말할 틈을 주지 않은 채 이야기를 이어갔다.

"과거 전 무학에 관련된 서적을 읽다가 무공의 퇴행에 관계된 것들을 읽게 되었지요. 거기엔 몇 가지 경우가 있는데, 첫째는 노화(老化), 둘째는 태만(怠慢), 셋째는 주화입마(走火入魔) 따위로 인한 부작용, 넷째는 기존의 사상과 체계에서 벗어난 탈화(脫化)에 의해서라고 합니다."

'탈화(脫化)'란 말에 강조점을 찍은 성검이 묘한 눈으로 고지기를 바라보았다.

사실 성검은 고지기와 동거하며 점차 이상한 기운을 감지하게 되었다. 평생을 절간에서 보낸 스님치고는 지나치게 사이(邪異)한 기도를 지녔고, 혈색의 변화가 심해 마치 열병을 앓는 사람처럼 보였다.

결정적으로 성검이 고지기를 의심하게 된 것은 이틀 전 밤에 목격한 괴이한 장면 때문이었다. 한밤중에 갈증을 느낀 성검이 자리끼를 마시기 위해 몸을 일으키는데 동굴 입구에서 시커먼 그림자가 빠져나가는 게 눈에 띄었다. 돌아보니 고지기가 자고 있어야 할 자리가 텅 비어 있었다. 성검은 '저 인간이 혼자 뭘 먹으러 가나' 하는 생각에 은밀히 그를 따랐다.

약 십여 리를 빠르게 내달리던 고지기가 닿은 곳은 소림사에서 멀지 않은 공동묘지였다. 소림사에서 불자들을 위해 묘지로 내준 땅이다.

평소 불심이 깊고 시주도 잘하지만 막상 장례는 불교식 화장이 아니라 매장(埋葬)을 원하는 불자들이 많다. 그러다 보니 소림사에선 그들을 따로 관리하기 위해 공동묘지를 만들어주고, 사십구재니 천도재니 이러저러한 의례로 돈을 긁는 것이다.

어쨌거나 공동묘지에 닿은 고지기는 한동안 그곳을 배회하다가 보름달 아래로 드러난 묘지 앞에 멈춰 서더니 그대로 가부좌를 틀고 뭔가 구시렁거리기 시작했다. 웅얼거림에 가까운 소리라 성검도 처음엔 고지기가 무엇을 하는지 알지 못했지만 곧 그것이 어떤 종류의 진언임을 알게 되었다.

반 각 정도의 시간이 흘렀을까, 갑자기 고지기 주위로 푸르스름한 기류가 형성되더니 곧 그의 몸을 완전히 에워쌌다. 지켜보는 성검은 모골이 송연해졌다. 아무리 보아도 사술(邪術)이 분명했다.

얼마의 시간이 더 흘렀을까. 고지기의 두 눈에서 청백색의 신광이 줄기줄기 뻗어나 허공으로 그물처럼 뻗어갔다. 더욱 놀라운 것은 이제껏 고요히 달빛을 받고 있던 무덤이 일렁이기 시작했고, 그 안에서 뼈가 반쯤 드러난 팔 하나가 불쑥 튀어나왔다는 점이다.

성검은 기겁을 하며 소리를 내지를 뻔했으나 곧 냉정을 되찾았다.

좀 더 지켜볼 필요가 있었던 것이다.

잠시 후, 무덤을 비집고 나온 송장이 천천히 고지기를 향해 다가갔다. 썩어 문드러진 살점이 백골 위에 덕지덕지 붙은 꼴이 묻힌 지 보름가량 지난 송장이 분명했다. 자잘한 핏줄들에 엉킨 왼쪽 눈알은 눈두덩을 벗어나 볼에 걸쳐 있고 벌어진 입에선 예닐곱 마리의 구더기가 꿈틀거렸다.

고지기의 진언이 점차 제 형체를 드러낸 것은 그 순간이었다.

"옴 바야탁나라샤폭. 옴 바야탁나라샤폭. 옴 바야탁나라……."

마치 수십 명의 무리가 빙 둘러앉아 똑같은 주문을 외는 듯한 착각이 일 정도로 고지기의 입에서 나온 진언은 묘지 전체로 공명했다.

진언이 계속되자, 이제껏 멀쩡했던 성검의 정신이 가물가물해지기 시작했다. 속이 뒤틀리고 머리는 작은 망치로 계속 두드려 맞는 것처럼 아찔했다. 밤하늘이 빙빙 돌고 땅이 불쑥불쑥 일어나고 있는 것 같았다. 그리고 잠시 후 정신을 잃고 말았다.

다음날 아침, 성검이 눈을 뜨자 눈앞엔 촉촉이 이슬에 젖은 묘지들이 보였다.

고지기나 고지기의 진언에 잠 깨어 무덤을 비집고 나온 송장은 온데간데없었고, 뒤흔들리며 파헤쳐졌던 무덤은 언제 그랬냐는 듯 평범한 무덤으로 돌아가 있었다.

몽유병에 시달렸던 것이 아닌가 싶을 만큼 신비한 체험이었다.

2

"알고 있었느냐?"

고지기가 침음성을 토해내며 축축한 눈으로 성검을 바라보았다.

어떻게든 얼버무리려던 태도와는 달리 얼마간 진지하고, 그만큼 쓸쓸한 표정이었다.

"역시 탈화(脫化)였습니까?"

"그렇다. 사실 내가 소림사를 벗어난 것 역시 그 때문이었다."

고지기는 길게 한숨을 내쉰 후 차분한 음성으로 말을 이어갔다.

"소림 무학의 끝을 보자고 덤벼들던 나는 장경각 안에서 우연히 '금개록(禁開錄)'이라는 기이한 책 한 권을 발견해 냈다. 보통 책들이 책꽂이에 꽂혀 있던 것과는 달리 그 책은 장경각 안에 놓인 사자상(獅子像)에 들어 있었다. 무공을 연마하던 중 무심결에 내지른 일권에 사자상이 깨져 버렸는데 거기서 그 책이 나오더구나. '여는 것이 금지된 기록'이라니, 더욱 호기심이 동했지. 하지만 정말 펼쳐서는 안 될 책이었다."

"도대체 무슨 책이었기에……."

"밀교(密敎)의 진언집이었지. 원래 소림사는 대륙 선종의 뿌리다. 달마 대사 이후 대륙의 모든 불교가 소림사의 영향을 받았다. 하지만 밀교는 다르지."

고지기가 조용히 두 눈을 감았다.

밀교! 진언(眞言)을 중요시하는 불교의 한 갈래로, 고도의 철학으로 변한 현교(顯敎)와는 달리 신비주의적 성향이 강하다. 밀교의 사상을 하나로 정의하자면 즉신성불(卽身性佛)이다. 즉, 실재(實在)와 현상(現象)을 한 몸에 융합해 부처가 되는 것이다. 그런데 즉신성불을 위한 수행의 제일은 삼밀(三密)의 청정이다. 삼밀이란 구(口), 의(意), 신(身)의 삼업, 즉 말과 생각과 행동이다. 밀교에선 그것들이야말로 진리와 합일(合一)하는 비밀스런 통로라 인식하고 있다. 따라서 진리의 언어로서 진언을 외고, 만다라(曼荼羅)를 마음에 새겨 명상하며, 좌법(座法)과 호흡을 다듬어 수행하게 된다.

밀교는 원래 천축교의 영향을 받은 것으로, 화엄 사상에서 유래했으며 공(空)에 바탕을 두고 지혜와 중생 구제의 방편을 중요시했다. 하지만 점차 현세적 욕망을 처리하는 주술 조직(呪術組織), 또는 극단적인 신비주의로 변질되어 갔다.

이런 변질에는 여러 이유가 있겠으나 그중 가장 큰 원인은 전파 과정에 있다. 모든 종교가 그렇듯 밀교 역시 각 나라의 토착 신앙과 뒤섞일 수밖에 없었는데, 각종 사이한 종교가 판치던 대륙에선 점차 주술(呪術)이나 성력(性力)을 숭배하게 되었다. 그로 인해 밀교는 점차 타락된 불교로 인식되었으며, 은밀한 과정을 통해 전파될 수밖에 없었다. 밀교를 억제하려는 많은 움직임이 있었기 때문이다.

어쨌거나 지금 고지기가 말하는 밀교 역시 대륙의 미신과 사교(邪敎)의 영향을 받아 주술적으로 변한 좌도밀교(左道密敎)였다.

"하지만 그런 밀교 진언집이 어떻게 소림사에 감추어져 있었을까요?"

성검이 고개를 갸우뚱하며 물었다.

"그거야 알 수 없는 노릇이지. 어쩌면 밀교를 사갈시(蛇蝎視) 한 소림사에 대한 보복의 차원에서 누군가가 저지른 일일 수도 있고, 그도 아니라면 소림의 승려 중 우연히 밀교에 빠지게 된 누군가가 사자상에 이 책을 보관하게 된 것인지도 모르지."

"그건 그렇다 치고, 도대체 그 진언집이 어떤 힘을 가지고 있기에……."

"음, 밀교는 탄트라와도 밀접하게 관련된 종교다. 대륙에 와서는 수백 년 동안 수백여 종의 갈래를 이루며 그 명맥을 유지해 왔지. 황실과 여러 종단의 압력에도 불구하고 말이지. 그만큼 신비한 능력을 지닌 데다 살아남기 위해 점점 사기(邪氣)를 키워갈 수밖에 없었다. 하지만 나로서도 진언집의 힘이 설마 이 정도까지일 거라곤 상상하지 못했다."

"……."

성검은 잠자코 고지기의 말에 귀를 기울였다.

"처음엔 그저 호기심으로 살펴보았지만, 진언에 빠져들면서 모든 게 꼬이기 시작했지. 언뜻 소림사의 무학과 그 맥락을 같이한다고 생각했지만 아니었어. 오히려 마교의 무학에 가까웠다. 나는 점점 미쳐 갔고, 자칫 소림사 내에서 큰일을 저지를 것 같아 천검궁과 소림사의 관계를 빌미 삼아 그곳을 떠나오게 된 것이지. 하지만 점차 사이한 기운에 잠식당했고, 뜻하지 않은 살겁까지 자행하게 되었다. 주로 보름과 그믐에 그 현상이 집중되었지. 결국 그대로 있다가는 무슨 일을 저지를지 모른다는 두려움에 사로잡혀 다시 숭산으로 돌아왔다. 하지만 소림사로 돌아갈 수 없어 이곳 항마봉에 뿌리를 내리게 된 게야."

보름과 그믐. 성검은 비로소 이틀 전 밤에 벌어진 일이 고지기의 의지와는 상관없는 일이었음을 깨달았다.

"하지만 이미 이십 년이 넘은 일 아닙니까. 노스님 말씀대로라면 지금쯤 노스님은 완전히 마성(魔性)에 사로잡혀 있어야 할 텐데요."

"네 입으로 탈화를 이야기하지 않았느냐."

"그렇다면 노스님 안에 양립하게 된 정심(正心)과 마성이 서로 상쇄해 점차 두 기운이 쇠하게 되었단 말씀입니까?"

"꼭 그런 것만은 아니다. 진언으로 인한 내 마성은 나를 거의 장악한 상황이었어. 어쩔 수 없이 난 임맥과 독맥, 양맥을 차단하고 서서히 내 공력을 흩어내기 시작했지. 그게 내가 선택할 수 있는 유일한 방법이었으니까. 덕분에 내공은 점차 약해졌고, 정심과 마성은 내 몸 안에 상주하면서도 점차 마찰하지 않았지. 다만, 보름날과 그믐날만은 나로서도 어쩔 수 없는 힘에 이끌려 여전히 괴이한 일들을 저지르고 있다. 동이 트고서야 난 밤새 내가 저지른 일이 얼마나 참혹하고 끔찍한 것이었는지를 깨닫게 되지. 죽어볼까도 생각했으나, 이 상태로 죽는 것이 두려워서 차마……."

고지기가 말끝을 흐리며 하늘을 올려다보았다.

비로소 모든 궁금증이 풀렸지만, 성검은 오히려 그 사실을 알기 전보다 마음이 더 무거워졌다. 언젠가 무학의 단계를 설명할 때 고지기 자신 스스로의 한계에 대해 했던 말을 비로소 이해할 수 있을 것 같다.

"성검아!"

"예, 스님."

"너와 내 나이 차가 얼마나 되지?"

발가락을 주무르던 고지기가 그 손가락으로 코를 후비며 심드렁하게 물었다.

취봉접의 동굴에서 달아난 지 사흘째. 성검과 고지기는 그녀가 찾아와 행패를 부리지나 않을까 두려워 동굴 근처 계곡에 거처를 마련한 후 생활하고 있었다. 행여 취봉접의 옷고름이라도 보이면 줄행랑을 놓기 위해서였다.

"얼추 백 년쯤 됩니다."

"후우, 세월이란 것이 참 덧없구나."

고지기가 길게 한숨을 내쉬었다. 얼마간 의기소침해 있는 모습이다.

"무슨 근심이라도 있습니까?"

"아니다. 그냥 해본 소리이니라."

"……."

"성검아?"

"예."

성검은 짧게 대답한 후 고지기의 표정을 살폈다.

"너는 무엇을 위해 무공을 익히려는 것이냐?"

"그런 건 생각해 보지 않았습니다. 다만, 제 몸 안에 흐르는 피가 시키는 대로 할 뿐이지요. 색마가 색(色)을 갈구하고, 스님이 언제 끝날지도 모르는 면벽(面壁)에 매달리는 것과 비슷한 이치인 듯합니다."

"음, 내가 소림사에 들어갈 때 가졌던 생각과 비슷하구나. 그나저나 아직도 소림 무학에 관심이 있느냐? 네가 원하기만 한다면 이제까지 가르쳤던 기초 무공과는 달리 진수만을 추려 가르쳐 줄 수도 있다. 비록 기력은 쇠했지만 이론에 관한 한 자신이 있거든……."

고지기는 코를 후빈 손으로 귓구멍을 파며 물었다.

"음회회회, 배울 수 있다면 좋지요. 하지만 제가 소림사를 찾아온 이유 역시 막연한 궁금증 때문입니다. 이미 강호가 천검궁에 의해 일통되었고, 그런 만큼 최강의 무공은 천검궁의 것이란 점도 알고 있습니다. 저는 그저 순례(巡禮)를 한다는 마음으로 속 편하게 지내고 있습니다. 소림사의 역사나 다름없는 노스님을 만난 것만으로도 만족합니다. 그러니 크게 신경 쓰지 마십시오."

성검은 괜히 측은한 마음이 들어 위로하듯 말했다.

고지기를 처음 만날 때만 해도 큰 기대를 하고 있었다. 하지만 지금은 그저 안쓰러운 마음뿐이다. 게다가 조만간 숭산을 떠날 생각이었으므로 있는 동안이라도 잘 대해주고 싶었다.

"음, 고맙구나. 하지만 천검궁의 무공이 최강이라는 이야기는 틀린 듯하다. 그렇다고 소림의 무학이 최고라는 얘기도 아니다. 모든 것은 상대적이지. 그리고 천적이 있게 마련이야. 천검궁은 아직 그 천적을 만나지 못해 강호의 주인으로 머물고 있지만 그것이 영원할 순 없다. 소림의 현재가 그렇듯 말이야."

"……."

"성검아?"

고지기가 다감한 눈으로 성검을 바라보았다.

"예, 노스님."

"지금 내 머리 속에는 하나의 완성된 무학이 들어 있느니라. 소림 무학의 처음과 끝을 관통하는 것으로 지금 당장이라도 일사천리로 기록할 수 있다. 하지만 그것이 큰 의미가 있는지는 알 수 없구나. 또한 내겐 '금개록(禁開錄)'이라는 진언집이 있다. 이것은 단순한 진언집이 아니지. 저자가 누구인지는 알 수 없으나 보통 사람이 닿을 수 없는 고강한 무공의 소유자였음에는 분명하다. 하나하나의 진언이 무공 구결을 연상시키거든. 진언을 외게 되면 마음속에서 하나의 형상이 일어난다. 삼밀(三密)이 청정해지는 것이지. 또한 호흡이 가다듬어지며 알 수 없는 기운이 몸 안으로 들어와 일주천한다. 아마도 밀교 관련 무학 중 최고의 절학이 아닐까 싶다. 다만 금개록은 주인을 가린다. 만약 그 진업집의 주인이 네가 아니라면, 너 역시 나처럼 탈화를 일으킬 수 있다는 얘기야."

"……?"

"소림 무학과 금개록 중 하나를 고르거라. 두 가지 모두를 너에게 주고 싶지만 그것들은 서로 크게 상충한다. 자칫 둘 모두를 공유하려다가는 나 같은 꼴을 당하기 십상이지. 자, 소림 무학과 '금개록(禁開錄)' 둘 중 어느 것을 택하겠느냐?"

"……."

성검의 표정에 이채가 어렸다.

'소림 무학과 금개록? 어렵군.'

두 가지 모두 탐이 났다. 하지만 고지기의 말처럼 둘이 상충한다면 하나를 버리는 수밖에 없다. 문제는 무엇을 버려야 할지 알 수 없다는 점이다.

"스님, 그전에 한 가지 여쭈어보아도 되겠습니까?"

성검이 손가락으로 턱을 어루만지며 나직한 음성으로 물었다.

"무엇을 말이냐?"

"사실, 지난 보름날 스님이 진언으로 공동묘지의 송장을 불러내는 모습을 보았습니다. 정신을 잃어 그 이후의 일에 대해선 아는 바가 없는데, 도대체 그날 무슨 일이 벌어진 겁니까?"

"음, 못 볼 것을 보았구나."

고지기가 침음성을 흘리며 고개를 숙였다.

"못 볼 것이라니요?"

"이미 말했듯 나는 사기(邪氣)로 인해 간혹 인성을 잃는다. 그날 네가 본 것은 초령흡기술(招靈吸氣術)이라는 사술이다. 하지만 사마외도의 술법치고는 사람을 상하게 하는 면이 적지. 사람의 몸에 기가 있듯 송장의 몸에도 얼마간의 기가 남아 있다. 사람이 죽어 혼이 나간다고 해도 그 육신에는 아직 얼마간의 기가 머물고 있어. 그것은 아주 서서히 흩어져 우주의 기로 환원되지."

"……?"

"초령흡기술이란, 떠도는 영체를 빌어 시체에 가두는 것으로부터 시작된다. 일단 영체가 시체를 조종하게 되면 시체 안에 남아 있는 기가 움직인다. 썩어 문드러져 가던 송장이 무덤을 비집고 나올 수 있는 것도 그 때문이지. 하지만 그것이 끝이다. 흡기술을 통해 송상에서 서서히 흩어져 가던 기를 일시에 취하고 나면 송장은 재로 화해 바람에 흩어진다. 탈화 이후, 나는 꾸준히 그런 방식으로 기를 흡수해 왔다. 그나마 지금까지 버틸 수 있었던 것도 그 덕분이고."

고지기가 길게 한숨을 토해냈다.

"하지만 이상하군요. 말씀대로라면 스님 몸은 점차 사특한 기로 채워졌을 텐데, 제가 보기엔 오히려 지극히 정순합니다."

"그거야 내 근본이 워낙 맑다 보니… 헤헤, 농담이다. 사실은 그렇지 않다. 송장에 남아 있는 기라고 해서 사특할 것이란 생각 자체가 잘못된 것이지. 모든 기는 우주에서 오는 것이고, 그것은 근본적으로 맑다. 다만, 그 기를 다루는 정신이 맑을 수도 흐릴 수도 있다는 차이지. 정순한 불도와 사마외도의 차이가 바로 그것이다."

"음, 그럴 수도 있겠군요."

성검이 가볍게 고개를 끄덕였다. 고지기와의 대화는 지나치게 추상적이었고, 그것은 성검을 무료하게 했다.

하지만 잠시 후 그의 눈동자가 반짝 빛났다.

"스님, 그렇다면 더 이상 고민할 필요가 없을 듯합니다. 제게 스님이 정리한 소림 무학과 금개록 모두를 주십시오. 어차피 그 두 가지가 상충한다 해도 그것을 어떻게 융화시키느냐에 따라 제 무공의 진전이 결정되는 것 아니겠습니까."

"물론 이론이야 그렇지만……."

"음회회회, 설마 별일이야 있겠습니까?"

성검이 하얀 이를 드러내며 웃어 보였다.

"후, 글쎄다."

고지기는 애매한 표정으로 성검을 빤히 쳐다보았다.

제9장

왜 그들은 항마봉을 떠났을까

숭산의 겨울.

곰들은 하나같이 굴에 틀어박혀 나올 생각을 하지 않았고, 멧돼지들은 눈밭을 헤매며 썩은 나무 둥치에 숨은 애벌레를 훑아 먹거나 얇은 얼음을 깨고 물고기를 잡아먹었다. 가끔 굶주린 토끼가 잠에서 깨어 산을 내려오기도 했고, 들쥐들은 눈밭 위에서 굶어 죽은 토끼를 뜯어먹으며 힘겹게 겨울을 났다.

겨울이 깊어가는 만큼 고지기 역시 쇠락해 갔다. 백발은 윤기를 잃은 채 점점 가늘어졌고, 성한 한쪽 눈마저 점차 백태에 뒤덮여 갔다. 허리는 더욱 휘었으며 관절이 뻣뻣하게 굳어서 걷는 것조차 힘들어했다.

"스님, 뭐 드시고 싶은 거라도 있습니까?"

곰가죽을 뒤집어쓴 채 고지기의 무공 비급을 읽어 내려가던 성검이 모처럼 고개를 돌렸다.

"쿨럭! 글쎄다. 매일 풀만 먹고 살다 보니 기력이 달리긴 하는
데……"

고지기가 객혈을 하며 늘어진 음성으로 대답했다.

"그럼 스님이 풀만 먹지 고기도 먹습니까? 제 말씀은 오늘 무슨 풀
을 드시겠느냐는 거지요. 마른 고사리도 있고, 칡뿌리도 있고, 한 줌밖
에 되지 않지만 어렵게 구한 보리쌀도 있습니다."

"끄응, 야박한 놈. 자비라고는 눈을 씻고 찾아봐도 없구나. 말이 좋
아 스님이지, 나는 진작에 파계를 했느니라. 다만 버릇이 되어 초식을
즐겼을 뿐이다. 그러니 굳이 고기를 못 먹을 이유도 없지. 아침에 보니
까 근처에 멧돼지 발자국이 나 있더구나. 그동안 익힌 초식들도 시험
할 겸 한 마리 잡아오는 것이 어떠냐? 멧돼지 한 마리면 남은 겨울은
그런대로 날 수도 있을 듯한데……"

"음회회회, 알겠습니다. 제가 잽싸게 한 마리 잡아올 테니 기다리십
시오. 여기 곰가죽을 벗어두고 다녀오겠습니다. 추우면 언제라도 뒤집
어쓰고 계세요."

성검은 동굴 바닥에 비급을 던져 놓은 후 곧장 자리에서 일어섰다.
그 역시 그동안 풀만 먹다 보니 은근히 고기 생각이 났다.

"헤헤, 고맙구나. 그런데 성검아?"

"예, 스님. 말씀하십시오."

"암돼지가 맛있다는 건 알고 있지? 이왕이면 좀 어린 놈으로 잡아오
너라. 그래야 육질이 연하고 감칠맛이 돌지."

"스님, 별걸 다 아십니다. 혹시 저 오기 전엔 매일 고기만 자시며 사
신 거 아닙니까?"

"푸헤헤, 그 녀석 참, 나는 농담할 힘도 없구나. 불을 피워놓고 있을 테니 어서 다녀오거나 하거라."

"예. 잠시만 기다리시면 될 겁니다."

동굴 밖으로 나온 성검은 근처에 찍혀 있는 멧돼지 발자국을 따라 계곡으로 향했다. 멧돼지 역시 마른풀이나 벌레에 입맛이 시들해져 물고기라도 잡아먹을 생각으로 계곡으로 간 듯했다.

성검이 멧돼지를 발견한 것은 반 시진이나 지나서였다.

꾸륵, 꾸르르륵.

족히 사백 근은 나갈 만한 멧돼지였다. 놈은 원통형의 긴 주둥이와 앞발을 깨진 얼음 사이에 처박은 채 계곡 바닥을 핥느라 정신이 없었다. 세모꼴의 귓바퀴를 바짝 세운 채 작은 눈으론 식탐을 빛내고 있는 꼴이 꽤나 굶주린 모양이었다.

'젠장, 고지기만큼이나 늙은 놈이군.'

기척없이 다가가던 성검이 한 사 장가량 떨어진 곳에 멈춰 서서 짧게 한숨을 내쉬었다. 털 빛깔이 희끗희끗하게 퇴색되어 있는 것으로 보아 늙어도 폭삭 늙은 놈이다.

쿵, 꾸륵, 푸르르르.

한숨 소리 때문이었는지 사람 냄새 때문이었는지, 멧돼지가 얼음물에서 짧은 다리를 빼내며 홱 돌아섰다. 그리고는 주둥이 밖으로 네 치가량 튀어나온 송곳니를 계곡의 바위에 슥슥 문질러댔다. 모처럼 사람을 만나긴 했는데, 달아나야 할지 맞짱을 떠야 할지 고민하는 듯했다.

"쩝! 정말 맛없게 생겼군. 표정은 그게 또 뭐냐?"

주둥이를 연신 실룩이며 침을 뱉어대는 멧돼지를 보면서 성검은 잠시 인상을 찌푸렸다. 그 무거운 놈을 잡아 동굴까지 끌고 갈 생각을 하니 은근히 짜증부터 났다.

'젠장, 그냥 얼어 죽은 토끼나 한 마리 주워갈까?'

잠시 갈등하고 있는데, 이놈의 멧돼지가 성검을 빤히 노려보다가 갑자기 힘을 주었다.

뿌지지직—

거북한 파열음과 함께 몇 덩이의 똥이 바닥에 툭툭 떨어졌다.

"어쭈, 별걸 다 하는군?"

성검의 인상이 잔뜩 구겨졌다.

하지만 그 정도에서 끝난 게 아니다. 이놈의 멧돼지가 푸르르륵 한 차례 몸을 편 후 똥 무더기 위로 몸을 굴리기 시작했다.

'젠장, 저놈이 지금 뭘 하자는 거야?'

눈을 동그랗게 뜨고 쳐다보는데 놈이 갑자기 씨익 웃었다.

"정말 환장하겠군. 지금 웃었냐?"

꾸륵, 꾸르르륵.

"너 토막 쳐서 가져가는 수가 있다?"

꾸륵, 꾸르르륵.

똥 무더기 위로 몸을 굴리던 멧돼지가 천천히 몸을 일으켰다.

성검과 멧돼지는 대치한 채 한동안 서로를 가만히 노려보았다. 하지만 그것도 잠시, 멧돼지가 콧김을 내뿜으며 곧장 성검을 향해 달려들었다.

'어쭈? 어, 어? 저리 가! 똥 묻은 멧돼지가……'

성검이 어정쩡하게 뒤로 물러서는 사이 멧돼지는 이미 이 장여로 거리를 좁혀왔다.

"미치겠군!"

머리를 숙인 멧돼지가 어금니를 곧추세우며 바짝 다가선 순간, 성검의 쌍수가 태극 형태로 회전했다. 그러자 강기의 막에 부딪친 멧돼지가 퉁, 소리를 내며 뒤로 나동그라졌다.

꾸르르륵.

바닥을 구르던 멧돼지는 발딱 몸을 일으킨 후 놀란 눈을 희번뜩이며 성검을 쳐다보았다. 어찌 된 영문인지 도통 알 수 없었던 것이다.

"휴, 하마터면 똥 묻을 뻔했잖아. 냄새 나는 쉬키!"

성검은 멧돼지를 노려보다가 곧장 일권을 내질렀다.

쇄애액―

바람을 가르는 소리와 함께 묵직한 권풍이 뻗어 나갔고, 거기에 미간을 적중당한 멧돼지는 삼 장여나 나가떨어져 바닥을 구르며 발버둥 쳤다. 상대를 영 잘못 만난 것이다.

꾸륵, 꾸르르륵.

멧돼지는 배를 발랑 드러낸 채 네 다리를 바르르 떨며 연신 거북한 신음성을 내질렀다.

"음회회회, 제대로 나가떨어졌군. 기분이 아주 상쾌한걸?"

오랜만에 몸을 푼 성검이 배시시 웃으며 멧돼지에게 다가갔다. 놈을 토막 쳐서 가져갈까, 아니면 좀 힘들더라도 떠메고 갈까 고민하며…….

그런데 일 장 정도 거리로 다가갔을 때 놈이 갑자기 벌떡 일어나서 성검을 향해 돌진했다. 순식간의 일이었고, 무척이나 빨랐다. 무공을 연마한 멧돼지가 아닐까 싶을 정도로…….

"헛―"

성검은 얼떨결에 신형을 날려 멧돼지를 뛰어넘으면서 낙법을 펼쳤다. 멧돼지의 어금니가 아슬아슬하게 사타구니를 스쳐 지나갔다.

"이런, 우라질!"

낙법을 펼쳐 바닥을 구르던 성검이 멈춘 곳이 하필이면 멧돼지의 똥무더기 위였다. 물컹한 똥 무더기가 엉덩이 밑에 깔린 것이다.

얼굴이 험악하게 일그러지는데 분위기 파악을 못한 멧돼지가 뒷다리를 세워 급정거하더니 곧장 방향을 틀어 성검을 향해 내달려 왔다.

꾸륵, 꾸르르륵.

미간의 털이 시커멓게 그슬린 채 얼마간 벗겨져 있었다. 방금 전 성검의 권풍에 빗겨 맞은 것이 분명했다.

"그래, 도망치면 어쩌나 했다. 넌 오늘 제대로 죽었어!"

성검의 쌍수가 직선을 그리며 뻗어 나갔다.

픽!

묵직한 격타음과 함께 멧돼지의 몸이 그대로 공중으로 떠올라 밀려났다.

하지만 그것도 잠시, 한순간 성검의 좌수가 빠르게 회전했고 그 원 안으로 우수가 힘껏 뻗어 나갔다.

꽤객─

격타음 대신 멧돼지의 끔찍한 비명성이 터져 나왔다.

오 장가량이나 뒤로 밀려 나가던 멧돼지의 몸통은 결국 부러져 나간 나뭇가지에 박혔다. 그리고 한차례 나무가 떠는 것으로 싸움이 끝났다.

푸르르륵.

힘겹게 몸을 비틀며 간헐적으로 침을 뱉어내던 멧돼지는 결국 나무에 박힌 채 숨이 멎었다. 한줄기 삭풍이 가지에 쌓인 눈을 털어내며 스쳐 지나갔다.

"젠장, 이 엄동설한에 빨래를 하게 생겼군."

성검은 눈 위에 주저앉아 옷에 묻은 똥을 문질러 대며 투덜거렸다. 아무리 생각해도 일진이 더러운 날이다.

확실히 일진이 좋지 않았다.

성검이 똥 묻은 멧돼지를 짊어진 채 돌아왔을 때 동굴에선 뜻하지 않은 일이 벌어지고 있었다.

"푸헤헤, 시건방진 놈들. 너희들이 쪽수만 믿고 이 고지기에게 덤벼 보겠다는 게냐?"

꾸부정하게 앉은 고지기가 발가락을 만지작거리며 노호성을 터뜨렸다.

동굴에서 십여 장 떨어진 곳엔 소림 승려와 검은 무복의 무사들이 늘어서 있었다. 오십 명은 됨 직한 인원인데 무리의 맨 앞에 선 묵현과 청현, 그리고 낯선 무림인이 나란히 고지기와 대치 중이었다.

"사숙조님, 그만 고집을 꺾으시지요."

묵현이 시건방진 미소를 지으며 말했다. 지난번과는 확실히 달랐다. 뭔가 단단히 믿는 구석이 있는 것처럼 보였다.

"흥! 가당찮은 놈들. 네놈들 따위는 한 손가락으로 상대해도 모두 쓰러뜨리는 데 채 일각이 걸리지 않을 게다."

"하하, 사숙조님. 이제까지는 과거 소림사의 대선배에 대한 예우로 참아왔으나 더 이상은 그럴 수 없습니다. 연세 때문에 성정이 흐려진 사숙조님으로 인해 우리 소림사의 위신이 땅에 떨어지지 않았습니까. 좋게 말로 할 때 그 버르장머리없는 녀석을 내놓으시고 조용히 숭산을 떠나십시오."

"뭣이라? 지금 네놈이 나를 노망난 노인네 취급을 하는 것이냐?"

고지기가 은근한 노기를 띠며 묵현을 노려보았다.

성검은 바위 뒤에 몸을 숨긴 채 그들의 대치 상황을 훔쳐보았다. 아무래도 심상치 않았다. 소림 승려들의 수준이야 익히 보아온 터이지만, 십여 명에 이르는 검은 무복의 무림인들은 그 기도가 보통이 넘었다. 복장으로 보아 천검궁의 무사들이 분명했다.

특히 묵현 옆에 서 있는 날카로운 눈매의 무사. 그에게선 항산 초자영과 겨루었던 백이상만큼이나 견고하고 예리한 기도가 느껴졌다.

'젠장, 소림사의 중놈들이 계속해서 날 실망시키는군. 노망난 늙은이를 협박하기 위해 천검궁까지 끌어들이다니……'

성검은 멧돼지를 바닥에 내려놓았다. 여차하면 튀어 나가 몸을 풀 생각이었지만, 아무래도 만만치 않은 상대들이었다.

"언제까지 이런 말장난이나 하고 있을 생각이오?"

묵현 옆에 서 있던 무사가 냉랭한 음성으로 말했다. 그는 네 자 길이의 검을 들고 있었다. 검집 끝에 닿아 있는 엄지손가락이 검격을 살짝 밀어 올린 상태였는데, 그로 인해 은백색의 검신이 한 치가량 모습을 드러냈다.

"음, 나로서도 이제 더 이상 저분을 상대할 마음이 없소이다. 화향검(花香劍), 그대에게 모든 걸 맡기겠소."

묵현이 살짝 고개를 숙여 보인 후 뒤로 한 걸음 물러섰다.

사십여 명에 이르는 제자들을 이끌고 왔음에도 정작 싸움은 화향검이라 불린 검수와 그의 수하들에게 맡기겠다는 분위기다.

"노선배, 나는 천검궁의 화향검이라 하오. 직책은 없으나 여기 열 명의 검수들과 함께 천검궁주의 호위를 맡고 있소. 오늘 인연이 닿았으니 부득불 노선배에게 검을 뽑게 될 것이오. 양해해 주시오."

화향검은 정중하게 말한 후 좌수를 가볍게 뻗었다.

휘리릭—

열 명의 검수들이 일제히 허공으로 날아올랐다. 그들은 진형을 그대로 유지한 채 고지기 앞에 살포시 착지했다.

사르르릉—

맑은 쇳소리를 내며 검집을 벗어난 검들이 겨울 햇빛을 튕겨냈다. 고지기와 이 장가량의 거리를 둔 채 대치한 검수들은 반원의 진형을 이루고 있다.

"젠장."

고지기가 얼굴을 잔뜩 찌푸리며 힘겹게 몸을 일으켰다.

관절이 맞부딪치며 끼기긱 소리를 냈다. 과거의 명성을 내세워 그들에게 위압감을 주려 했으나, 오늘은 쉽게 통할 것 같지 않았다. 어쩔 수 없이 남은 공력을 끌어모아 싸우는 데까지 싸워볼 수밖에 없는 상황.

하지만 아무리 생각해도 열 명의 검수들을 상대하는 건 무리다. 공력을 끌어모은다고 모았으나 후들거리는 두 다리를 지탱하는 것도 힘들었다. 뼈다귀에 구멍이 숭숭 뚫린 것처럼 온몸이 시려울 뿐이다.

'성검이는 왜 이렇게 오지 않는 걸까? 이 늙은이가 지금 죽을 위기에 처했건만······.'

고지기는 길게 한숨을 내쉰 후, 자신을 에워싸고 있는 검수들을 둘러보았다. 하나같이 날카로운 눈매를 지닌 고수들이다.

'이런! 정말 인정머리없게 생겨먹은 놈들이군. 뭐 좋은 방법이 없을까? 한때 소림사의 영웅이었던 내가 이런 녀석들의 검에 죽는다면 정

말 수치스러운 일 아닌가.'

잠시 생각에 잠겨 있던 고지기가 묵현을 향해 짐짓 노한 표정으로 입을 열었다.

"묵현아, 이 치사한 놈. 어찌 소림사의 일을 다른 사문의 힘을 빌어 해결하려 하는 것이지? 그러고도 네가 소림의 제자라 할 수 있겠느냐?"

"이 모든 것이 사숙조님으로 인해 빚어진 일입니다. 생각해 보십시오. 어찌 저 같은 말학이 노선배에게 완력을 사용할 수 있겠습니까. 그것이야말로 소림사의 수치가 아니겠습니까?"

"뭣이라? 끄응, 좋다. 하지만 지금은 몸 상태가 안 좋으니 결전은 내일 이 시간으로 미루자. 최소한 그 정도 부탁은 들어줄 수 있겠지?"

고지기가 뚱한 음성으로 말한 후 멀뚱히 하늘을 올려다보았다.

'이 방법이 통해야 할 텐데. 일단 시간만 끌 수 있다면 성검이를 내세워 싸우거나, 그것도 어렵다면 달아나는 거야. 헤헤, 늙은이들은 힘이 아니라 지혜로 어려움을 헤쳐 나가야 하지. 아무렴.'

불안하고 초조한 마음과는 달리, 고지기는 무심한 표정으로 반응을 기다렸다. 하지만 돌아온 대답은 지극히 냉담했다.

"참 잘된 일입니다. 사실 사숙조님 같은 고수를 어떻게 상대할까 고민했는데 마침 몸이 불편하시다니 말입니다. 하하, 화향검, 절호의 기회올시다. 어서 공격하시지요."

묵현이 염주를 굴리며 음흉하게 웃었다.

"시작해라!"

화향검이 무미건조한 음성으로 짧게 말했다.

2

촤아악—

천막을 찢는 듯한 날카로운 파공성과 함께 열 자루의 검이 고지기를 향해 짓쳐 들어갔다.

"허엇—"

고지기는 다급히 뒤로 물러서며 큰 동작으로 쌍수를 휘저었다.

하지만 긴 소매가 펄럭이며 가벼운 바람이 일었을 뿐이다. 과거의 위력적인 장력은 한 움큼도 쏟아져 나가지 않았다.

그럼에도 검수들은 내심 어떤 공격이 펼쳐질 것을 대비해 잠시 멈칫했다. 일찍이 고지기의 명성을 들은 바 있기 때문이다. 하지만 막상 아무런 강기도 느껴지지 않는다. 그들은 이내 이해할 수 없다는 표정을 지으며 다시 검을 찔러 들어갔다. 물론, 여전히 경계심을 풀지 못한 상태였다.

쇄애액—

열 자루의 검은 다시 한 번 바람을 가르며 조심스럽게 뻗어 나갔다.

"이크, 인정머리없는 놈들!"

고지기는 이번엔 쌍수를 휘두를 생각도 하지 못한 채 빠르게 뒷걸음질쳤다.

그 순간 검수들이 차가운 눈빛을 서로 교환했고, 고지기를 향해 단호하게 검을 휘둘렀다. 비로소 자신들 앞에 선 늙은 파계승이 한낱 폐인임을 확신하게 된 것이다.

하지만 그들의 공격은 뜻하지 않은 방향에서 불어온 장경(掌勁)에 의해 완벽하게 파쇄되었다.

콰콰콰콰쾅!

검수들이 딛고 있는 땅이 굉음과 함께 폭사하며 거대한 눈보라를 일으켰다.

"허엇!"

"흡!"

열 명의 검수들은 물론, 소림 승려들의 눈이 일제히 십여 장 밖의 바위 위로 향했다.

"음회회회! 묵현 스님은 자비만 없는 줄 알았더니 싸가지 또한 좁쌀의 씨눈보다 작은 듯합니다. 어찌 늙어서 숟가락질도 못할 늙은이를 잡기 위해서 이렇게 떼거지로 몰려온 겁니까? 소림사의 중놈들이 인간 말종인 줄은 알고 있었지만 해도 너무하십니다그려."

두 길 정도 되는 바위 위에서 성검이 배시시 웃고 있었다.

"아니, 네놈이!"

묵현이 두 눈을 부릅뜬 채 바르르 볼살을 떨었다.

그는 검수들이 고지기를 제압해 들어가는 것을 볼 때까지만 해도 회심의 미소를 지었다. 고지기가 너무 쉽게 당하는 것이 언뜻 이해가 가지 않았지만 어쨌거나 골칫덩어리 하나를 해결하게 되었다고 믿었기 때문이다. 그런데 느닷없이 성검이 나타나 일을 방해했다.

무엇보다 놀라운 것은 성검의 무위였다. 도대체 정체가 무엇인지는 알 수 없지만, 자신이나 화향검 같은 고수조차도 전혀 인기척을 느끼지 못할 정도의 은형술을 펼쳤다. 게다가 방금 전 쏘아낸 강기는 상당히 은밀하며 위력적이고 정확했다. 고지기를 에워쌌던 천검궁의 무사 십여 명이 신형을 비틀거릴 정도로…….

"네놈이라니? 저번에 고지기 스님, 아니, 사부님이 하신 말씀 못 들은 모양이군. 묵현, 자네는 분명히 내 사질(師姪)이야. 나이가 있어서 존대를 해주었더니 이거 영 개판이군. 소림사 족보가 무슨 개족보야? 흥! 중놈 이전에 사람이 되어야지!"

냉랭하게 말한 성검이 섬전처럼 신형을 날려 동굴 앞에 내려섰다.

그 순간 그의 쌍수가 현란하게 뻗어 나갔다. 당혹스런 표정으로 굳어 있던 검수들의 눈이 부릅떠졌다. 성검의 신법 자체는 무척이나 우아하고 매끄러웠으나 손놀림은 섬전처럼 쾌속하고 깔끔했다.

"홉—"

"허걱!"

반원의 형태를 이루고 있던 검수들이 모두 쓰러지기까지는 채 일 촌의 시간도 소요되지 않았다. 몸의 상태가 정상이었다면 모를까, 그들은 불시에 쏟아져 들어온 강기에 이미 내상을 입고 있었다. 그런 상황에서 성검의 쌍장이 표홀하게 스쳐 지났으니.

"성검아, 이놈! 어디 갔다가 이제야 돌아온 게냐—"

고지기가 반색을 하며 덥석 끌어안았다. 그야말로 구사일생이었다.

성검의 품에서 얼마간 마음을 추스른 고지기는 이제 자신의 명성을 지키기 위해 은근한 어조로, 그러나 묵현 무리가 들을 수 있을 만큼 큰 소리로 떠들기 시작했다.

"푸헤헤, 저놈들을 보거라. 하룻강아지들처럼 겁을 상실했구나. 마침 네놈 실력을 확인할 수 있는 좋은 기회인 듯해서 이 사부가 성질 꾹 참고 있었느니라."

"그러셨군요, 사부님. 하긴 저런 놈들은 사부님의 탄지공(彈指功) 한

방에 가루가 되었을 거예요. 음회회회, 잘 참으셨습니다. 그렇지 않아도 이 제자가 몸이 근질거렸거든요."

성검은 고지기의 체면을 세워주기 위해 과장된 손짓으로 탄지공을 쓰는 흉내까지 냈다. 하지만 잠시 후,

"쿵, 쿵, 그런데 성검아, 이상한 냄새가 나지 않느냐?"

"예? 그, 글쎄요. 그나저나 저 녀석들부터 따끔하게……."

성검은 머리를 긁적이다가 묵현을 향해 홱 돌아섰다. 차마 똥 위에 주저앉았었다고 말하기가 뭣해서.

하지만 성검이 몸을 돌리는 바람에 엉덩이에 아직 붙어 있던 멧돼지 똥이 고지기의 두 눈에 선명하게 들어왔다.

'쯔쯧, 갸륵한지고. 이 사부를 살리기 위해 저 지경이 되었는지도 모르고 달려왔단 말이지? 그래, 내 일찍이 네놈의 심성에 반했는지도 모를 일이다.'

고지기의 백태 낀 눈동자가 설원의 빛을 받아 반짝였다.

"음회회회! 묵현, 청현. 자네 두 사질들의 죄는 천천히 묻기로 하지. 어차피 난 하수들에겐 별로 관심이 없거든. 그 대신 너! 감히 고지기 사부의 봉우리에서 고지기 사부의 허락도 없이 소란을 피웠겠다? 그중 쓸 만한 실력인 듯한데 나랑 겨뤄보는 건 어떨까?"

성검이 화향검을 가리키며 말했다.

"자네의 이름은?"

화향검이 담담한 음성으로 물었다.

그는 방금 전 성검이 펼친 무위에 내심 놀라고 있었다. 화향검은 본래 천검궁주의 호위 무사로, 일 년간 휴가를 얻어 소림사에 머물기 위해 온 인물이다.

현재 천검궁주 역천휘의 호위 무사는 오십 명의 정예로 이루어져 있으며, 그 각각의 무사들은 다시 십여 명의 수하들을 거느린다. 이들 호위 무사들은 일 년에 한 개 조씩 번갈아 휴가를 얻는데, 대개 그 기간 동안 새로운 무공을 연마한다.

화향검 역시 소림사에 머물며 장경각의 무학들을 연구할 목적으로 휴가지를 소림사로 정했다. 그런데 마침 묵현의 청을 받고 이곳 항마봉 고지기를 만나기 위해 오게 된 것이다.

하지만 화향검은 막상 고지기를 만났을 때 얼마간 실망을 감출 수 없었다. 아무리 보아도 고지기에게선 고수다운 면모를 찾기 힘들었기 때문이다. 화향검 자신이 나서는 대신 수하의 검수들에게 일을 맡긴 것도 그 때문이었다.

"흥! 나는 류성검. 그것이 내 존성대명이지. 강호의 역사에 일획을 그을 이름이야. 화향검이라고 했나? 당신은 나를 상대했다는 사실을 대대손손 알리려고 발광을 할 거야. 오늘 내 자비를 얻어서 살아남는다면 말이지."

성검은 일사천리로 말하며 화향검을 노려보았다.

"류성검이라… 그래, 기억해 두지. 그런데 자네는 검을 들지 않는가?"

"음회회, 내 손이 곧 검이야. 무겁게 들고 다닐 필요 없잖아? 사실 소림 무학 중엔 쓸 만한 검법도 없거든. 그러니 맨손이 편해!"

지난번 취봉접에게 검을 빼앗겼다는 이야기를 차마 할 수 없었다.

"소림 무학이라? 자네가 소림의 제자였던가?"

"음회회회, 뭐 정식 제자는 아니지만, 어쩌다 보니 족보가 그렇게 꼬였거든. 당신 옆에 있는 묵현이나 청현이 내 사질이 된다고 말했잖아.

저 늙은 개처럼 게으른 사질들 때문에 당신이 소림 무학을 깔볼지도 모른다는 생각이 들어서 부득불 소림 무공의 진수를 선보이려는 거야. 이곳 숭산까지 찾아준 손님에 대한 예우로 생각해도 좋아."

"하하, 재미있는 친구로군. 그래, 그렇다면 굳이 마다할 이유가 없지. 하지만 한 가지는 분명히 밝혀두겠네. 나 화향검, 검에 관한 한 족히 천하 백 인 안에 드는 사람일세. 정확히 몇 번째라고는 장담할 수 없지만……. 자, 시작해 볼까?"

미소를 머금은 화향검이 검집을 벗겨냈다.

사르르릉.

청아한 검명(劍鳴)이 나뭇가지를 흔들며 쌓인 눈을 털어냈다. 설원에 뿌려지던 햇빛들이 그 소리에 화답하듯 반짝였다. 유난히 맑은 겨울 하루였다. 모든 것이 투명해 보였다.

"성검아, 저자의 자세가 지극히 견고하다. 검을 뽑는 손길은 부드럽고 차분하지만, 막상 비무에 들어가면 쾌검으로 승부하려 할 것이다. 전형적인 쾌검수야. 저런 자들은 변초(變招)와 탈초(脫招)에 능하다. 아직 경험이 적은 네가……."

심란한 눈으로 화향검의 출검을 지켜보던 고지기가 고개를 저으며 입을 열었다. 뭔가 조언을 해주기 위해서였다. 하지만 성검은 이미 화향검을 향해 쏘아져 들어가고 있었다.

"간다!"

"어허, 저런 싸가지없는 놈! 사부가 채 말을 끝내지도 않았는데… 자고로 노인네 말 무시하고 잘된 놈을 못 봤거늘……."

고지기가 한숨을 내쉴 즈음, 성검은 이미 허공으로 몸을 날리며 일권을 내지르고 있었다. 한 마리 호랑이가 먹이를 덮치듯 거침없는 동작이었다.

"히얏!"

헌원과호(軒轅跨虎). 나한십팔수(羅漢十八手)의 첫 번째 초식. 나한십팔수는 지극히 평이하면서도 강맹한 위력을 지닌 권법이다. 고지기가 정리한 소림 무학 중 백미(白眉)로, 불교 무학의 정수다. 다만, 그 진수를 아는 이가 적어 등한시되고 있을 뿐이라는 게 고지기의 설명이었다.

촤아악—

성검의 우수는 공기를 가르며 화향검의 정수리를 찍어갔다.

하지만 그 모습을 지켜보는 묵헌 등 소림의 승려들은 눈살을 찌푸릴 뿐이었다. 화향검의 검이 햇빛을 팅겨내며 우측 어깨로 휘어져 들어가고 있었기 때문이다.

맨손으로 검을 상대하고자 한다면 상대와 밀착해 검을 쥔 손의 움직임을 방해하는 것이 기본이다. 물론, 내공에 자신이 있다면 일정한 거리를 둔 채 장력이나 권풍 등 강기를 격출해 검을 무력화시킬 수도 있다. 그런데 지금 성검의 공격은 이것도 저것도 아니다. 그저 불을 보고 뛰어드는 부나방에 불과해 보였다.

그런데 뜻밖의 일이 벌어졌다. 성검의 신형이 옆으로 기우는가 싶더니 그의 좌수가 빠르게 우수를 스쳐 지나며 화향검의 검신에 부딪쳤다. 아니, 중지와 검지를 붙여 지그시 검을 누르며 검로를 차단한 것이다.

선인지로(仙人指路).

나한십팔수의 두 번째 초식이었다.

"헛!"

화향검은 다급성을 내지르며 안면으로 꺾여 들어오는 우수를 피했다. 그리고 곧장 검로를 바꾸어 성검의 옆구리를 찔러 들어갔다.

하지만 그 공격 역시 성검의 다음 출수에 막혔고, 두 사람은 거리를 좁히고 떨어지기를 반복하며 공수를 주고받았다.

그사이 성검은 착실하게 회두망월(回頭望月), 동자배불(童子拜佛), 매록헌화(梅鹿獻花), 홍안전시(鴻雁展翅) 등 나합십팔수의 초식들을 정직하리만큼 순서에 맞게 펼쳐 갔다.

"잠깐!"

열일곱 번째 초식인 탄사천구(彈射天狗)를 펼쳐 일검을 쳐낸 성검이 두 손을 들어 화향검을 제지했다.

"무슨 일인가?"

"음회회회! 내가 나한십팔수의 마지막 초식을 펼치면 당신은 칠공으로 피를 토하며 바닥을 나뒹굴게 되지. 이쯤에서 싸움을 멈추는 게 어떨까? 사실, 나는 놀 만큼 놀아서 이제 얼마간 몸이 풀렸거든? 차마 스님들 앞에서 피를 보긴 싫어."

"……."

화향검이 가쁜 숨을 드러나지 않게 내쉬며 성검을 쳐다보았다.

입가에는 엷은 미소가 걸려 있었으나, 내심 당혹스러웠다. 성검의 말이 결코 농담처럼 들리지 않았다. 화향검은 숱한 변초를 흩뿌렸지만 그때마다 성검의 가벼운 출수에 검로를 차단당해 왔다. 만약 성검이 독한 마음을 먹고 덤벼든다면 힘겨운 싸움이 될 것이다.

'젠장, 이 인간이 속아줘야 할 텐데. 그나저나 왜 마지막 초식이 기억나지 않는 거지. 좌수가 먼저 나갔었나, 아니면 우수가 먼저 나갔었나? 너무 속독하는 바람에 중요한 부분을 잊어버렸군. 헤헤, 어쨌거나 이 작자도 상당한 솜씨야.'

성검은 복잡한 생각을 이어가면서도 겉으로는 오만하게 웃었다.

사실 성검 역시 화향검의 검세에 놀라 등골이 오싹한 지경이었다. 강기를 펼쳤다면 보다 수월했겠지만, 꼭 그렇지만도 않았다. 화향검 역시 검기를 재운 채 순수하게 검초로 승부했다. 두 사람 모두 철저하게 내공을 배제한 채 초식에 충실한 승부를 펼친 셈이다.

"좋아, 하지만 한 가지 조건이 있네."

어느새 호흡을 가다듬은 화향검이 편안한 음성으로 말했다.

"조건? 지금 그런 걸 내세울 처지가 아닐 텐데?"

"그렇다고는 할 수 없지. 난 솔직히 나한십팔수의 마지막 초식을 보고 싶거든? 그런데 자네가 지친 것 같아서 그만 검을 거두려는 것뿐이야. 결코 꿇릴 게 없다는 얘기지."

'젠장, 아픈 곳을 찌르는군.'

성검은 배시시 웃으며 여유있는 표정을 지어 보였다.

"좋아, 일단 들어보도록 하지. 자, 조건을 말해 봐."

"간단해. 다음에 제대로 한판 붙어보자는 게 전부거든."

"음회회회, 그 정도쯤이야."

성검은 내심 안도의 한숨을 내쉬었다.

"좋아. 그렇다면 천검궁의 총단으로 오게. 총단은 호북성 의창 남진관에서 오십 리쯤 떨어진 곳에 자리 잡고 있지. 세 달 후 그곳에서 천검궁의 입관 시험이 치러진다네. 일종의 비무대회라고도 할 수 있지. 경쟁률이 치열하겠지만 자네 정도의 실력이라면 가볍게 그 시험을 통과할 수 있을 게야. 그때 다시 한 번 붙어보지. 가능하겠는가?"

화향검이 묘한 미소를 내비치며 물었다.

사실 화향검은 모처럼 만난 청년고수 성검이 마음에 들었다. 그래서 일단 그를 천검궁의 무사로 만들어야겠다는 생각을 하게 되었다. 가능하다면 자신의 휘하에 두는 것도 괜찮을 듯싶고…….

그런데 성검 역시 비슷한 생각을 하고 있었다.

"물론이지. 하지만 나도 조건을 하나 내걸어야 공평하지 않을까?"

"하하, 자네의 조건이란 게 뭐지?"

"다음에 지면 나를 주인으로 모셔야 해. 그게 내 조건이야. 뭐, 사실 나는 강호일통을 위해 스스로 파계를 행한 사미승이거든. 그런데 대업을 이루자면 많은 부하들이 필요해. 자네 정도라면 충분히 그런 자격이 있고……."

"하하, 그거 곤란하군. 난 이미 모시는 주인이 있거든."

화향검이 어색한 표정으로 대답했다.

"젠장, 그럼 결국 오늘 끝장을 보자는 얘기야?"

"자네가 정 고집을 부리겠다면……."

성검과 화향검의 눈빛이 매섭게 교차했다. 하지만 두 사람의 대립은 엉뚱한 인물들에 의해 중단되었다.

"오호호호, 고지기와 애송이, 드디어 모습을 드러냈구나. 오늘은 기필코 네놈들을 응징해 주지. 모두 황천으로 보내주마. 오호호호!"

"흥! 너 애송이, 감히 초지일관 초지에게 암수를 가한 후 달아났지? 그래, 오늘 제대로 걸렸다. 너랑 고지기를 고자로 만들어서 염라대왕의 내시가 되게 해주지. 호호호!"

동굴 위, 깎아지른 듯 세워져 있는 절벽에서 취봉접과 초지가 광소를 터뜨렸다.

3

"환장하겠군."

성검의 입에서 자연스럽게 한숨이 새어 나왔다.

"음회회회, 화향검, 내가 조건을 바꾸면 어떨까? 뭐 생각해 보니 자기 주인을 배신하는 것도 사내가 할 일은 아니지."

성검이 화향검에게 시선을 돌려 배시시 웃었다.

어쩔 수 없는 일이다. 취봉접의 멸마열천장을 일견한 적이 있는 만큼 미리 달아날 구멍을 마련해 놓아야 했다.

"음, 그나저나 저 노파와 아름다운 처자는 누구지? 자네를 고자로 만들겠다고 벼르고 있는 걸 보면 결코 반가운 사람들은 아닌 모양이군?"

"헤헤, 말도 말게. 두 사람 모두 지독한 색녀야. 저 노파는 취봉접이라는 색귀(色鬼)로, 소림사 스님들만 골라서 정절을 깨뜨린다네. 어쩌면 묵현이나 청현 사질들도 이미 당했는지 몰라. 저 표정을 보라구."

성검이 들릴 듯 말 듯한 목소리로 말하며 청현과 묵현을 가리켰다.

사실, 묵현과 청현 역시 취봉접에 대해 잘 알고 있었다. 몇 차례 소림사에 들이닥쳐 막무가내로 쌀을 퍼간 적이 있기 때문이다. 나름대로 그녀들을 막으려고 백팔나한진까지 펼쳤지만, 채 일각도 지나기 전에 수십 명의 소림나한들이 바닥으로 나동그라졌다. 그녀의 절기인 멸마열천장이 위력을 발휘한 것이다. 취봉접이 바로 전대 기녀인 흡혈소란이란 사실을 안 것도 그 일장에 제자들을 잃고 나서였다.

"하하, 항마봉이라. 소림의 전설은 소림사를 벗어난 이곳에 뿌리를 박고 있었군. 그나저나 조건을 어떻게 바꾸겠다는 거지?"

"음회회회, 간단해. 저 색녀 조손을 잠시 맡아줘. 자칫하다가 나나 사부님이 정절을 잃을 수도 있거든. 에, 물론 저 색녀들의 무공이 겁나서 그러는 건 아냐. 다만, 여자를 상대로 주먹을 쓰기가 좀 뭣해서……."

"하하, 좋아. 자네의 조건을 수락하지. 저렇게 아름다운 여인과 검을 섞는 것도 나쁘지 않겠군."

화향검이 흔쾌히 수락했다.

하지만 미소 띤 그의 표정 한편엔 이채가 어렸다. 갑자기 모습을 드러낸 괴녀들의 무공이 만만치 않다는 사실을 감지한 것이다.

화향검은 철저하게 천검궁의 사람이다. 그런 만큼 천하엔 천검궁만이 있다고 믿었다. 하지만 오늘 뜻하지 않은 고수들을 만났다. 강한 것에 본능적으로 이끌리는 것이 무림인. 그는 오랜만에 자신의 검술을 유감없이 펼칠 상대들을 만났다는 사실에 내심 흥분했다.

그런가 하면 두려움에 오줌까지 지리는 인물도 있었다.

"서, 성검아!"

동굴 입구에서 울상을 짓고 있던 고지기가 막무가내로 내달리기 시작했다.

죽을 날도 얼마 남지 않은 마당에 고자가 될 순 없었다. 늙어 별로 쓸 데도 없는 물건이긴 했지만 어떻게 해서든 관에 들어갈 때까지 지키고 싶었다. 천하의 고지기가 거시기 없는 송장이 될 순 없는 일이었으니까.

하지만 고지기가 채 삼 장여를 벗어나기도 전에 절벽 위에 있던 취봉접이 수리처럼 빠르게 하강했다.

"끄아아악—"

취봉접의 쌍수가 어깨를 찍어 내리는 순간, 고지기는 바닥으로 몸을 날려 데구루루 굴렀다. 최근 급격하게 내공이 흩어지고는 있지만 한때 절정의 수준에 올랐던 고수다. 최소한 취봉접의 손아귀보다 바닥이 안전하다는 사실쯤은 잘 알았다.

"역시 천하의 고지기군. 비록 늙어서 노망이 났어도 나려타곤(懶驢打棍) 하나는 일품이야. 지랄병 난 당나귀가 따로 없으니 말이야. 오호호호!"

바닥으로 내려선 취봉접이 고지기를 내려다보며 비아냥거렸다.

"소란, 이러지 마시게. 지난번 일은 소란 말대로 내가 노망이 나서 그런 거야. 그러니 그저 미친개에게 물렸다고 생각하고 잊어달란 말입지."

공포에 사로잡힌 고지기가 바르르 몸을 떨었다.

"오호호호! 그게 무슨 소리야? 미친개라면 다른 사람을 물기 전에 일찌감치 숨통을 끊어놓아야지. 안 그래, 고지기?"

"소란! 제발 이러지 마. 내가 소란을 덮치려 했던 건 소란의 미모가 너무 빼어나기 때문이었어. 잘못이라면, 너무 이쁜 소란 잘못도 절반쯤은 된다고 보아야지."

"……!"

고지기의 말에 흡혈소란, 아니, 취봉접의 얼굴이 잠시 붉어졌다. 나이가 들어도 결국 여자는 여자였다.

"어머, 할머니, 우선 저 영감탱이의 주둥이 먼저 뭉개놔야겠어요. 어디서 그런 새빨간 거짓말을 하는 거지? 호호호!"

취봉접의 뒤편에 내려선 초지가 가슴을 출렁거리며 웃음을 터뜨렸다.

"에, 초지야, 거짓말이 아닐 수도 있지 않을까?"

취봉접은 얼마간 불쾌한 표정으로 초지를 노려보았다.

"할머니는 거울도 안 봐요? 얼굴이 온통 주름으로 자글자글하다구요. 그리고 검버섯까지 잔뜩 돋아났어요. 그 얼굴이 예쁘다는 건 칭찬이 아니라 욕이라구요. 호호호, 고지기! 정말 느끼하고 재수없는 늙은이야. 거짓말할 걸 해야지."

"하, 하지만 할망구치고는 내가 제법 예쁜 편이 아닐까?"

"……."

초지는 고개를 갸우뚱하며 취봉접을 빤히 쳐다보았다. 하지만 그녀의 입가엔 곧 야릇한 미소가 피어올랐다.

"호호, 그건 저놈에게 물어보는 게 어때요?"

초지가 성검을 가리키며 사특하게 웃었다.

"그럴까? 하긴, 저놈이 싸가지는 없어도 제법 정직하게 생겼군."

취봉접이 성검을 요모조모 뜯어보다가 사특한 웃음을 지었다. 그리고는 아주 부드러운 음성으로 물었다.

"얘, 아가야. 네가 보기엔 이 할멈이 예뻐 보이지 않느냐?"

"……?"

성검은 이해할 수 없다는 표정으로 두 조손을 멀뚱멀뚱 번갈아 보았다. 하지만 취봉접의 눈초리가 점점 매서워지는 것을 보자마자 배시시 웃음을 내비쳤다.

"과연 흡혈 선배의 명성은 허언이 아니었습니다. 젊어서 미모 하나로 대륙을 평정했다는 이야기는 익히 들었으나 연세가 드신 지금까지 이렇게 꽃처럼 아리따운 미모를 간직할 수 있으리라곤… 어휴, 제 나이가 서른 살 정도만 더 많았어도 아마 흡혈 선배님께 청혼을 했을지도 모를 일입니다. 혹시 주안술(駐顔術)이라도 익히신 건 아닌지."

"오호호, 청혼? 내 나이가 지금 몇인데 그런 농담을……."

"음회회회, 제가 설마 그것도 모르겠습니까. 올해로 쉰 살 정도 되지 않았습니까? 물론 그냥 보기엔 마흔으로 보이지만……."

"뭐? 오호호호! 정말 귀여운 아이로구나. 어떻게 고지기 같은 노망난 영감탱이 밑에 너처럼 착하게 생긴 아이가 있는 거지?"

취봉접의 큼직한 입이 헤벌쭉이 벌어졌다.

"흥! 이 나쁜 놈. 감히 우리 할머니를 놀리고 있어? 할머니는 올해로 백스물하나야. 아부도 정도껏 해야지, 어떻게 일흔 살이나 싹둑 잘라 버릴 수 있지?"

"아니, 백스물하나? 난 처음에 너 싸가지없는 계집애랑 흡혈 선배가 모녀 간인 줄 알았어. 음회회, 혹시 내가 어수룩해 보인다고 거짓말하는 건 아니니?"

성검은 화들짝 놀라는 척하며 유들유들하게 말했다.

그로 인해 취봉접의 검버섯 돈은 얼굴이 더 활짝 펴졌고, 초지는 기가 막힌다는 듯 가슴을 두드렸다.

"잠깐! 나는 시간이 많지 않은 사람이오. 오늘부터 장경각에 틀어박혀 소림 무공의 진수들을 훑어 나가야 하지. 그러니 농담은 이쯤에서 끝내고 나와 한번 겨루어봅시다."

취봉접과 성검, 초지의 대화를 듣고 있던 화향검이 세 사람의 대화를 가로막았다.

'쯧쯧, 불쌍한 위인. 아직 취봉접의 정체를 모르고 있군. 하지만 나로선 고마운 일이 아닐 수 없지. 음회회회!'

성검이 슬쩍 걸음을 옮겨 고지기 곁으로 다가서며 회심의 미소를 지었다.

"오호호호! 이 건방진 아이는 또 뭐지?"

"미치겠군, 이건 또 뭐야?"

예상대로 취봉접과 초지의 시선이 일제히 화향검에게 향했다.

지극히 단순한 그들 조손은 멀리 내다보기보다는 눈앞의 것을 보는데 익숙했고, 묵은 건수보다는 새로운 건수에 열광하는 편이다. 오늘도 다르지 않았다.

"나는 천검궁의 화향검이라 하오. 직책은 없으나 천검궁주의 호위를 맡고 있소. 하지만 간혹 강호의 정의를 위해 색마나 색녀를 단죄하기도 하오. 오늘 이렇게 만나게 되었으니 난 또 어쩔 수 없이 그대들에게 강호의 정의가 무엇인지 일깨워 줘야 할 것 같소이다."

"……!"

"……?"

취봉접과 초지의 표정이 싸늘하게 굳어졌다.

"색녀?"

"우리를 단죄해? 오호호호!"

두 조손은 서로의 얼굴을 빤히 쳐다보다가 박장대소하기 시작했다.

항마봉엔 숱한 사이비와 협잡꾼들이 몰려 있다 보니 화향검처럼 고지식한 인물을 만나는 게 쉽지 않았다. 두 사람이 지금처럼 웃는 이유도 그 때문이었다.

"할머니, 저놈을 기르면 아주 재미있겠어요."

"그래, 내가 보기에도 영락없는 풋내기구나. 요즘 세상에 만나기 힘든 놈이야. 저런 놈을 잡아다 사특하게 만드는 것도 심심치는 않겠어. 그나저나 누가 우리더러 색녀라고 하더냐? 그놈도 함께 잡아다 닭장

속에 집어넣고 길러야 할 것 같은데……."

"……?"

뭔가 느낌이 좋지 않다는 생각에 화향검은 다급히 성검에게 고개를 돌렸다. 하지만 어찌 된 일인지 그의 모습은 이미 시야에서 사라져 있었다. 고지기와 함께…….

"화 공… 아무래도 상대를 잘못 고른 것 같소이다. 저 노파는 과거 흡혈소란이라 불리던 전대 기녀로, 절정고수올시다. 방금 전 상대했던 성검이란 녀석과는 비교가 되지 않지요. 괜히 엉뚱한 일에 휘말린 것은 아닌지."

묵현이 다가와 귓속말을 했다.

'흡혈소란?'

화향검의 얼굴이 창백하게 변한 것도 그 순간이다. 걸려도 아주 더럽게 걸린 셈이다.

한편 성검은 바람보다 빠르게 항마봉을 내려가고 있었다.

"스님, 고자 되고 싶으세요? 좀 더 속도 좀 내세요."

초상비를 펼치며 부드럽게 눈밭을 가르던 성검이 걸음을 멈춘 채 뒤를 돌아보았다.

"헉헉, 성검아. 너도 나이 들어봐라, 이놈아. 숨이 턱까지 차고 관절은 따로 놀지, 눈은 침침해서 앞서 가는 것이 넌지 곰인지 구분도 안 간다."

눈밭을 뛰고 구르는 사이 설인(雪人)처럼 하얗게 눈을 뒤집어쓴 고지기가 가쁜 숨을 내쉬며 투덜거렸다.

"젠장, 그렇게 왜 취봉점을 덮쳤냐구요. 아, 그나저나 마성이라도 빌어서 힘 좀 써볼 수 없어요? 금개록에 적힌 진언이라도 외면 힘이 솟지 않을까요?"

"휴, 이놈아. 내가 지금 이렇게 힘든 게 금단 현상 때문이니라. 근 한 달 동안 초령흡기술을 펼치지 않았거든. 머지않아 죽을 늙은이가 송장의 기를 빨아들이는 것이 영 추하게 느껴져서 말이야."

"쯧쯧, 이렇게 꽁지가 빠져라 달아나는 것도 그다지 아름답진 않습니다. 그것도 치마 두른 족속들 때문이라면 더욱 그렇지요."

성검은 고개를 설레설레 흔들며 고지기에게 다가갔다. 차라리 짊어지고 가는 게 빠를 것 같았다.

하지만 그때 십여 장 밖 잣나무 숲에서 앙칼진 여인의 음성이 들려왔다.

"거기 못 서? 감히 초지의 봉우리에서 초지를 능멸한 채 초지의 허락도 없이 달아나? 흥! 어림없는 소리!"

투드드득.

눈을 뒤집어쓰고 있던 잣나무들이 거대한 눈보라를 일으켰고, 뒤이어 붉은 점 하나가 허공으로 치솟았다. 초지일관 초지였다.

"미치겠군. 저 계집애가 언제 여기까지 쫓아왔지?"

"차라리 이쯤에서 혀를 깨물고 죽을까? 그럼 시체나마 고자를 면할 수 있을지 모르는데……."

성검과 고지기가 참담한 표정으로 내뱉은 말이다.

휘리리릭—

잠시 후, 나뭇가지들을 박차며 거리를 좁혀온 붉은 점은 점점 가슴이 큰 계집애의 형체로 바뀌며 성검 일행 앞에 내려섰다.

"호호, 도망칠 때 도망치더라도 내놓을 건 내놓고 가야지?"

매끄러운 착지 후, 긴 생머리를 뒤로 넘긴 초지가 말했다.

"뭐, 뭘 내놓으란 말이냐?"

고지기가 백태 낀 눈을 뒤룩뒤룩 굴리며 물었다.

"뭐긴? 잘 알면서……."

초지는 성검과 고지기의 아랫도리를 훑어보며 기분 나쁜 미소를 내비쳤다.

"헉! 그, 그런데 네 할머니는 왜 안 보이지?"

다급성과 함께 두 손으로 아랫도리를 가리던 성검이 잣나무 숲을 내다보며 고개를 갸우뚱했다.

"멍청이! 네가 화향검인지 뭔지 하는 놈이랑 싸움을 붙여놓았잖아."

"그럼, 너 혼자 우리를 쫓아왔단 말이지?"

"호호, 우리 할머니보다는 내가 좀 더 눈치가 빠르거든. 네놈들이 보이지 않기에 필경 달아났다고 생각했지. 그런데 그 기, 기분 나쁜 웃음은 뭐야?"

호들갑스럽게 웃어 젖히던 초지가 표정을 굳히며 물었다.

"뭐긴… 고마워서 그러지. 그렇지 않아도 네년 버릇을 못 고치고 항마봉을 떠나는 게 영 섭섭했거든. 넌 이제 죽었어!"

성검이 안도의 한숨을 내쉬며 말했다. 사실, 취봉접이 없는 상황이라면 딱히 초지를 두려워할 이유가 없다.

'좋아, 여기서 이 계집애를 상대로 몸을 푼 후에 일찌감치 천검궁의 총단으로 가서 화향검을 기다리지. 천검궁의 입관 시험이라? 음회회회, 그것도 나름대로 재미있겠군.'

항마봉의 겨울 햇살이 성검의 미소에 내리꽂히고 있었다.

제10장

일검수 류추영, 아직 안 죽었다

도화곡(桃花谷).

호북성 의창에서 약 백여 리 떨어진 작은 강촌.

그다지 기름진 농토가 있는 것도, 별달리 내세울 만한 특산물이 있는 것도 아니다. 하지만 여느 시골과는 달리 사람들로 북적거린다.

언뜻 보기엔 농사꾼이나 강을 터전 삼아 사는 어부들이 대부분을 차지할 듯싶지만 딱히 그렇지도 않다. 그도 그럴 것이, 도화곡은 장강삼협을 끼고 있는 마을이라 유람객들의 발길이 잦다. 작은 마을답지 않게 객잔이나 주루가 즐비한 것도 그런 이유에서다.

최근엔 무림인들의 모습도 자주 보인다. 그렇다고 천검궁 총단이 자리 잡고 있는 의창 남진관처럼 검은 무복의 무사들이 떼를 지어 다니는 것은 아니다. 다만, 한 달 후 천검궁의 입관 시험이 열리는 까닭에 거기에 참가하기 위해 무림 각 파의 무사들이 지나쳐 가는 것뿐이다.

도화곡 외곽에 자리 잡은 허름한 객잔.

입구엔 그 흔한 현판 하나 내걸려 있지 않다. 그래도 장사는 제법 된다. 돈 없는 떠돌이들이나 표국의 짐꾼들이 싼 맛에 머물곤 하니까.

해가 진 지도 이미 오래여서 도화곡의 거리는 조용하다. 간혹 가기들의 노랫소리나 주정뱅이들의 고성이 어둠을 뚫고 들려오기도 하지만, 그나마도 자시(子時)를 지나면서부터는 점점 사그라지고 있다.

객잔의 이층 객방. 초로의 사내가 잠들어 있다. 촛불 하나 켜져 있지 않은 탓에 객방은 어둠침침하다.

소란스레 놀던 주객들도 모두 잠에 든 시각.

뭔가 빠른 빛줄기가 스쳐 지나갔다. 이제껏 죽은 듯 침상에 누워 있던 사내가 두 눈을 번쩍 뜬 것도 그 순간이다.

하지만 아무런 기척도 느껴지지 않는다. 바람이 나무 그림자를 흔들고 있을 뿐이다. 그저 달빛이었을까. 아니다. 방금 전 사내의 잠을 깨운 것은 분명 강한 빛줄기였다.

사내. 창문을 뚫고 들어온 희미한 달빛이 그의 얼굴을 비추었다. 눈가 주위엔 잔주름이 자리 잡았고 입성도 형편없지만 사내다운 눈매에서 흘러나오는 은은한 눈빛이나 수려하게 뻗은 콧날, 무겁게 느껴지는 입술로 인해 추레하다는 인상을 주지는 않는다. 오히려 완숙미가 느껴지는 묘한 매력을 지녔다.

사내는 조심스레 손을 뻗어 침상 옆에 놓인 봇짐을 풀었다.

화섭자를 꺼낸 그는 소리나지 않게 뚜껑을 열었다. 아직 꺼지지 않은 불씨가 어둠을 밀어내며 빛을 발했다. 사내는 머리맡에 놓인 촛대에 불을 옮긴 후 몸을 웅크린 채 잠시 생각에 잠겼다.

'너무 오랫동안 쫓겨 다닌 탓일까.'

사내는 괜스레 놀란 자신이 무안했는지 실소를 터뜨렸다. 하지만 마음을 놓을 수 없다. 지난 이십여 년간 승냥이 떼처럼 자신의 피 냄새를 쫓는 자들이 있다. 그리고 사흘 전, 그들에게 암수를 당해 가벼운 상처를 입었다.

'후, 이제까지 숨어 다닌 것만 해도 기적인지 모르지. 하지만 청해류가의 활류검법을 이대로 썩혀둘 수는 없는 일 아닌가.'

찢겨 나간 오른 손목의 상처와 촛대 옆에 놓인 활류검을 번갈아 보며 사내는 길게 한숨을 내쉬었다. 촛불이 미풍에 떨며 잠시 사내의 그림자를 흔들었다. 그 순간.

쇄애액—

날카로운 파공성과 함께 창문을 뚫고 화살이 날아들었다.

사내는 본능적으로 몸을 눕히며 활류검을 집었다. 그리고 곧장 촛불의 심지를 잘랐다. 그 쾌속한 동작으로 방 안은 다시 어둠에 휩싸였다.

예상보다 훨씬 빠른 추격이다. 하지만 아직 희망은 있다. 이런 식으로 암습을 한다는 것은 이번에도 추격대의 숫자가 많지 않다는 의미였으므로……

'차라리 잘됐군. 아주 조금씩 네놈들의 피를 말려주마.'

사내는 묘한 웃음을 머금으며 눈빛을 빛냈다.

몸으로 창문을 부수고 나가 객잔 뒷마당을 구른 것은 그야말로 순식간이었다. 이미 암습을 허용한 이상 최대한 빠른 속도로 부딪쳐 가야 한다는 것이 사내의 생각이었다.

호륵. 호르르륵.

놀란 밤새의 울음소리와 함께 달빛이 쏟아져 내렸다.

사내는 온몸의 신경을 검에 모았다. 아주 짧은 순간이지만 자신의 모습이 적들에게 무방비 상태로 드러난 것이다.

아니나 다를까, 몇 개의 비수가 어둠을 가르며 날아들었다.

쇄— 쇄애액—

채, 채, 채, 챙!

사내의 손에 들린 활류검이 날아드는 비수들을 쳐냈다. 달빛이 쪼개져 나갔다.

"제법이구나, 류추영! 하지만 조심했어야지. 꼬리를 남겨 죽음을 자초하지 않는가 말이야. 하하하! 그래, 지난 이십여 년 동안 용케도 우리를 피해 다녔겠다? 하지만 너의 운도 오늘로 끝이다!"

어둠 속에서 음침한 음성이 들려왔다.

류추영. 그랬다. 방금 전 창문을 뚫고 마당으로 뛰쳐나온 사내는 한때 정파의 혼으로 불렸던 일검수 류추영이다. 동시에 청해류가의 가주이자 색승 심공과 발산도 광우소의 오랜 벗이고, 류성검의 아버지다.

'이번엔 제대로 걸린 것 같군.'

류추영은 살짝 미간을 찌푸렸다. 고수다. 목소리에 실린 내력도 내력이지만, 도대체 어디에서 들려오는 것인지 방향조차 분간하기 힘들었다.

하지만 류추영은 주위를 둘러보는 대신 살며시 미소를 머금었다.

"푸흣, 정말 질긴 놈들이군. 묘 자리를 찾아다니느라 그렇게 고생했단 말이지? 그래, 네놈 염을 해줄 장의사는 데리고 왔더냐?"

"가소롭군. 그래, 류추영. 아직도 너는 강호의 전설로 불린다. 하지만 그 실력이 여전한지 모르겠군? 어쨌거나 오늘 네놈을 곱게 죽이긴 힘들 것 같아. 그동안 고생한 것을 생각하면 잔혹하게 찢어발겨 놓아야 속이 시원하겠단 말이지. 쳐랏!"

어둠 속의 사내가 싸늘하게 내뱉었다.

촤아앗—

사내의 명령이 떨어지는 것과 동시에 지붕 위에서 그물이 떨어져 내렸다.

하지만 류추영은 이미 그 공격에 대비하고 있었다. 사내와 이야기를 나누는 내내 사방에 잠복해 있는 무사들의 위치를 파악했던 것이다.

그는 다시 한차례 바닥을 굴러 그물을 피한 후 곧장 허공으로 몸을 날렸다.

"으아악—"

상수리나무 위에 숨이 있던 궁수(弓手) 하나가 처절한 비명을 토해 내며 떨어져 내렸다. 활류검이 정확히 그의 목을 가로 그은 것이다.

류추영의 반격은 그것으로 끝나지 않았다. 그는 곧장 나뭇가지를 박차며 객잔의 지붕 위로 날아올랐고, 그곳에 매복해 있던 자객 세 명을 순식간에 베어 넘겼다.

쇄애액—

지붕 위의 자객들이 기와를 흩으며 마당으로 떨어져 내릴 즈음, 수십 개의 비수가 류추영을 향해 날아들었다. 생각보다 많은 수의 자객이다.

"잠룡일척(潛龍一擲)!"

류추영은 몸을 회전시켜 사방에서 날아드는 비수를 검으로 쳐내며 곧장 십육수활류검법(十六數活流劍法)의 제삼식을 펼쳤다.

매서운 검풍(劍風)과 함께 지붕의 기왓장이 산산조각나며 팔방 오장여를 뒤덮었다. 그 하나하나의 파편이 자객들의 시선을 현혹하는 사이, 류추영은 이미 지붕에서 칠 장가량 떨어진 산비탈에 내려섰다.

2

약 일각가량 산길을 달렸지만 류추영은 여전히 추격을 따돌리지 못했다. 무서운 고수들이다.

"하하하, 제법 이름값은 하는군. 그래, 적어도 그 정도 실력은 되어야 나, 탁묘흔(卓猫炘)이 직접 나선 보람이 있지."

흑의를 걸친 중년 사내 한 명이 길을 막아섰다. 어둠 속 목소리의 주인이다.

탁묘흔. 유난히 작은 키로, 양손에는 바라를 들고 있다. 가는 눈매에선 날카로운 빛이 새어 나왔고, 터무니없이 큰 입에는 냉랭한 미소가 걸렸다.

'흥! 적어도 네놈이 내 상대 같지는 않은걸?'

류추영은 말 대신 빠르게 검을 내뻗었다.

"이거, 고약한 인사군!"

탁묘흔은 좌수에 걸린 바라 한쪽으로 류추영의 검을 쳐냈다. 그리고 검을 따라 회전하며 우수에 걸린 바라를 뻗었다.

바라가 빠르게 목을 노리고 들어왔으나 비명은 탁묘흔의 입에서 새어 나왔다. 류추영이 재빨리 활류검을 회수해 바라를 쳐내는 한편, 탁묘흔의 복부에 일장을 날린 것이다.

"끄으으."

탁묘흔은 뜻하지 않은 공격에 고통스러워하며 서너 걸음 뒤로 물러섰다.

"탁묘혼이라고 했는가? 너는 미련한 놈들 중에서도 유난히 미련하구나. 그 실력으로 나 일검수의 길을 막아서다니 말이야."

"호호호! 네놈이야말로……."

탁묘혼이 류추영의 뒤편을 바라보며 싸늘하게 웃었다.

'강력한 살기다!'

류추영은 빠르게 고개를 돌렸다.

츠츠츳. 츠츠츠츳!

마치 검은 장막을 가르고 나오기라도 한 것처럼 아홉 명의 흑의인이 어둠 속에서 모습을 드러냈다.

'놀라운 은형술(隱形術)이다. 아니, 내 감각이 마비된 것인지도 모르지.'

류추영은 불길한 생각을 떨칠 수가 없었다.

몇 시진 전, 그는 의원이 준 몇 개의 알약을 먹었다. 진통제라 했는데 아무리 생각해도 그것이 평범한 약 같지는 않았다. 돌팔이 의원이 진통제랍시고 먹인 것은 필시 미혼약(迷魂藥)일 것이다.

'젠장, 힘들게 되었군.'

류추영이 길게 한숨을 내쉬었다.

"저분들이 누군지 아느냐? 천검궁의 구대장로 마하구옹(魔鰕九翁)이시다. 너로 인해 이십여 년이나 본 궁을 떠나 강호를 떠돌고 계시다. 하하, 이제야 마하구옹께서 본 궁으로 돌아가실 수 있겠군."

탁묘혼은 흑의인들을 소개하며 큰 소리로 웃었다.

마하구옹!

류추영 역시 잘 알고 있다. 마하구옹은 천검궁을 강호지존의 반열에 올려놓은 일등공신으로, 이미 오십여 년 전 현역에서 물러난 전대 고수들이다.

원래 천검궁은 홍교(紅敎)를 모태로 이백여 년 전 부활했으나, 그들이 지금처럼 강호를 장악한 지는 채 칠십 년이 넘지 않는다. 하지만 칠십여 년 동안 하나의 문파가 강호를 통치한다는 것 역시 쉬운 일은 아니다. 그것이 사파일 경우 더욱 그렇다.

그럼에도 천검궁이 아무런 갈등 없이 건재한 데는 이들 마하구옹의 역할이 컸다. 마하구옹의 무공은 그들과 함께 강호를 정벌했던 전대 문주 구천황(九天皇) 역유경에 비해서도 뒤처지지 않았다고 전해진다.

하지만 그들은 역유경이 궁주 직을 아들 역천휘에게 물려주는 것과 동시에 현역에서 물러났다. 세대 간의 갈등을 없애기 위해 스스로 원로를 자처한 것이다. 그것이 오십 년 전이었고, 이후 마하구옹은 한동안 강호에 모습을 드러내지 않았다.

다만, 이십 년 전 그들은 단 한 사람의 죽음을 보기 위해 천검궁을 나와 청해류가에 발길을 한 적이 있다. 정파연합과의 싸움이 막바지에 이르던 무렵. 바로 일검수 류추영, 그가 죽는 모습을 지켜보기 위해서였다.

하지만 당시 류추영은 천맥, 추동, 귀오, 역랑아 등 취령검화 사검령의 희생 덕분에 천검궁의 마수에서 벗어날 수 있었다. 그리고 두 살배기 아들을 심공에게 맡긴 후 오늘날까지 복수의 칼을 갈며 마하구옹과 쫓고 쫓기는 나날을 이어온 것이다. 이제까지는 운이 좋아 늘 그들보다 한 발 앞서 달아났지만, 결국 이렇게 마주치고 말았다.

'여전히 건재하군. 정갈하게 갈무리된 기도다. 차라리 지금처럼 정신이 몽롱한 것이 다행인지도 모르겠어. 아니면 겁을 먹었을 테니 말

이야.'

류추영은 마하구옹의 모습을 일일이 살피며 정신을 모으기 위해 애썼다.

마하구옹은 신비하다. 하나같이 상늙은이들이지만 금빛을 머금은 맑은 피부로 인해 쉽게 나이를 짐작하기 어렵다.

더욱이 류추영 앞에 온화한 모습으로 서 있는 그들에게선 조금의 존재감도 느껴지지 않는다. 그들이 지닌 무공의 수위 때문인지, 미혼약으로 인한 마취 때문인지는 알 수 없다.

"오랜만이군, 류추영. 나 마수옹(魔水翁)을 기억하고 있는가?"

아홉 명의 흑의인 중 가운데에 자리 잡고 있던 노인이 천천히 입을 열었다.

마하구옹은 각각 마수옹(魔水翁), 마곤옹(魔坤翁), 마뢰옹(魔雷翁), 마풍옹(魔風翁), 마토옹(魔土翁), 마천옹(魔天翁), 마택옹(魔澤翁), 마산옹(魔山翁), 마화옹(魔火翁)이다. 그들의 외호는 하도의 상생(相生)과 낙서의 상극수리(相剋數理)에서 도출된 구궁(九宮)의 원리에 맞추어 지어진 것으로, 마수옹은 그중 첫째다.

"물론이오. 솔직히 좀 미안하군. 나로 인해 이미 은퇴한 노선배들께서 고생을 하셨다니……."

"하하, 괜찮네. 결국 이런 순간이 오지 않았는가 말이야. 자네의 죽음을 끝으로 정파의 혼불은 영원히 꺼지게 될 게야."

"……."

"그 이후엔 오로지 천검궁이란 이름만이 이 땅에 남게 되겠지. 불필요한 정사(正邪)의 논쟁, 진실되지 않은 흑백(黑白)의 구분, 정의와 불의라는 무의미한 대립이 사라진다는 뜻이지. 이미 그렇게 되어가고 있고……."

말을 마친 마수옹은 청색 장포 속에서 단검을 꺼내 들었다.

단검이 푸르스름한 예기를 빛내는 순간 류추영의 머리가 또렷하게 맑아졌다. 감당할 수 없는 위압감이 몸을 덮쳤다.

'피해야 한다!'

생각과 동시에 류추영은 다급히 퇴법을 펼치며 겨드랑이 사이로 검을 찔러 넣었다.

"혁—".

뒤편에서 여유있게 웃고 있던 탁묘혼의 가슴에 활류검이 꽂혔다.

표홀한 신법(身法)과 단호함. 류추영은 한 자루 검으로 고수의 반열에 오른 인물이다. 하지만 그는 마하구옹을 정면으로 승부하기보다는 퇴로를 열어 달아날 생각이었다. 마하구옹이 한 시대를 풍미한 절정고수들임을 잘 알고 있었기에……

결국 그 시작은 등 뒤에 버티고 있던 탁묘혼을 쓰러뜨리는 것으로 시작되었다. 워낙 빠르고 예상치 못한 기습이었다. 탁묘혼은 허무한 단말마를 남긴 채 죽었고, 마수옹 역시 당혹스러워했다.

그렇다고는 해도 류추영은 산을 등지고 있는 상황! 쉽사리 달아날 수 없는 형편이었다.

"어딜!"

류추영이 산비탈을 향해 신형을 날리는 순간, 마수옹의 입에서 노호성이 터졌다.

쇄애액—

밤의 정적을 가르는 파공성. 마수옹의 힘 실린 일장이 등을 노리며 쇄도해 들어오는 것이 느껴졌다. 앞은 가파른 수풀… 어쩔 수 없었다.

류추영은 눈앞의 나무를 딛고 빠르게 신형을 돌려 세우며 검을 휘둘렀다.

콰콰콰쾅!

마수옹의 일장에 실린 강기와 류추영이 쏘아낸 검풍이 허공에서 폭사했다. 하지만 그게 다가 아니다. 폭사의 여운 속에서 희미하게 공기를 가르는 소리가 들리는가 싶더니 류추영의 어깨에 비수가 꽂혔다.

"흡!"

아찔한 순간이었다. 류추영이 조금만 방심했어도 비수는 어깨가 아닌 심장에 꽂혔을 것이다.

"용봉부활(龍鳳復活)!"

류추영은 활류검법의 제십이식을 시전하며 폭사의 여운을 뚫고 마수옹을 향해 직격해 들어갔다. 조금이라도 머뭇거렸다간 그에게 또 한 번의 공격을 허용할 것이므로.

사르르릇—

활류검이 부드러운 곡선을 그리며 마수옹의 목전에 닿았다. 하지만 마수옹 주위엔 이미 나머지 여덟 명의 마옹(魔翁)들이 늘어서 있었다. 류추영을 기다린 것이다.

사르릉!

매끄러운 쇳소리가 일제히 울렸고, 마옹들의 검이 달빛을 튕겨냈다.

'귀신같은 늙은이들이군.'

류추영은 다급히 신형을 회전시키며 활류검법의 제십삼식을 펼쳤다.

"용봉뢰전(龍鳳雷戰)!"

콰콰콰콰콰쾅!

빠르게 회전해 오르던 류추영의 검에서 가공할 폭음과 섬전이 일었다. 활류검의 날렵한 검신이 둘로 갈라져 류추영의 양손에 나뉘어진 것도 그 순간이다.

두 자루의 연검(軟劍)이 달빛을 쪼갰다. 얼마 전 류추영 자신의 잠을 깨웠던 빠르고 강한 빛줄기가 눈앞에서 펼쳐졌다. 그랬다, 미혼약에 취해 잠에 빠져들었던 류추영에게 죽음의 위기를 알려준 것은 결국 활류검이었다. 이미 몇 번인가 경험해 본 검과의 교감이다.

3

활류검! 십사 대를 이어온 청해류가(靑海柳家)의 보검이다.

자루의 길이 팔 촌, 날의 길이 이 척 팔 촌, 무게 두 근 십사 량으로, 한철(寒鐵)에 오행(五行)의 성질을 지닌 다섯 가지 쇠를 섞어 만들었다고 전해진다.

평소에는 하나의 검으로 사용되지만, 활류검법의 제십사식과 십오식을 펼칠 땐 두 개의 연검으로 분리된다. 이때 각각의 검은 비황검(飛凰劍)과 비룡검(飛龍劍)으로 불린다.

하지만 정작 활류검이 지닌 신묘한 힘은 주인과의 교감에 있다.

이 검은 자기 주인의 감정에 상응해 여러 빛깔을 띠는가 하면, 빛이나 검명(劍鳴)을 통해 주인에게 닥친 위기를 알리기도 한다.

스스스스!

허공의 한 정점, 비황검과 비룡검이 각각 적색과 청색으로 물들었다. 예리한 검기였다. 활류검법의 제십사식 화류일검(火流一劍)과 십오식 수류양검(水流陽劍)에서 보여지는 현상!

류추영은 실전에서 단 한 번도 그 두 초식을 사용하지 않았다. 그것을 사용해야 할 만한 고수를 만난 적이 없기 때문이다.

하지만 지금은 다르다. 청해류가의 최고 절기를 펼치는 이 순간에도 류추영은 두려움에 몸을 떨었다. 비룡검의 화류검기(火流劍氣)와 비황검의 수류검기(水流劍氣)가 검신을 타고 꿈틀거리는 것이 느껴졌다.

마하구옹을 향해 최후의 절기를 펼치려는 그 순간,

"하하하하하!"

이제껏 담담하게 류추영의 검법을 지켜보고 있던 마하구옹이 일제히 광소를 터뜨렸다. 그리고 처음 나타날 때와 미친기지로 흐릿한 잔상만을 남긴 채 어둠 속으로 사라졌다.

'헛!'

강력한 살기가 류추영을 압박해 들어왔다. 류추영은 비로소 마하구옹의 수법을 이해할 수 있었다. 그들은 은형술을 통해 모습을 드러내고 감춘 것이 아니라 고도의 신법을 이용해 움직이고 있었던 것이다.

방금 전 그들이 펼친 신법은 내력을 끌어올려 마치 빛의 움직임처럼 쏜살같이 수직으로 솟아오르는 어기충소(馭氣沖霄). 놀라운 것은 그 신법의 구사가 가히 신의 경지에 이르러 있다는 점이다.

'좋아, 정면 승부다!'

류추영의 신법 역시 강호에선 대적할 자가 많지 않았다.

촤앙―

류추영은 비룡검과 비황검을 회전시켜 마하구옹을 견제하면서 빠르게 하강했다. 그리고 곧장 두 개의 검으로 바닥을 튕겨 다시 허공으로 솟구쳤다. 섬전 같은 움직임이었다.

단 일 격이다. 상대는 절정의 수준에 오른 아홉 명의 고수. 빈틈을 허용하면 그것으로 죽음을 맞게 될 것이다.

하지만 허공에선 이미 마하구옹이 천륜진(天輪陣)을 펼친 채 류추영을 기다리고 있었다.

"하하하하하!"

마치 한 사람이 아홉 가지 음색으로 웃는 듯한 괴이한 웃음소리.

"흡!"

류추영은 재빨리 호흡을 가다듬어야 했다.

마하구옹의 웃음소리는 언뜻 방울 소리처럼 낭랑하게 들렸지만, 신속히 류추영의 내력을 흩어놓았다. 아주 교묘한 음공(音攻)이다.

"하하하하하!"

류추영이 허공의 한 지점에 멈춰 서는 순간, 마하구옹은 본격적으로 천륜진을 가동했다. 그들은 음공과 함께 서로 다른 각도로 원을 그리며 류추영 주위를 빠르게 맴돌았다.

마하구옹의 천륜진은 견고했다. 그들의 움직임은 원의 형태에서 점차 구(球)의 형태로 변해갔다. 그리고 그 속도와 거리는 점점 빨라지고 좁혀지며 류추영의 숨통을 조였다.

'으, 기혈이 뒤틀리고 내장이 격탕되는 것 같군.'

끝없는 나락으로 떨어지는 기분이다.

한편, 마하구옹의 음공은 더욱 거세졌다. 그들은 초식을 주고받을 필요도 없었고, 검을 휘두를 필요도 없었다. 이제 잠시 후, 류추영은 오공(五孔)으로 피를 토하며 추락할 것이기 때문이다.

하지만 아니었다. 마하구옹 자신들이 말했듯, 일검수 류추영은 정도 무림의 마지막 보루였다. 달리 말하자면 정파 최고의 검객이다.

"화류일검(火流一劍)! 수류양검(水流陽劍)!"

멈칫했던 활류검법의 제십사식과 십오식이 연달아 펼쳐졌다.

비룡검과 비황검을 감싸던 적청(赤靑)의 검기가 물결처럼 휘돌며 주위로 퍼져 나가기 시작했다. 마치 새벽을 여는 태양과 푸른 바다가 하나로 엉킨 듯 허공을 밝히고 있다.

그사이 비룡검과 비황검을 쥔 류추영의 양손은 사방과 팔방, 십육 방, 삼십이 방, 육십사 방으로 빠르게 뻗어 나갔다. 마하구옹의 견고한 천륜진이 파쇄(破碎)되기 시작한 것은 그때부터다.

류추영의 쌍검이 뿜어내는 검광이 원형에서 점차 구형으로 변화하며 마하구옹 하나하나에게 검기를 뻗쳤다. 그뿐만이 아니다. 비황검이 다섯 가지의 묘음(妙音)을 내며, 마하구옹의 음공을 삼켜갔다.

그리고 잠시 후 활류검법의 마지막 초식, 류추영으로 인해 부활한 검법의 최고 초식이 펼쳐졌다.

"활류검법 제십육식 용봉파천(龍鳳破天)!"

허공을 물들이던 적광과 청광 사이에서 한 마리 오색찬란한 영조(靈鳥)의 모습이 피어났다. 기린과 사슴의 형상을 한 머리, 제비의 턱과 닭의 부리… 은빛의 뱀처럼 유연한 목, 귀갑(龜甲)으로 덮인 등, 용의 비늘로 덮인 물고기의 꼬리… 영락없는 봉황의 모습이다.

"끄아아아―"

음공을 펼치던 마하구옹의 입에서 사자후가 터져 나왔다.

하지만 그것은 음공을 극대화하기 위해서가 아니라, 비황검의 묘음으로부터 자신들을 지켜내기 위해서였다.

마하구옹은 일제히 내력을 끌어올렸다.

"수라구천복마장(修羅九天伏魔掌)!"

마하구옹이 입고 있는 도포의 소맷자락이 일제히 부풀어 올랐다.

잠시 후 그들이 격출한 강한 장력이 류추영 한 사람에게 쏘아져 들어갔다. 진법으로 구를 이룬 마하구옹의 장력은 마치 천둥과 벼락 같았다.

산이 쪼개지는 듯한 굉음과 함께 수십 가닥의 강기가 봉황을 격타했다. 오색찬연하던 봉황의 형상이 몸부림치며 흩어지기 시작했다. 마하구옹의 가공할 장력이 류추영의 몸을 난타하기 시작한 것이다.

장법을 펼치는 마하구옹의 표정은 차갑게 굳어 있었다.

결국 류추영은 자신들을 꺾지 못했다. 하지만 그들이 강호에서 은퇴한 지 오십여 년, 그나마 마하구옹의 합공인 수라구천복마장을 펼친 지는 칠십 년이 넘었다. 그 긴 세월, 마하구옹은 천검궁의 천하가 펼쳐지고 있다 믿고 있었다.

그런데 오늘, 그들은 자신들의 천하라 믿었던 강호에서 다시는 쓸 일이 없으리라 생각했던 수라구천복마장을 펼치게 된 것이다. 그것도 갓 지천명의 나이를 넘긴 까마득한 후학에게…….

'결코 이십여 년의 세월이 헛되지 않았다. 이런 상대를 쓰러뜨리게 되었으니… 이로써 천검궁의 천하를 위협할 인물은 사라지게 되는 셈이다.'

차갑게 굳어 있던 마수옹의 얼굴로 한줄기 미소가 번졌다.

하지만 그 순간.

캬오오오—

천지를 가를 듯한 괴이한 울음소리.

수라구천복마장에 찢겨져 나갔어야 할 류추영이 멀쩡한 모습으로 미소 짓고 있었다. 아니, 순식간이었으므로 정말 그랬는지는 알 수 없다.

그랬다, 순식간이었다. 비룡검에서 꿈틀거리는 검기가 용의 형상을 만들며 마하구옹을 덮치기 시작한 것은······.

용음호소(龍吟虎嘯)!

용이 포효하면 구름이 일고, 범이 으르렁거리면 바람이 일어난다.

사라져가던 오색의 신묘한 빛이 용을 감싸고 있었다. 날카로운 발톱, 꿈틀거리며 빛나는 비늘, 포효하는 용의 입 사이로 드러나는 섬뜩한 이빨!

번개가 치고 천둥이 울었다.

그것은 방금 전 마하구옹이 펼쳤던 장공(掌功)과 비교될 만한 형세였다. 구름과 비를 관장하는 용(龍)! 하지만 그 용은 지금 바르르, 역린(逆鱗)을 떨고 있다.

"으아악—"

"헉!"

"끄아아."

······.

류추영을 중심에 둔 채 회전하던 마하구옹의 천륜진이 깨져 나갔다.

마수옹을 시작으로 마곤옹, 마뢰옹, 마풍옹, 마토옹, 마천옹, 마택옹, 마산옹, 마화옹의 입에서 비명성이 새어 나왔다.

투둑, 투두둑!

만추(晩秋)의 달밤. 잘 익은 홍시처럼 마하구옹의 몸뚱이가 바닥으로 떨어져 내리며 터져 버렸다.

······.

잠시 후, 그들의 시체가 나뒹구는 숲으로 류추영이 내려앉았다.

그 역시 성한 곳을 찾아보기 힘들었다. 마하구옹의 장력에 부러진 갈비뼈, 탈골된 어깨, 무엇보다 끊임없이 선혈을 토해낼 만큼 내상이 심각했다.

류추영은 활류검에 몸을 의지한 채 고개를 젖혀 하늘을 올려다보았다. 신묘하게 하늘을 떠돌던 오색 봉황과 용의 울음소리는 어디에도 없다. 그저 금방이라도 쏟아져 내릴 것처럼 밝게 빛나는 별들이 높은 하늘에 붙박여 있었다.

"내가 이긴 건가?"

류추영은 길게 한숨을 내쉰 후 주위를 둘러보았다.

멀리 산 아래에서 말발굽 소리와 함께 횃불의 행렬이 몰려들고 있었다. 천검궁의 무사들이 분명하다.

"하하, 이번에도 발바닥에 땀나도록 달아나야겠군. 하지만 한 달 후에 보자. 나 류추영, 내 발로 직접 천검궁으로 찾아갈 테니."

류추영은 곧장 산비탈로 신형을 날렸다. 금방이라도 쓰러져 버릴 것처럼 위태로운 움직임이었다.

『골초검』 제2권으로…

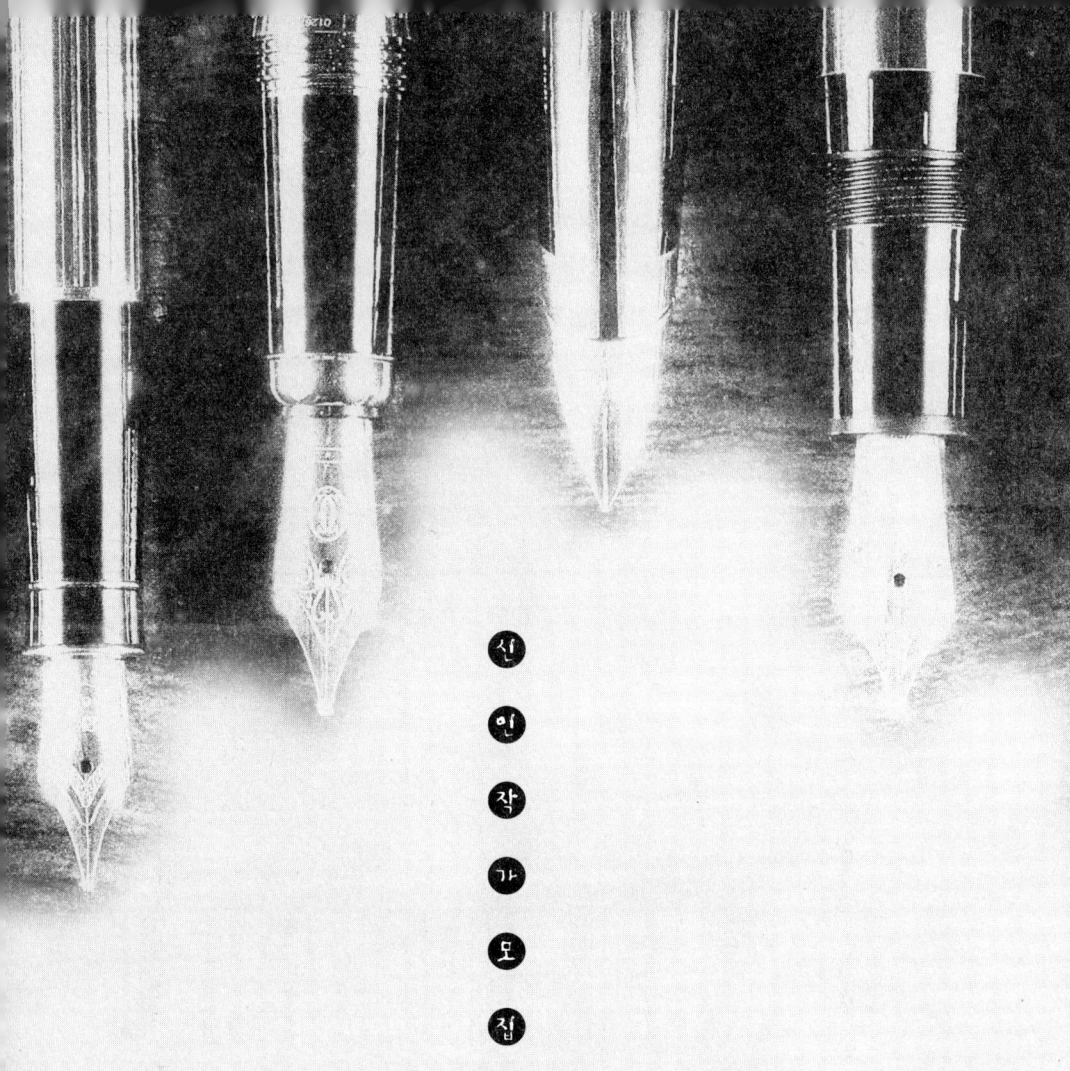

신

인

작

가

모

집

시작이 반이라고 했습니다.
작가의 길에 대한 보이지 않는 벽을 과감히 깨뜨리십시오!
청어람은 작가 지망생 여러분들의
멋진 방향타가 되어드리겠습니다.

저희 도서출판 청어람에서는
소설 신인 작가분들을 모집합니다.
판타지와 무협을 사랑하시는 분들의 많은 참여를 바랍니다.
소정의 원고(A4용지 150매)를 메일이나 우편으로 보내주시면
검토 후 출판 여부를 알려드리겠습니다.

주소:경기도 부천시 원미구 심곡1동 350-1 남성B/D 3F 우편번호420-011
TEL:032-656-4452 · **FAX**:032-656-4453
http://www.chungeoram.com
e-mail:chungeoram@chungeoram.com